一介平凡的

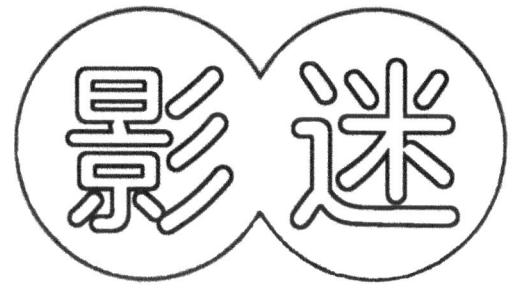
影迷

[日] 手冢治虫 ● 著　　雷丽媛 ● 译

后浪电影学院 215

北京联合出版公司
Beijing United Publishing Co., Ltd.

从现在的角度来看，本书的某些用词可能有歧视含义。

但考虑到作品发表的时代背景与历史价值，原则上用词与当时保持一致。

另外，由于作者已故，不可能再对作品进行修改，而随意修改著作可能会涉及著作人格权的问题。

不过，消除地球上的所有歧视也是手冢治虫生前的愿望。

希望各位读者能借此机会重新审视"正有许多人遭受各种歧视"的现实，并加深对这一问题的理解。

手冢制作公司

目 录

第一章　电影粉丝的视角

A 型偏执狂 / 3

《妖怪天国》参演记 / 12

购买废物放映机 / 23

在南京 / 30

回到过去 / 37

电影孤独 / 46

贝雷帽下 / 62

我对电影节的意见！/ 70

对黑白电影的乡愁 / 76

墨菲定律 / 82

我摸到了米开朗琪罗！/ 88

在亚马孙河上游 / 95

月亮与传教士 / 103

参观学习卢卡斯影业 / 110

一次评审 / 119

一介平凡的影迷 / 128

第二章　我的观影见解

　　同情萨列里 / 139

　　火星年代记 / 144

　　再访奥兹国 / 151

　　斯皮尔伯格的关键时刻 / 157

　　紫色 / 163

　　两部"核"电影 / 169

　　阿童木谈《甘地传》/ 176

　　《印度之行》和日本人 / 184

　　献给伍迪的赞歌 / 190

　　燃烧殆尽 / 196

　　出自《桃太郎：海之神兵》的上映场刊 / 203

　　拿破仑永不朽！/ 206

　　朝向天空 / 212

　　积极向上的孤狼电影 / 216

　　哥斯拉涂鸦 / 222

　　美国的默片解说员 / 230

　　潜行者 / 237

第三章　动画诸事

　　动画家族的割裂 / 247

　　破旧的《圣经》/ 254

　　三个阿道夫 / 260

在萨格勒布电影节当评委小记 / 267

跳跃 / 275

广岛国际动画节 / 283

《残片》与《森林传说》/ 289

第四章　电影鉴赏备忘录

可怕而"悲伤"的电影 / 299

完全恐怖 / 305

《野战排》的新鲜之处 / 312

好想看《伊奥船长》！ / 317

双重误会 / 323

老鼠对决 / 330

男人的花期 / 336

前进，老爸！ / 342

第五章　单行本未收录随笔

为旧好莱坞干杯！ / 349

某次选拔 / 356

与让-雅克·阿诺导演会面记 / 362

在洛杉矶观看《电子世界争霸战》/ 370

参观迪士尼乐园内部 / 376

奇怪的外国人 / 382

昂西电影节 / 389

在红树林的河水中 / 396
喜好老派风格 / 402
动画《巴奇》之诞生 / 408
"这就是巴黎"峰会 / 413
青春的挽歌 / 420

编选说明　滨田高志 / 427
译名对照表 / 430

第一章

电影粉丝的视角

A 型偏执狂

我的血型,在战时确实是 B 型血。但现在却是 A 型血,至少从四年前开始成了 A 型血。

要说起这件事,任谁都会捧腹大笑。

四年前,我接受精密体检后被告知是 A 型血,当时我震惊得几乎要跳起来。

"胡说,检查有误!帮我重新检查!帮我从全身上下采集血样再检查一下看看啊!"我大声叫嚷道。

医生很为难地说:"我说啊,不管从哪里采集血样,A 型血的人就是 A 型血啊。"

我并不接受。"我确实就是 B 型血啊。难道你想说我变身了吗!"

"这个呢,应该是战时的检查出错了吧。"

我毛骨悚然。如果我在战争中受了伤,被输了 B 型血……那不就要了我的命吗?

我把这件事和石森章太郎、斋藤隆夫他们说了以后,他们哈哈大笑,说道:"这可太奇怪啦。手冢先生是 A 型血?怎么看你也是 B 型血啊,你不是 A 型血的性格啊。绝对是搞错了。"

顺便一提,斋藤隆夫在这方面有点研究(他只要一说到这类话题,就会有女性纷纷聚集过来,真厉害)。

B 型血的人自由奔放,凡事想得开,没有责任感。他们很情绪化,多愁善感,容易被感情影响。他们性情多变,现下你觉得他们在生气,下一刻他们就若无其事地忘记了。这好像就是 B 型血的性格。

与此相比,A 型血的人非常认真,工作踏实又细致,注意力很集中,说句不好听的,就是看起来执拗、啰唆。

顺带一说,美国人 B 型血比较多,日本人则是 A 型血最多。

哎呀,但我性格躁郁,给我们手冢制作[①]的工作人员添麻烦后也完全不负责任,从这些方面来看,我也认为自己肯定是 B 型血。

好像文字工作者和电影导演是 B 型血居多。从他们的工作内容来看,这也是理所当然的吧。

---

① 1961 年 6 月,手冢治虫制作公司动画部成立,简称为"手冢制作"。1962 年 12 月更名为虫制作股份公司,简称为"虫制作"。(若无特殊说明,本书注释均为中文版编注)

说说几年前的一件事。我们一群漫画家，在北阿尔卑斯山①白马岳山脚的村庄里举办了一次纪念活动。我被任命为该活动的总负责人（"总理大臣"），和妻子一起去了那座村庄。

返回东京的那一天，我做好了打算，当晚一定要在电视上看到某部电影。只要能中午从白马出发，晚上应该就能回到东京，在家中舒服地观看那部电影，并且，时间上非常充裕。（你若问是什么电影，我有些不好意思说出口。电影名字的首字母是P——且是一部科幻片。虽然呢，这种事无关紧要。）

总之我呢，为了看到想看的电影，即使排除万难，也要达成目的。

有件事，已经是好几十年前了，迪士尼的《爱丽丝梦游仙境》（*Alice in Wonderland*，1951）在福冈举行了首映，竟然比东京早了半年。

我扔下杂志的工作，仅仅是因为想看这部电影，就乘飞机飞奔去了福冈！杂志对接记者惊慌失措，乘坐下一趟航班追了过来。

我有这样的前科，干净是些荒唐事儿。

电视上的电影从九点开始播放。从白马到东京，乘坐电

---

① 指日本阿尔卑斯，又称中部山岳，是位于日本中部的飞驒山脉（北阿尔卑斯）、木曾山脉（中央阿尔卑斯）和赤石山脉（南阿尔卑斯）的总称。

车需要六个小时。从容一些的话，八个小时也能回去了。做好计算的我，怀着不慌不忙的心情，白天就从白马出发了。

我乘坐的士赶赴松本，再从那里乘坐电车。的士在乡下小路上悠哉行驶时，车突然晃动了起来。

"怎么回事？"司机说道。

"这好像是地震啊。"

"好像是呢。"

又突然晃了一下。

"这可是场大地震啊！"司机说。我总觉得忐忑不安。

我们姑且到达了松本车站。走向站台的入口时，只见人群骚动。

"什么——车过不去？"

不好的预感应验了。

"地震导致电车架线断开、山体滑坡，所以电车停运了。还不清楚什么时候能恢复。"

车站工作人员如是说。

"怎么会这样！这也太过分了！"

我小声哼唧。我怎么能一直困在这种车站啊，九点的电影该怎么办。

"干脆返回白马如何？"妻子说。

"不，如果电车走不了，就坐车飞奔到东京吧。从中央高速路狂奔，应该就能在晚上抵达东京了吧。"

一旦情绪上了头,费用以及此外的东西,往往都会被我完全无视。真是容易吃亏的性格。

在全家旅行时,有好几次,我都是先让妻子和孩子前往目的地,我在工作室画原稿,待工作完成后,我再没完没了地坐车,进行长距离的追赶。因为这些事,我浪费了好几十万日元。妻子一脸拿我没辙的表情,跟着上了的士。

"听着,九点一定要到东京。"

司机颇有自信地说:"九点肯定没问题的啦。就算中央高速路堵车,七点也应该能到了。"

"太好了!拜托你。"

的士远远眺望着阿尔卑斯群山,奔驰了起来。我松了一口气,听天由命了。

的士进入了中央高速路。我大吃了一惊,车子连成了一串。

"怎么回事!这到底怎么回事!到底要怎么样啊!"

就连司机也目瞪口呆了。"好像发生了什么事呢。"

他拧开了新闻广播。

"——震源在甲府附近。因中央高速路发生了几处山体滑坡,所以正在限制通行。因此而产生的拥堵达到三十千米——"

听到这些,我勃然大怒。

"什么!下高速,走下面的道路!快下去!"

司机安慰似的答道:"没有比中央高速路更快的道路哦。而且,车流在一点点移动,应该是有可以绕道的路线吧。这总比进退两难要好。"

"九点能到东京吗?九点能进入东京吗?"

居然只是为了看九点的电影,这种事我说不出口。

"我有件事必须在九点做啊。你估计如何啊?"

"时间还比较宽裕。只要经过了山体滑坡的地方,应该就能飞驰了。"

"那好,豁出去了。总之交给你了哦。"

可是,车子行驶得慢吞吞的,无论怎么走,都看不到头。甲府早就经过了。

有消息进来,说发生事故的是笹子峠。那是通往关东平原的入口。车子大概会在那里进退不得。为了九点能到东京,我必须制定万全的对策。

事已至此,我就将自己的任性行为贯彻到底。我决定让手冢制作公司的车子,到中央高速路调布①出入口来接我,我从那里换乘后直接让车子往家里开。我给手冢制作去了电话,如是拜托。

我们离事故现场越来越近,和预想中一样,拥堵更严重了。我无计可施。

---

① 指调布市,位于东京都多摩地区东部的城市。

"要不要试试走旧街道?"

"有这样的近道吗?"

"那里说不定也很堵……要走走看吗?"

"好吧,这样就全凭运气了,往那里走吧。"

旧街道空荡荡的。远处山腰上,汽车队列挤满了中央高速路,我一边斜眼望着那番景象,一边祈祷车子能顺利前进。但是,终于,这条街道也碰上了拥堵。这条拥堵队列,与中央主干道齐头并进。

这时，电车它——那辆不知何时才能恢复的、从松本出发的电车，居然、居然晃晃悠悠地驶了过去！

"可恶！混账！早知道就在松本等待电车修复了！我怎么会如此倒霉！"

我被愤怒冲昏了头，在车子里发飙，妻子目瞪口呆地注视着我。

我脑中不断浮现出九点开播的电影画面，无法观看的懊恼使我越发狂躁。我诅咒地震，诅咒中央主干道，甚至诅咒白马岳。

结果，好不容易到达调布高速出入口时，正好九点。

我公司的车子在等着我。

"反正也来不及了，"就在我很沮丧时，公司的人这样对我说道，"我们想着老师您想看九点的电影，所以准备好了车载电视。"

那一刻，我的心情简直就是在地狱中遇见佛祖，在沙漠里找到绿洲。

我紧紧抱着车内电视那小得可怜的屏幕，终于看上了那部电影……

但其实这事根本就不成问题。第二天我才知道，手冢制作的人帮我从电视上录好了电影的录像。

总之，我偏执狂般的深重执念……我的执着劲儿……我不死心的劲头儿……

看样子，我可能确实是流着 A 型血的人。

不过，也说不定我是 S 型血。

这样的血型，全世界当然只有一个人拥有，那就是我，杂乱无章的 S。

《妖怪天国》参演记

手冢真，我的大儿子。日本大学艺术学部肄业，身高一米六，体形偏瘦。上半张脸像父亲，下半张脸像母亲。鼻子不算大，嘴巴却很大，这些部分和母亲很像。牛年生。做事慢吞吞的，但却意外地顽固且自恋。

他得到大林宣彦先生、大岛渚先生、山本又一朗先生、石上三登志先生等人的疼爱和指导，正在努力学习导演。不过他从不说自己是导演，而称自己为影像作者（visualist）。

从大学出来后马上就能做导演，还真是个好时代啊。

毕竟在大岛先生他们做副导演的时代……每天都要经受严格的训练与折磨，花个十几年，才能拥有一部自己的电影，这是再正常不过的事情了。

就连那位弥勒佛一般完美的大林先生，我在参观某次拍摄时，也看到他对一名副导演怒目而视，凶狠地大声斥责。简直让人对副导演心生同情，不忍去看。

一群好伙伴本是半认真半开玩笑地拍业余电影，结果拍着拍着就踏上了职业之路，顺其自然地当上了导演……现在的时代啊，就是这样一个专业和业余没有分界线的时代。

手冢真是影迷，或者说是怪兽迷更贴切。

那些看着电视上奥特曼大战怪兽长大的人，我称其为"怪兽一代"。怪兽一代，也就是将怪物、妖怪当成"玩具"，以迷恋代替了恐惧情绪的一代。

这一代人的特征，如果用电影人来举例，那便是对令人毛骨悚然的妖怪、血肉横飞（splatter）的东西，完全没有抵触情绪，也不拒绝。

阿真也不例外，他从小便十分着迷于卡内根、婆罗门和巴尔坦星人[1]等角色。等到长大了一些，他又迷上了水木茂笔下的妖怪。

不知为何，他常常在笔记本上画一些怪诞的妖怪。这些画全是他的原创，每一个妖怪都有古怪的名字。蓝狐、吊死鬼、女火、卡娜莉、二度一斗、倒吊家、折火、毛发妖怪、草木妖、死毛、鸭江、肋骨蛇、噬骨怪、亲子拖鞋、妖怪舞蹈、挖脑怪、溜溜面包、蜡烛爷爷等等。没过多久，阿真的偏爱转移到了《姆明》（*Moomin*）上，仔细想想，动画里登场的人物全都是斯堪的纳维亚半岛的妖怪。

---

[1] 均出自《奥特曼》系列。

阿真上幼儿园时，我带他去看了《幻想曲》(*Fantasia*，1940)。

我也不是想提高他对动画的鉴赏能力，不过和我预料的一样，在开头响起巴赫的曲子时，他开始哭闹起来了。《胡桃夹子》和《魔法师的学徒》中的米老鼠，都不受他的待见。但是，当恐龙在斯特拉文斯基的《春之祭》乐曲中出场时，阿真的目光开始炯炯有神了。而到了霸王龙咬杀剑龙的场景，他甚至目不转睛地盯着画面。可这些画面结束后，他又完全失去了兴趣，呼呼大睡了起来。

中学时代，阿真不知从哪里购入了一张香港（?）制造的奇怪面具。他戴着面具，身披乌黑的窗帘，常常这样吓唬自己的妹妹。

我家的庭院和虫制作公司是相连的，虫制作的工作人员到我家庭院午休时，他就会以那副装扮"哇"的一声突然出现，四处追逐工作人员。

接下来，他开始对寺庙的塑料模型出手了。

提到塑料模型玩具，一般的小孩会喜欢兵器、飞机之类的，但阿真却对这类玩具完全没有兴趣。转眼间，客厅柜子里就摆满了寺庙、神殿的模型。不久，在寺庙和寺庙之间，又摆满了弗兰肯斯坦的科学怪人、吸血鬼德古拉这样的模型。最终，成了一幅妖魔鬼怪挨个儿排排坐的光景。再加上断头台、拷问台这些……有一次，阿真买来了纳粹军队的模型。

哎呀，这是改变兴趣了吗？我刚这样想着，就看到他把纳粹士兵的手脚、头部等拆了个七零八落，再拼接起来，不仅如此，他还用道具血把模型涂得鲜血淋漓，做了一群僵尸。

由于他把这些东西装饰在客厅里，我妻子皱着眉说道："太难看了，真讨厌。"但妻子却没有强迫他"把这些东西都扔了！做一些漂亮的模型啊！"。能做到这一点，我觉得妻子很了不起。毕竟有其父必有其子，所以妻子已经看开了吧。

他不停地用零花钱买回来一些香港制造的廉价怪物、玩具。

"都是些糙货①啊。"

净是些蝙蝠怪、章鱼怪，看着就像十日元一堆的那种。

"就因为是糙货才便宜。"

"我说你啊，知道糙货的意思吗？"

"香港制造的东西就叫糙货啊。"

大概是店主告诉他的吧。

阿真开始拍了一段时间的电影、录像带后，某一天，他突然问我："你和水木茂先生私下认识吗？"

"认识啊，我们在很多方面都有来往哦。"

"这样的话，能不能请他客串我正在制作的电影呢？是一个鬼怪故事。"他说。

---

① 原文为"ゲテモノ"，香港制造的ゲテモノ也叫馱玩具（便宜玩具）。

曾经是水木先生粉丝的阿真,要拉水木先生参演自己的作品。我觉得这也是一种缘分。

"我也想请马场登先生参演,能不能让他也同意呢?"

"欸!这次轮到马场先生吗?"

我给马场先生去了电话。原以为会被他拒绝,却不料他二话不说地回复我:"我会参演的。"说起来马场先生在文坛的文士剧①中,一直都是演旦角的。即使是活儿多钱少的工作,他也会因为好玩而参演。

"另外我还想让楳图一雄先生也出场。"

说到恐怖漫画,就不得不提楳图先生了。

可是阿真他到底想要搞什么东西呢?难不成他想拍摄一部只有漫画家参演的"漫士剧"吗?

"那让我也参演。"我其实可以不干的,但却说了这样的话。明明现在是手头这份工作最紧张的时期啊。

阿真想了想,说:"神官的角色你演吗?"

"神官?"

"关东煮神社的神官。"

"那到底是什么啊?"

"标题是《妖怪天国》。待会儿你读一下剧本啦。"

形势所迫,我也无可奈何。在我还没搞清楚状况时,就

---

① 一种业余舞台剧,演员主要为作家、记者等文字工作者,三岛由纪夫等著名作家就曾参演过文士剧。

被分派了关东煮神社神官的角色。

马场登和水木茂两人饰演朝圣者,楳图一雄饰演百姓权助。

据说这部电影讲述了三个故事,从抵达月球的苏联宇航员在月球上发现一把日本刀开始,再讲到某位冷酷无比的殿下。我想,他大概是受到斯皮尔伯格(Steven Spielberg)的《阴阳魔界》(*Twilight Zone: The Movie*,1983)或者《惊异传奇》(*Amazing Stories*,1985)的启发吧。

听说要扮演那位冷血殿下的,是石上三登志先生。

这个关东煮神社的故事呢,是安排在电影的第二个故事里,其内容说实话我也不是很懂。好像是神社的功德箱中煮着关东煮,并且关东煮里掺着人类一起煮的故事。

"很遗憾,你没有台词哦。"

"欸,是哑剧吗?"

"我想做出默片的感觉。"①

"总觉得很像糙货②啊。"

"没错!糙货!"

当天早晨,我连早饭也没吃就出发去外景地了。

多摩川前面有一个叫柿生的地方,那里的山丘上有一座

---

① 该片本身是有台词的,只是手冢治虫参演的这一小段做成了黑白默片。
② 电影中的"糙货"(原文也为"ゲテモノ")似乎可指成本较低、制作粗糙,但颇具噱头的 B 级片。

非常适合拍古装戏的神社,据说常被用于电视电影①的外景拍摄。

我在休息室里更换神官的衣服。我戴上假发,装上假胡子。

"这顶假发是三船敏郎先生的哦。"服装师说。

"欸——!"

"演员们各自有专用的假发。你看,上面写有名字对吧。"

我戴上假发,穿上白无垢、和服以及裤裙……还真有神官的样子。

"很合适呢……"

"嗯,说起来,听说我的先祖以前是神官呢。好像是诹访神社的神官。"

"欸!真的吗?怪不得……"

在我被称赞时,轮到我出场了。

我走到神社跟前,看到先到达的马场先生和水木先生正穿着朝圣者的衣服(巡礼姿)努力演戏。

我还想着怎么除了二三十个工作人员以外,还有这么多拿着相机的人,原来他们都是来采访的。好像他们特地准备了巴士过来的。

我一出现,他们就不停地拍照。

---

① 一开始就直接在电视上播出的电影,而不经过影院途径。

阿真导演（左）与作者

"手冢先生，还是戴着眼镜才像您呢。"其中一位摄影师说道。

"那我就戴上。"

"戴眼镜的神官……果然很奇怪。请您摘下来吧。"

他们居然没请我戴上贝雷帽。

我看到一位脏兮兮的、像是农民起义领袖的人站着，那原来是楳图一雄先生。

村子里有个鼻涕小鬼在玩耍。这个小鬼，其实是原田真人导演的儿子——游人小朋友。

原来如此，只要是能抓到的业余人士，好像都被阿真导演抓来用了。

话说回来，因为没有眼镜，我的视野一片蒙眬，什么也看不见。远处的人物，只是一些模糊的形状，捉摸不定。到底是谁在做些什么，我完全判断不出来。偶尔，会有阿真导演喊着"试拍！""正式拍摄！"的声音传来，但阿真导演也融于树丛中，辨不清所在了，所以我真的相当无聊。

不久，我肚子饿了。没有比在外景地饿肚子更痛苦的事情了。我也不可能以神官的装扮走进附近的拉面店。

虽然刚才发过便当，但我并没有时间吃。阿真导演不满意我的假发，提出要更换，所以我被工作人员团团围住，错过了吃便当的时机。

正因如此，下午的时间渐渐流逝，我却还饿着肚子，莫名地火上心头。毕竟这位神官的功德箱（这个是小道具）里堆满了小山一样的关东煮实物，而且还煮得咕嘟作响。关东煮那浓浓的香味弥漫了整座神社。

"这些能吃吗？"

"不行哦，这些不能吃。"

工作人员一边往关东煮里扔了很多干冰一边说。白色的雾气一下子从功德箱中蹿升起来，效果非常好，关东煮的气味一个劲儿地往鼻子里钻。

"爸爸，到你出场了。请你探头窥视功德箱，用长勺子捞一点尝味道，然后皱眉头，加一些酱油，再尝一次味道后，做出一脸满足的表情。"阿真说。

我在关东煮的香味中,照他所说的做了。

"再夸张一点。"

一不留神,我竟有股冲动,想要吞下长勺中关东煮的汤汁。

我终于不高兴了。在拍摄其他镜头时,我必须一直等待,而且我肚子很饿。干脆突然来场雨打断拍摄,这样我就能吃上饭了吧。

不过说起来,阿真导演一直站着走动也不见他累啊。若非喜欢,还真做不了导演呢。制作动画只需要坐着,轻松多了啊。

"您觉得真导演怎么样?"有一名记者问我道。

"他是个新新人类啊,干得很不错。关键是他很有声望,或者说他能驾驭住领导地位,这点就和我很不一样呢。"严重的自我厌弃冒了出来。

要不是肚子饿,我能表现得更好的。

我记忆中第一次带阿真去看的故事片,好像是卓别林的《摩登时代》(*Modern Times*,1936)。但他却强调说《古屋传奇》(*The Legend of Hell House*,1973)才是自己看的第一部故事片。在数不胜数的恐怖电影中,《古屋传奇》理应是被埋没的"糙货"作品,但是对他来说,《古屋传奇》是相当于《圣经》、犹太教的教典、《观音经》一样的东西。再加上这部电影中的一名演员——罗迪·麦克道尔（Roddy McDowall）是他崇拜的明星，他甚至狂热到加入了麦克道尔粉丝俱乐部，担任日本分部长的程度。

这绝不应该受到指责。就跟小林信彦沉迷于盖尔·拉塞尔（Gail Russell）、在下沉迷于老演员詹姆斯·格利森（James Gleason，知道的人举起手来！）是一样的。

正因如此，阿真热衷于《人猿星球》（*Planet of the Apes*，1968），并非因为这是一部"糙货"电影，而是因为其中一只猿猴是罗迪·麦克道尔饰演的！

购买废物放映机

这是我还是单身汉,住在新宿初台时的事情,所以已经是三十年以前了。有个人来到我在初台的家,我先暂且称呼其为Q先生吧。我从未知道他真正的职业是什么,我也完全忘记我和他来往密切到底是因为什么。

"要不要购买漫画电影①(那时候,还没有动画这个词)的胶片啊?"他问道。

他拿来的是七八部苏联动画,全部都是35mm胶片。他扑通一下把电影胶片盒放在地上,堆得像座小山。

"要干什么呀这是?!"

"手冢先生,这些是在电影院播放过的废弃胶片哦。"

"也就是说,这些是应该要处理掉的胶片吗?"

"哎呀,没错。其实啊,这是见不得光的行为。"

---

① 原文为"漫画映画"。20世纪70年代以前,"アニメ"(anime,动画)一词在日本的使用还不算普遍,那之前的动画电影一般被称为漫画映画。

外国电影的拷贝胶片通常会从影院送到偏远地区的放映厅，然后流向胶片仓库……它们会走向这样的命运。再如何优秀的影片，命运也是相同的。

然后某一天，发行期限到了。根据合同规定，到期的拷贝胶片要当场废弃。所以，作为已作废弃的证明，我们要将拷贝胶片的头和尾一刀剪了，再将剪下的头尾寄回电影出品国。这样就做成了影片无法上映的证据。

再然后，这些拷贝胶片会被装上货运机，送到遥远的海上。拷贝胶片会连着胶片盒被一卷一卷地从货运机中扔到海里。被咔嚓剪去了头尾的拷贝胶片落入海面，溅起水花，而后就这样沉入深深的海底……这就是外国电影的旅途终点。

除了被丢弃到海里，也有被某处的炉灶烧掉的。如果是黑白胶片，据说还能从燃烧后的胶片中提取到磷，所以似乎有专门的从业人员做这项工作。如果要问不可燃的胶片该怎么处理，听说只要给它来点风，就能燃起来了。

不管怎么说，只要寄送了"拷贝胶片已处理"的证据，不管这些拷贝胶片被倒卖到哪里，对方也不会知道。因此，苏联动画的拷贝胶片才会在这里。

"请千万不要说出去。只能和自家人看哦。"

可是，我要怎么播放 35mm 的胶片啊。自然，我想入手一台放映机。

"那我给你找一台便宜的二手货来吧。"

Q先生说完后没多久,就拿来了一台货真价实的放映机。那是一台巡回用放映机。可是,放映机太重了,沉沉地压在家中的客厅里,榻榻米竟凹陷下去了。

我打开开关。咔啦咔啦咔啦,响起了什么东西在转动的声音,接着,轰的一声,变成了火葬场焚化炉一般的轰鸣声。哎呀,那可怕的声音,在这六张榻榻米大小的空间里,让人完全听不见人声。再加上放映机上的灯泡猛地窜起了热流,机器放完一卷胶片后,已经烫得没法碰了。即便是在这种条件下,我们也连续放映了好几部电影。居然没发生火灾,并且居然没发生爆炸。

不过呢,我得意极了,叫来了朋友,开始举办电影会。我全然不在意房间里弥漫的焦臭味。

咔啦咔啦咔啦……

轰啊——

轰咚咚咚咚……

"××××××××"

"欸?!你说什么?我听不见?"

这种时候,我会去拍打放映机。只要这样做,不知为何,轰鸣声就会暂时小一些。

然后才过去三分钟,又来了。

咔啦咔啦咔啦咔啦……

噶啊——

* 图中文字均为拟声词，从右至左依次为：噗啊——，噼哩噼哩，嘎啊——，啪哩啪哩，啪哩啪哩，咔啦，咔啦，咔啦，轰——。

于是，我再拍打。变安静了。

本来，操作35mm放映机是需要执照的，不过就算没有执照，我也吃透了这台放映机的脾性。只要它一发疯，我拍打几下就好了。这台机器看来是个厉害的地痞流氓啊。不仅面部有伤，还是个爱闹别扭的家伙。

噶啊——啪哩啪哩啪哩。

"你这混蛋，安静！"

砰！

"……"

只要揍它，必定会安静下来。多的时候，放映一次要拍打个五六次。

没过多久，Q先生居然开始带来迪士尼的旧胶片。

那时候不像现在，有录像带、光碟这类东西。那些旧胶片虽说有瑕疵，却也是珍贵的《糊涂交响曲》（*Silly Symphonies*，1929—1939）系列。我吃惊得跳了起来。

当时，迪士尼短片是由大映公司发行的。当然，这些迪士尼的拷贝胶片不仅没有大映公司的标志，连主标题和剧终标识（End mark）也没有。其中也有一些胶片添接了大映公司的故事片的结尾。正当我心情舒畅地沉醉在迪士尼的诗情画意中时，突然会跳出大映公司的历史片（时代剧）等电影的结尾。

即便如此，像是《老磨坊》（*The Old Mill*，1937）、《丑小

鸭》(The Ugly Duckling，1931)，还有《小海华沙》(Little Hiawatha，1937)、《飞蛾扑火》(Moth and the Flame，1938)等，这些我曾在电影院流着激动的泪水观看过的众多珍宝，我能够直接拿到手里观看了。

到了这个地步，我只能抱着钱包一起"殉情"了。我那仅有的一点存款，就这样消失得一干二净。

不仅如此，Q先生这一次居然拿来了十卷长篇故事片，比如像《暴君焚城录》(Quo Vadis，1951)、《绿野仙踪》(The Wizard of Oz，1939)、《孤凤奇缘》[Lili，1953，就是莱斯利·卡伦(Leslie Caron)的处女作!]这些。当然，这些胶片都是掐头去尾的。

我的钱包终于见底了。

"你不买了吗?"

"不买了。买不起了啊。"

"是吗。那下次来点便宜的16mm胶片如何?"

就这样，Q先生马上转向16mm胶片，他首先拿来的，居然是中国最早的长篇动画《铁扇公主》(1941)，甚至还加上了《蜘蛛与郁金香》(1943)!

我要与钱包"殉情"了。我自暴自弃地不停向出版社借钱，拼命地购买拷贝胶片。终于，我束手无策了。

"那么，手冢先生的朋友中，有没有人可能会买呢……"

我不负责任地给了他石森章太郎等两三个人的名字。Q

先生马上去了石森先生的家。石森先生非常可怜，果不其然，听说他被迫买了《暴君焚城录》《孤凤奇缘》等电影的拷贝胶片。

然后，没过多久，Q先生地下中间商的身份暴露，被警察逮捕了。据说在审问时，他被问及这些废弃拷贝胶片的去向，然后他全部坦白了。因为主要是故事片，警方对那些购买人进行了调查。自然，调查人员也去了石森章太郎的家。

我觉得自己负有责任。

不过，听说石森先生以这些胶片是工作的参考材料等为由，保住了胶片。

我这个关键人物始终没被传唤，也没有人联络过来。

之后，石森先生疑惑地嘟哝道："欸，居然没有来手冢先生这里调查，真是太奇怪了啊……"

自那以后，Q先生就音信全无了。

那台流氓放映机，之后偶尔在虫制作放映时，也会咔——咔——地叫唤，不过也算是让工作人员欣赏到了影片。可没过多久，工作人员中好像有个坏家伙带走了放映机，在什么地方典当掉了。自此之后，放映机当然也没了音信。

在南京

说起来,有没有哪位知道 8.75mm 胶片呢?

若是有人知道,那他一定是一位中国通。这种奇怪宽度的胶片,只存在于中国。这是在其他国家绝对没有的珍品。自然,也有为了此种胶片而存在的放映机。

其实啊,我那里就有一台这种奇妙的放映机。这是从上海的动画公司老板那里得到的。

我就公布内情吧。所谓的 8.75mm 胶片,就是 35mm 胶片的 1/4。也就是说,在中国,人们会将 35mm 胶片纵向切成四卷,再将之一卷卷使用。

这是为了在电影巡回放映中使用。为了能让中国的十亿民众观看到电影,他们采取的办法是安排放映队巡回于偏远地区,而放映机使用的正是这种 8.75mm 胶片。这是多么俭朴而合理的想法啊。

遗憾的是,我得到的这台放映机,现下并未带有胶片,所以我无法得知画面的效果如何。

毕竟中国广大民众的娱乐，还不是电视，而是电影。

关于中国的电视，国营电视台有一个频道，地方的电视台各有一个频道，但并不像日本这样播放一整天。而且，教育、启蒙节目占据了一大半，所以也没有抱着电视不放的观众。在这一点上，即便是冬天，电影也会从早上八点开始上映，观众们会从早晨开始就排成一长列等着。全员坐着观看，采用集体更换制度，一天六次。至于为什么会有客人这么一大早就来，是因为中国的员工实行的是轮流倒班制度，下午四点上班或者上夜班等，这些时间都是固定的，因此，为了照顾下午上班的人们，就有了早晨的放映。

在中国首映的电影中，有七成是中国内地作品，三成是进口作品（其中三分之一是香港地区制作的）。另外，也会放映不少美国、法国、日本等国家的电影。

我问一位中年出租车司机喜欢什么电影。

"那当然是中国电影啦。中国人怎么能不看中国电影呢。"他给了我这样官方的回答。

不过，听说大城市的年轻情侣们，则是专门观看一些美国、法国电影。

在一个类似优秀影片放映影院①的地方，正在放映《蒲田

---

① 原文为"名画座"，英译为 Revival house，指专门放映经典老片的影院，比较像电影资料馆。

进行曲》(1982)。它与一部香港拍的古装片同时放映,座票已经售罄到了两天后。

小小的房子前挤满了客人。招牌上也能看到些日本电影,不仅有与中国相关的《一盘没有下完的棋》(1982)、《天平之甍》(1980),还有《寅次郎的故事》《幸福的黄手帕》《少爷》《五番町夕雾楼》等。

我们一行漫画家去中国时,比佐邦彦在南京提出了希望学习太极拳,真是没事儿找事儿。

中国的朋友们暗中商量了一下,说道:"今晚请大家去看太极拳的电影吧,我们会预约好的。"并且把一行人的票都买了。

其实看不看电影都无所谓。难得来到南京,我本来还想到闹市区走走看看的。不过,朋友都专门帮我们所有人买好了票,也不可能不去。

最终决定看八点开始的那场。"都怪比佐说些多余的话……"我一边小声抱怨,却也没忘记在开场时间之前,和大家一起在闹市区玩耍,在夜市之类的地方大快朵颐,吃些点心、水果。并且,我们把吃剩下的东西带到了电影院里。

影院是类似斯卡拉歌剧院[①]的一流电影院。进去后我非常震惊,大堂简直宛如酒店。高高的天花板上垂吊着沉沉的枝

---

① Teatro alla Scala 或 La Scala,位于意大利米兰,世界最负盛名的歌剧院之一,被西方许多音乐家和歌舞演员视为歌剧圣地。

形吊灯，正面有附带平台的大型阶梯。

这里是怎么回事？我可不是来听歌剧的啊。

这里虽然如此华丽，但在大堂却完全看不到下周预告的海报，或者是服务性的展板。哎呀，这里虽然相当干净整洁，但说句不好听的，还是挺没意思的。

我们进入放映厅。不管是座席、天花板，还是舞台，都做得相当不错。我试着坐到座位上——非常宽敞，感觉很舒服。

果然，对中国人来说，电影是最大的娱乐，这些设施都是为了以最好的状态享受电影而设计。这里绝对没有像日本那样"能塞人进去就行"的电影院。

我们刚刚坐下，就开始狼吞虎咽地吃起从夜市买来的东西。我们把香蕉皮随手扔在地上，还把脚架到前面的座位上。周围的中国人一直观察着我们的这些行为。

"香蕉皮这点东西自己带走啊，大家都看着呢。"

"就是啊，我们日本人真是完全不懂电影院的礼仪呢，我觉得好丢人啊。"我们嘴上这么说，却仍然到处乱扔东西。

放映厅暗下来，电影即将开始。

我大吃一惊。银幕画面四周的角……是圆的！非常古典，让人怀念！

日本确实也有过这样的电影银幕，到战后为止。在我小时候，如果要画电影的图画，电影银幕的四角一定会画成圆

的。这样的制式，居然在中国还保留着。（当然，这应该是为了配适旧式的放映机。所以只要更换了新式的放映机，早晚在中国也看不到这样的电影银幕了吧。）我们已经看惯了有规整四角的大型银幕，看到这种圆角银幕，会莫名觉得很温暖又舒服，这大概是因为怀旧吧。

还有一件事，观众经常发笑。看到精彩场面时会发出呐喊声、喧哗声，这些反应非常快。我常在美国的电影院体验到相同的气氛。拍手声、呐喊声、嘘声、嘲笑声、口哨声充盈着整个剧场。

难道说，只有日本人在看电影的时候默不作声吗？虽然我们偶尔会发笑，但拍手这样的行为，我们只在试映会结束时啪啦啪啦拍几下。如果是戏剧，观众会给舞台上的演员送上掌声。电影的确是单纯的模拟影像，所以就算鼓掌，对方也听不到。

但说不定电影的演员、工作人员等人，会混在观众中观看电影。这些相关人员，确实会希望在放映现场亲身了解观众的反应。因为我也会想知道，所以有好几次前往电影院观看自己的电影。即便是电影，不断地鼓掌和送出声援，应该也是观众的礼仪吧。

话说回来，那晚观看的功夫电影，名叫《武林志》（1984），是一部和香港合拍的电影。

虽然无所谓，不过与其说这是太极拳电影，不如说是功夫电影。内容可以说是《洛奇4》(*Rocky IV*, 1985)的中国版,苏联的摔跤选手和中国功夫选手公开比赛,战况先是令人捏一把汗,最后是中国功夫赢了。

观众发出了巨大的支持呐喊声!

苏联的摔跤选手,完全就是个可恨且粗鲁的反派角色,苏联公使也是一副嚣张的样子,把他们打败的场景,完全表现出了现今中国的立场,非常有趣。

如果是二十世纪五十年代,再怎么样也不会写出这样的剧本吧。

我想起了战时看过的日本B级电影《国际走私团》(1944)。我记得主演好像是市川右太卫门,是关于幕末的间谍故事,反派角色是俄国间谍。反派甩着鞭子出现的地方,着实让人憎恶。原来如此啊,时代会变迁,国家会改变,但心情却是一样的啊。

现下,对涉及战时内容的电影审查很严格。但是审查的标准、细则等内容,却相当模糊,很大程度上受情报局、军方人士等人的偏执见解左右。

由人类审判人类的艺术,这一点尤为可怕。

回到过去[①]

由斯皮尔伯格担任制片人、罗伯特·泽米基斯（Robert Zemeckis）导演的科幻电影《回到未来》（*Back to the Future*，1985），简单来说，就是时光机器的故事。

从前的时光机科幻故事，走不出这样的童话故事范围：乘坐时光机器所到访的世界，多半是遥不可及的超级未来，或者是战国时代这样的久远过去——任谁都认为，这样就能孕育出天马行空的创意。

《回到未来》则推翻了这一常识，它所跳跃到的世界，仅仅是三十年前。首先这一点就很棒。正因为是不太久远的过去，才能够与现在做比较，最重要的是，能让人沉浸在怀旧的气氛里。这是创意与企划的胜利。

这部电影能在日本大受欢迎，百分之三十左右可以归功

---

① 本回标题原文用片假名写作"バック・トゥ・ザ・パースト"（*Back to the Past*），是对《回到未来》英文片名的戏仿。

于这一构思。并且，由新车型德劳瑞恩（DeLorean）改造而来的时光机器独具匠心，比起那种像是用奇葩装置拼凑而成的时光机器，它更有亲切感，更诙谐有趣。

只要观看了这部电影，任谁都想要回到自己的过去。

因此，现在我也打算坐上由德劳瑞恩——不，是由1984年产的丰田宝贝（Toyopet）改造而来的时光汽车，回溯到三十一年前——昭和三十年（1955年），去见一见当时的手冢治虫。

来吧，我们出发。

转瞬间，我便来到了昭和三十年的时代。

我首先拜访的，是名叫常磐庄[①]的公寓。三十年前，我住在这里。

大概很多人都知道这座常磐庄，它类似于好汉聚集的梁山泊，许多新人漫画家群居于此。这种洗漱台和厕所都共用的简易木板房，在当时是极其常见的公寓类型。

我上了吱呀乱响的楼梯，向左转，然后站在自己曾住过的房间门口。我敲了敲门，等了片刻。

门咔嗒一声开了，探出头来的居然是藤子不二雄[②]先生。

---

① 原文写作"トキワ荘"，中文译法也作常盘庄，日本著名的漫画圣地。
② 指藤子不二雄A，原名安孙子素雄，与藤本弘（笔名藤子·F·不二雄）长期共用"藤子不二雄"这一笔名发表作品。

"嗨，藤子先生……"

我刚打完招呼，他就诧异地说道："我们在哪里见过吗？……您是哪个出版社的人吗？"

"不，并不是这样……其实我是来见一个叫手冢治虫的人……"

"手冢先生已经搬家了哦。"

"糟了，他已经搬家了吗?!"

"是的。我们是他搬走之后才搬进这个房间的。"

这时候，旁边的门开了，另一位藤子先生①出来了。正如各位所知，《哆啦A梦》的作者藤子先生，是两个人的笔名。

"我们俩各租了一间房。"

"对、对哦。那么，这一排的第一间房间，已经是石森章太郎先生在住了吗？这时候他应该已经住进来了。"

"真的吗？怎么可能！您为什么会知道这种事？您到底是何方神圣？"

我没法说自己是来自三十年后的手冢治虫，赶紧冲出了常磐庄。我没戴贝雷帽，又是个中年男人，所以谁都没发觉我是手冢本人。

街上到处都鸣响着曼波舞曲。我听到了尖锐的小号声，那是佩雷斯·普拉多乐团在《广岛蔷薇》中的伴奏。

在唱片店里，《藏了月色那夜空美丽依旧》《离别的一本

---

① 指藤子·F·不二雄，《哆啦A梦》的作者署名就是他。

杉》等歌曲与曼波舞曲、恰恰舞曲的唱片放在一起出售，并且那些全都是 78 转[①]唱片！

SP 盘唱片那肃穆庄重的触感！播放五分钟就得翻转唱片的操作，让人甚是怀念！

"这张慢转唱片怎么样？是进口自美国胜利公司的唱片哦。"

这么说着，唱片店店员一脸自豪地拿出了一张唱片，居然是 EP[②]——45 转唱片！

那是《伊甸园之东》(*East of Eden*, 1955) 的主题曲唱片。封面是詹姆斯·迪恩 (James Dean) 神情羞涩的照片，上面还写着"震撼乐坛的新人，詹姆斯·迪恩"，售价三百日元。

"这个男人……很快就要死了啊。"[③]

我沉浸在感慨中，店员却误会了。

"您家的电动留声机不能播放 EP、LP 唱片[④]，对吧？以后可是 LP 唱片的时代哦。您要不要购买呢？这个是商品目录。"

"不，不用了。"

出了店，我乘上了前往杂司谷的都营线电车。

[①] 指黑胶唱片的转速，78 转即一分钟内转 78 圈，是标准唱片 (Standard-Playing, 缩写 SP) 的转速。

[②] EP 的全称为 Extended-Playing Record。

[③] 詹姆斯·迪恩去世于 1955 年，正是作者假想中"穿越"到的年份。

[④] 即 Long-Playing 唱片，也就是前面所说的慢转唱片，每分钟 33 转，单面可录音时间接近 30 分钟。

《这就是新艺拉玛》(*This Is Cinerama*, 1952),帝国电影院正在热映——街头可以看到诸如此类的电影广告牌,其间还混杂着这样的海报——后乐园游乐场开园啦!日本第一辆云霄飞车竣工。

我来到了位于杂司谷的"林荫小屋"公寓。路上车辆很少,这一带非常寂静。在昭和三十年,搬出常磐庄的手冢治虫便定居在了此处。我敲了敲二楼深处房间的门。

在这间四叠半的房间里,手冢治虫把办公桌、资料、法兰西床(France Bed)牌床铺一齐搬了进来,甚至包括当年价格高达二十万日元的22寸电视机、大型电唱机和钢琴。他是个赶时髦的人,主张要买下所有时新的东西。(那时候,索尼的前身东京通信工业新研发了一款家用录音机——磁带录音机。我便是第十四名购买了这款录音机的顾客。因为我自己没什么好录音的,便把麦克风从"林荫小屋"的这个房间垂向楼下,偷偷录下了楼下新婚夫妇的私房话。)

不仅如此,我还让在这里过夜的编辑睡在床上,自己则把脚伸到钢琴下面,趴在地板上画画。并且,我还逮住了到访此处的所有年轻漫画家,让他们当我的助手。比如石森章太郎、赤冢不二夫……

那么,本人到底在不在房间里呢?

门没有开。这里也没人。

隔壁住的是杂志《漫画少年》的主编。当时我在《漫画

少年》上连载着《森林大帝》和《火鸟》。我敲了敲门。他在家。我问他手冢治虫在哪里。

"不知道啊,那位老师只要一有空,就会跑出去呢……就算没空他也会跑出去……他好像说了今天要去银座看部什么电影。拜其所赐,我们杂志的《火鸟》要休载了啊。"他用抱怨的语气答道。

"贵刊的销量如何?"

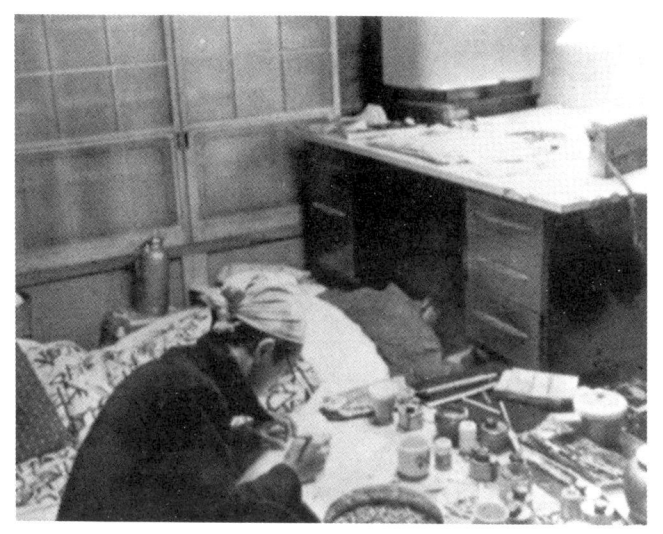

林荫小屋里的工作现场,作者趴在桌子下面画画,
镜头跟前的是高井研一郎先生

"还行吧。"

主编用怀疑的眼神看着我。

他说的还行是骗人的。《漫画少年》经营艰难,这本杂志没多久就要倒闭了。——不过,这些将来的事,我自然不能跟他说。

主编好像想起来什么似的,说道:"对了,他好像说过,今晚在银座文艺春秋新社的大楼里,有横山隆一老师制作的漫画电影的试映会哦。所以,他可能到那里去了……"

"啊，没错！那是横山老师的'新漫画派集团'①制作的首部动画吧！是一部名为《背背小怪》（1955）的 16mm 胶片的短篇漫画吧。"

"欸，您知道啊。"

主编瞪着我，几乎要把"这家伙是什么人"说出口了。

我急忙赶去银座。夕阳西下，"数寄屋桥"上灯光朦胧。

横山隆一先生制作了漫画电影，这一新闻在当时可是大事件。漫画家建立工作室，做出动画（当时还没有"动画"这个词），以当时的常识来说，这是无法想象的事情。可是，横山老师在摄影棚中放入了摄影机，召集了助手，最终完成了处女作。

我来到了文春大厦前。赶上了。《背背小怪》试映会刚刚结束，人们络绎不绝地走出来。人群里，我找到了目标人物手冢治虫。

我没法叫他。如果叫了他，历史就会改变——也就是被称为"时间悖论"的东西。《回到未来》中也描绘了时间悖论。作为主人公的少年干涉了过去，导致他现在的情况产生了微妙的改变。我的现在如果改变，那就糟了。

看完试映的人们，接连进了啤酒馆，庆祝会在那里举行。我也悄悄混了进去。横山老师正在兴高采烈地致辞。

---

① 昭和年间，以《漫画人》的执笔画家近藤日出造、杉浦幸雄、横山隆一等二十人为主建立了"新漫画派集团"，后来又有多人加入。

"今后，我将更换成35mm摄影机，开始认真地制作漫画电影。"

热烈的掌声响起，众人开始干杯。手冢治虫坐在角落的桌子旁，横山老师走过去，拍了拍他的肩。

"手冢，你也尝试制作一下漫画电影吧。没事的，试一试，就会发现并没有那么难。"

三十年前的手冢治虫面红耳赤地回答道："好的，我会试一试的。"

听到这些话，我不由得站起来大喊："别做那种玩意儿啊！你如果做了是会吃亏的！会破产哦！！"

手冢治虫吓了一跳，注视着我。然后，他的表情变得怯懦。

就在这一刻，历史改变了。

手冢治虫似乎重新想了想，回答道："漫画电影……我暂时还不做。老师，请您带着我的份儿继续活跃下去吧。"

手冢治虫，没有创建虫制作公司。所以，动画《铁臂阿童木》最终没有面世。

因此，之后日本也不可能出现疯狂的动画热潮。可喜可贺，可喜可贺。

电影孤独

从前,我曾做出一个决定,一年要看三百六十五部电影。然后,这个习惯我保持了十几年都没有改变。

我的最高纪录是一年看了三百六十八部电影,这就是极限了。这是我一边画漫画一边达成的纪录,所以大概就是这个程度了。

个人放映室一族[①]如果一天看一部电影,一年下来就能观看三百六十五部,不过因为个人放映室周日及节假日休息,所以即便是评论家,应该也很少能一年看到三百六十五部吧。

不过我居然真的能坚持每年观看三百六十五部电影啊。

我的漫画家朋友们如果有空,一般会聚在一起喝喝酒、打打麻将,但这些时候,我却一直在看电影。到了圣诞节、新年这些日子,一般都是一家团聚或者跑场喝酒,而在这样

---

① 原文为"試写室族","試写"在日语中指试映(preview)或私人放映(private showing)。

的日子里，青春时代的我也只顾着往电影院跑。

当然，这是从前的事了，当时也不能随心所欲地旅行，高尔夫还属于精英们玩的游戏。

那个时代，从大阪去东京都是个大工程。在二十五岁的学生时代，我独自去了东京。我找好了租住的房子，一边来往于东京和大阪，一边上学、跑出版社。即便身边有出版社的人和同伴，也没有一个友人能和我讨论电影。

"下周休息的时候去看电影吗？"

"电影？电影倒也不错，不过还是去喝酒吧，喝酒吧。"

就这样，就算我邀请画漫画的朋友，结果还是会被他们抓去喝酒。

当时比我小十岁的年轻人全都是电影粉丝，现在的我看来，真是羡慕得不得了。

居然光顾着喝酒却不看电影，这叫什么青春啊。随便你们了——我怀着这样的心情，继续孤单地往返于电影院。

我变得内向了不少。

即便我向朋友们诉说电影带来的感动，如果对方不感兴趣，那也是白搭。

过了三十岁，日日忙碌的我还没有恋人。我本来就工作繁忙，还要像快递货车一样往返于东京和大阪，自然和恋爱的机会无缘吧。

大家都知道，一月元旦那天闹市区的店铺基本都关了，只剩下电影院还在放映电影。元旦的大清早就一个人去看电影，有这样的三十岁男人吗？

那就是我。我觉得，自己确实是个怪人。

在空荡荡的闹市区，我吹着北风钻进电影院的入口，这种心情实在让人难受，胸中满是孤独感。比这更寂寞的是平安夜。酒友们还是老样子，喝得酩酊大醉。不，酒吧的宰客力度比平时还要厉害。在那样的夜晚，你进入电影院，会发现八成左右都是年轻的情侣。与观众们欢腾的气氛相反，三十岁的单身男人，凄凉又悲惨。

啊啊，必须娶个老婆才行啊——这个念头令我着急了。

不过，我对自己的理想对象，有一个绝对条件。

首先她要喜欢电影。

我一年看三百六十五部电影，对方要同意跟着我一起看。这条件有些过分。首先，对于我每年看三百六十五部电影的行为，大部分女性应该会目瞪口呆，或者觉得怪恶心的吧。

还有补充呢。

即便对方是个爱电影爱到废寝忘食的影迷，但如果是小林旭、赤木圭一郎[①]等人的狂热粉丝，或者看过锦之助和云

[①] 两人均为日活电影公司的动作片明星，小林旭后来离开日活公司，进军歌坛，演唱了不少脍炙人口的歌曲。

雀^①合作的所有电影，又或者能记住所有歌谣电影^②，那这类影迷我也"敬谢不敏"。因为和我的喜好不一样。

这样一来，我找老婆就会极其困难。拜此所赐，我一直单身。

和我单身时期的记忆联系紧密的，有加里·库珀（Gary Cooper）主演的《正午》（*High Noon*，1952）和卡罗尔·里德（Carol Reed）的《第三人》（*The Third Man*，1949）。我记得这两部电影几乎是同时上映的，我还是连着看的。不管怎么说，这两部电影的音乐都难分高下。当时，街上处处都流淌着这两片主题曲的旋律。它们占据了音乐排行榜前列约半年之久。

昭和二十七年（1952年），马塞尔·卡尔内（Marcel Carné）的《天堂的孩子》（*Les enfants du paradis*，1945）在日本上映了。看了这部电影，我学习到了何为电影的浪漫。直到现在，我心中排名第一的电影都是这部《天堂的孩子》，并且从未改变。这部电影，我是在骏河台街角一家小小的影院里看的。影院虽小，但观影结束出来时，我的心却如气球一般饱满充实。

这一年，我开始在《少年》杂志上画《铁臂阿童木》，在《少年画报》杂志上画《仙人掌小子》，在《少年俱乐部》杂

---

① 指中村锦之助和美空云雀，两人合作过《鸳鸯之门》《千姬与秀赖》等影片。
② 原文为"歌谣曲映画"，指二十世纪五十至七十年代间，日本电影界出现的一种电影类型，即以日本流行歌曲改编而来的电影。

志上画《洛克冒险记》。我常常从工作室溜出来，跑去看电影。编辑们会大发雷霆地追过来。

如果被找到，我就会像《第三人》中的奥逊·威尔斯（Orson Welles）一样，从藏身之处稍露出脸来，一脸嘲讽却又有点害羞地歪嘴一笑。这一笑流行了起来，我的朋友如果在酒馆被编辑逮到，大家都会化身奥逊·威尔斯，歪嘴一笑。

终于，我下定决心，要找老婆了。

在经历过好几次相亲后，我相到了一位律师的女儿。她长相普通，讨厌医生。

见过之后，我发现她虽然长相普通（大家都说她长得很像我笔下的女性角色，不过我不这么认为），但她书架上摆满了我的漫画书。我非常高兴，决心要和她在一起。（写东西的人一般都对读者很没抵抗力。）

我是一个拖稿的天才，所以第一次约会，我也迟到了很久。于是，她等得不耐烦，回家了。这可非常糟糕。

我好不容易把她叫了出来，两个人四处闲逛，也不知为什么，我把她带到狮子啤酒馆去了。明明可以去咖啡馆的，为什么我要邀请她去狮子啤酒馆呢？到现在我都不明白。她明明也不太能喝酒。也就是说，我脑子里大概只能想到酒和电影吧。

所以，后来发展到了邀她去看电影的阶段。

"看什么呢？"我问道。

"我想看有维也纳童声合唱团参演的《野玫瑰》[①]。"她说。

哎呀，感觉是部很没劲儿的电影，果然女人就喜欢这类的啊，我觉得我又会睡着。

但是，当我来到影院门前，居然发现《野玫瑰》有一部

[①] 此处根据日文片名《野ばら》直译，原片名为 *Der schönste Tag meines Lebens*（1957），意为"我生命中最美好的一天"。

附赠动画。那就是我一直想看的哈拉斯与巴彻拉的《古早奇谈》①。真是赚到了！我几乎要脱口而出。我立刻有了精神，兴高采烈地去买了票。可是，当这个动画结束后，我的热情瞬间就没了。我还冷漠地跟她说什么自己要赶不上火车了，就急忙一个人走掉了。

这明明是场约会，我怎么能做出这种事！这不是和甩了那女孩一样吗？据说她一个人孤单地继续看完了《野玫瑰》。

接下来的一次约会更过分。

我们两人来到一家河豚料理店，可我却醉得满脸通红——鳍酒②上头了。我晃悠悠地和她出了店，为了醒醒酒，我们来到咖啡馆坐下，结果我就这样呼呼大睡起来。听说人家姑娘很无奈地一直盯着我的睡脸，等着我睡醒。

因此，我以为她肯定不想和我这样的怪人组建家庭。可出人意料的是，我们一年后结婚了。正所谓命运比漫画更有趣。

结婚以后，我还是老样子，频繁引发一些不像话的事件……（举个例子，结婚典礼那天，我因为画稿子而迟到了

---

① 原文为《珍説むかしむかし》，应为约翰·哈拉斯（John Halas）与乔伊·巴彻拉（Joy Batchelor）成立的动画公司 Halas and Batchelor Cartoon Films 制作的短篇动画，该公司动画的日文译名中带"珍説"的作品可查到《珍説 酒は呑むべし》（To Your Health，1956）、《珍説 世界映画史の巻》（History of the Cinema，1956），不能确定作者指的是哪一部，此处按原文直译。
② 一种日本特有的酒，将鱼鳍割下后小火烧烤片刻再浸泡在热清酒中饮用，多用河豚鱼鳍，酒中会渗透着河豚的鲜味。

将近一个小时。那可是我自己的婚宴啊！还有……）算了，不说了。这和电影没关系。

十几年过去，在孩子快长大时，为了对他们进行电影教育，我们会全家一起出门看迪士尼、卓别林的电影……那时候我还完全不知道，我妻子居然是个电影通。

且听我道来。在我最爱的电影中，有一部叫作《霍夫曼的故事》(*The Tales of Hoffmann*，1951，另译《曲终梦回》)，是鲍威尔（Michael Powell）和普雷斯伯格（Emeric Pressburger）的作品。

大部分普通人的记忆里，是没有这部电影的。这是在《红菱艳》(*The Red Shoes*，1948)之后完成的芭蕾电影，喜欢的人非常推崇，但普遍的评价却不怎么高。不过，对我来说，这却是一部给我留下强烈印象的电影，并且对我的工作也产生了极大的影响。

要说这部电影如何对我产生影响，我写过一本名为《我的一部电影》(《私の一本の映画》)的书，是由电影旬报出版社发行的。其中有一篇文章的内容就是关于《霍夫曼的故事》，虽然是一篇有点死板的解说，但我还是转载过来了。

《霍夫曼的故事》——昭和二十七年（1952年）在日本上映。

迈克尔·鲍威尔和埃默里克·普雷斯伯格的芭蕾电影《霍夫曼的故事》在日本上映时，是我开始连载《缎带骑士》[①]的第二年。如果我没记错，那应该是在日比谷的某家影院首映的。该片的音乐、色彩和结构征服了我，我为影片的创新与冒险精神送上了热烈掌声。

---

① 原名《リボンの騎士》，另译作《蓝宝石王子》。

我从幼年到大学时代都住在宝冢,《缎带骑士》这部作品来自我对宝冢的少女歌剧舞台的印象。冒昧地说,我自认为这部作品是现今少女漫画的原点。至少,女主角的星星眼……这种风评恶劣的模式化面孔正是发源于此处。

话说回来,自从我来到东京,与宝冢歌剧的接触也随之变少,所以《缎带骑士》连载的第一年,我就已经难以回忆起它的形象了。还能为我的幻想制造少许食粮的,都是《仙履奇缘》(*Cinderella*,1950)、《白雪公主和七个小矮人》(*Snow White and the Seven Dwarfs*,1937)这些迪士尼少女动画。

就在此时,《霍夫曼的故事》的出现,真可说是久旱逢甘霖。

在连载进入第三年的《缎带骑士》中,立马就有画面直接受到了《霍夫曼的故事》的影响。我这个人啊,有个不好的习惯——喜欢把感动我的电影或者小说编排到自己的作品中,不顾羞耻,不顾体面。《缎带骑士》中,银国的军队服饰几乎完全照搬了《霍夫曼的故事》第二幕的克勒米尔(军人,霍夫曼的情敌)的衣着风格。《霍夫曼的故事》序幕中的酒馆、第一幕中斯帕朗扎尼(木偶师)的店面背景等,表现出的气氛都让我联想到宝冢的舞台,并且也被我频繁挪用,临近尾声时那个充满象征性的芭蕾舞场景,其背景很有画家达利的风格。这一背景不仅出现在

《绶带骑士》中,在很长一段时间里,我的作品中也处处有它的衍变产物。

这部电影的精彩看点,在于能够尽情地享受已故的托马斯·比彻姆(Thomas Beecham)[①]指挥的伦敦交响乐团的演奏。在主字幕出现时,影片还细致地插入了声响来配合该乐团的管弦乐(当然这是有意制作的)。在电影的结尾处,还完整地展示了比彻姆先生指挥的身姿,一直到他将指挥棒放回台上。在我的实验动画《图画展览会》(1966,另译《展览会上的画》)中,我把秋山和庆先生的指挥和东京交响乐团的演奏以实拍的形式放入结尾,这显然是在模仿比彻姆。

鲍威尔和普雷斯伯格的前作《红菱艳》是一部取得了巨大成功的全视角芭蕾电影。而这部《霍夫曼的故事》则是更进一步,他们做了一个极为困难的实验性尝试——把奥芬巴赫(Jacques Offenbach)的歌剧改编成芭蕾。在1951年当时,这一成果新意十足,它运用了电影的一切特殊技术,成了一部前卫的娱乐表演型电影(show film,或可译作奇观电影)。

虽说在战后,人们普遍将《红菱艳》看作正式的芭蕾电影,不过我认为从给予电影创作者以强烈影响这一点来

[①] 英国音乐史上最著名的指挥家之一,创立了后来蜚声于世的英国伦敦爱乐乐团和英国皇家爱乐乐团。

看，应该是这部《霍夫曼的故事》更为出类拔萃吧。比如说后来费里尼（Federico Fellini）、帕索里尼（Pier Paolo Pasolini）的好几部作品，还有音乐剧电影《一个美国人在巴黎》（*An American in Paris*，1951）、《西区故事》（*West Side Story*，1961）等作品，里面都有多角度呈现的芭蕾舞段落，它们难道不是起源于《霍夫曼的故事》吗？还有伯格曼（Ingmar Bergman）的《魔笛》（*The Magic Flute*，1975）等正宗歌剧电影，也在把小众狂热的东西做得更加通俗易懂、面向大众，而在这一点上，《霍夫曼的故事》应该说是走在了前面吧。再比如说第二幕在威尼斯的场景，酒宴的颓废气氛就和费里尼的《爱情神话》（*Fellini Satyricon*，1969）等作品的主题有所关联。

  《霍夫曼的故事》中，有很多画面让人感觉是导演、编剧将脑中浮现的所有影像都扔到了里头，其中也不是没有想法空乏或是特别做作的部分。但是不得不说，片中有不少精彩场景。如在开篇的纽伦堡酒场里，被刻在啤酒杯上的矮个儿小丑蹦出来跳舞的场景；第一幕中观赏自动人偶葛佩莉亚跳舞的客人全都是木偶，这些木偶又巧妙地和人类互换，我们才刚反应过来，又搞出了"木偶突然伸长脖子"的恶作剧；更有开场时象征着雌蜻蜓吃掉雄蜻蜓的芭蕾场景。

  直到第三幕——电影的后半段，大量的创意终于见了底，于是电影立刻开始走向松懈，这便是这类电影的常态。第三幕的希腊场景采用歌剧形式，花了很大的心思，电影氛围却落入俗套，让人感到无趣。

其中一个原因是，这里没有展开把歌剧改编成芭蕾舞的实验，而是直接让歌剧歌手登台演唱。首席女歌手身材丰腴，扮演的却是个罹患肺病的姑娘。更重要的是，霍夫曼作为整部电影重要的情节推进角色，其饰演者罗伯特·朗萨韦尔（Robert Rounseville）的样貌恐怕不像个诗人。这对作品的魅力造成了致命的打击。

不过，为芭蕾场景增色添彩的舞蹈演员们，特别是参演过《红菱艳》的莫伊拉·希勒（Moira Shearer）、莱奥尼德·马赛因（Léonide Massine）、罗伯特·赫普曼（Robert Helpmann）等人，他们的舞姿精彩到令人叹为观止，其中赫普曼那极具个性的反派演技博得了好评，并预示了他之后在《北京55日》（*55 Days at Peking*，1963）中饰演清朝高官、在《飞天万能车》（*Chitty Chitty Bang Bang*，1968）中饰演绑架犯等角色时的个性演技。

就当时的英国电影而言，我认为本片在色彩方面或许算得上最高水平了。同年代在日本上映的第一部法国彩色电影《我来的那个国家》（*Le Pays d'où je viens*，1956），只表现出了相当初期的技术效果。与此相比，《霍夫曼的故事》的色彩对于发行方伦敦电影制片厂来说，恐怕也是顶尖级别了吧。

好了,从票房方面来看,与《红菱艳》相比较,《霍夫曼的故事》可算是相当失败了。鲍威尔和普雷斯伯格此前拍摄的《平步青云》(*A Matter of Life and Death*,1946)、《黑水仙》(*Black Narcissus*,1947)、《红菱艳》等电影,都受到了极大赞誉。相比之下,这部为了实验的冒险之作,让他们受到了近乎被无视的评价,自此以后,两人制作的作品品质就开始急速地下滑。

综上原因,这是一部难得一见的电影。据我所知,电视上仅仅播放过一次。

一次,我偶然得知,这部电影将在国立电影中心进行为期一天的复映。

"我要去看一部叫作《霍夫曼的故事》的电影哦。"我随口和妻子提了一下。

谁知妻子居然兴奋地说道:"我想看!"

"你看过这部电影?"我半信半疑地问道。她为什么会知道这个被彻底遗忘的电影名字?

"我早就想再看一次了!"

"你应该更喜欢《红菱艳》吧?"

"我不是很喜欢《红菱艳》。《霍夫曼》比较好看!"

"嘿,我们观点一致。我也觉得《红菱艳》一般般……

那咱俩一起去看吧。"

就这样，我们出门了。放映会上全是些年轻人，里面只有我们俩是大叔大婶。

总之，她这句"我喜欢《霍夫曼的故事》"让我感到幸福。这就是所谓的影迷。

我把电影旬报发行的《外国电影作品辞典》翻了出来，让妻子确认一下从战后到现在看过有印象的电影。真的有好多！她真的看过好多电影啊。她年轻时看过的电影，数量甚至超过了我。没想到她居然超过了每年看三百六十五部电影的我！并且，她对作品的偏好大致上也和我一样！

当然一些细节上还是不一样。

比如说，妻子喜欢歌舞片，非常偏爱罗萨诺·布拉齐（Rossano Brazzi）[①]，对 B 级片和血浆片则完全不感兴趣。

不过，每当妻子口中说出《巨人传》（*Giant*，1956）、《奥菲斯》（*Orphée*，1950）、《参孙和达莉拉》（*Samson and Delilah*，1949）、《码头风云》（*On the Waterfront*，1954）、《深闺疑云》（*Suspicion*，1941）、《蝴蝶梦》（*Rebecca*，1940）、《七对佳偶》（*Seven Brides for Seven Brothers*，1954）等片名时，我就会对以前的约会感到懊悔。

为什么当时我们没有向对方说起这样的话题呢？结婚后

[①] 意大利舞台剧演员、电影演员，代表作为歌舞片《南太平洋》（*South Pacific*，1958）。

几十年,我们明明有更多机会可以两人一起看电影的,却在今时今日才注意到这一点。

看了这篇文章的年轻影迷们啊,但愿你们的结婚对象能是一个电影通。在第一次约会的时候,应该问清楚对方喜欢什么电影。留心这些小细节,即便遇上了倦怠期夫妻吵架,事后也能起到意想不到的作用哦。

贝雷帽下

只要我接受采访,采访者中十个人会有九个人问我:"您为什么要戴贝雷帽呢?"

"这是我的喜好。"

对于这一回答,对方总会不甚满意似的问:"您有没有摘掉帽子的时候呢?"(这不是废话吗?在浴池洗头发的时候必须得脱掉吧。戴着帽子去理发店,能理发吗?真是蠢问题啊。)

不过我也不喜欢这些愚蠢的回答,所以姑且这样答道:"不,我从来不脱。即便是在首相、大总统这样的人面前,我也绝对不脱帽子。"

本人言行一致,在官邸会见中曾根先生[①]时,也一直戴着帽子。

---

① 曾担任日本第71、72、73届(1982年—1987年)首相的中曾根康弘,被公认为日本最国际化的政治领导人,绰号风向鸡和红武士。

一群大师级漫画家从中国来访日本,漫画团体的代表带领着中国漫画家,首先对中曾根首相进行拜会。中曾根先生一边说着"你好"[①]"你好",一边与站成一长排的漫画家挨个儿握手。对着杉浦幸雄先生和小岛功先生,首相也说着"你好"和他们握手。看来首相是把大家都错当成中国人了。他看着我的贝雷帽,到底还是察觉到了我并不是中国人。他没有对我说"你好"。

真是在意想不到的地方起了作用啊。

不过,采访我的人们像是对我说"一直戴着"的回答感到非常激动。

"您有几十顶吗?"他们追问道。

"几十顶?怎么可能。平时大概就是两顶帽子换着戴。"

"肯定是进口的法国贝雷帽吧?"

"(是国产的哦,我在百货商场买的。不过我说了大话。)我是从法国很有名的店铺订购的。"

于是,对方兴趣更浓了。

"您贝雷帽的下面是什么样子的?请给大家看看您的头吧?"

"哎呀,这就饶了我吧。"

---

① 原文为假名"ニーハオ"(nihao)。

从昭和二十年（1945年）开始，我就一直戴着贝雷帽。因为我很憧憬横山隆一先生戴贝雷帽的样子。那时候，我坚信漫画家就是要戴贝雷帽的。

我曾戴过一次费多拉帽（fedora hat）①。因为我被詹姆斯·卡格尼（James Cagney）的黑帮电影迷住了。我感佩于他那样小而端正的脸，也如此适合费多拉帽，所以自己也试着戴了。在我身上简直是一副乡公所书记员的滑稽打扮。

话说回来，贝雷帽这东西很有意思。因为贝雷帽并没有那么多尺寸，我刚买来时，帽子完全不合我的脑袋。帽子被横向撑开，非常难看。看起来像是大黑天神（Mahākāla）②的头巾。可是过了约一个月，帽子的形状开始发生神奇的改变。我戴了一年左右，帽子就如同"量头定做"一般，与我的脑袋正好合适。真是相当奇妙啊。直到那时候，我才开始对这类帽子爱不释手。

不过呢，那时候我常常弄丢帽子。大多是在晚上弄丢的，一般来说，不是在酒吧喝得酩酊大醉忘记拿走了，就是在出租车上醉倒后落在那里了。

有一次，高木东六先生对我说："手冢先生，我家有正宗

---
① 一种浅顶卷檐软呢帽，顶部还有一个像是被"捏"过的标志性水滴形凹陷造型。
② 本是婆罗门教湿婆（即大自在天）的化身，后来被佛教吸收而成为佛教的护法，特别是在密宗中大黑天神是重要的护法，乃专治疾病之医神与财富之神。

的法国贝雷帽,不如送给你吧。"

"非常感谢您!"

就这样,我得到这顶帽子没过多久,就和以前一样,去了银座的S店喝酒。

陪酒小姐不停对我说:"手冢先生,那顶贝雷帽给我好吗?我想要。"

"好啊,你拿去!"我在酒劲儿上,就给她了。

"糟糕!那是高木老师的贝雷帽!"待我酒醒才发觉,却已经晚了。不妙的是,高木老师本人之后去了S店喝酒。

事后,高木老师问我:"手冢先生,你把我给你的贝雷帽让给陪酒小姐了吗?"

我明明只要和他说……是喝醉的时候不小心给的就好,可我却说:"是的……呃、呃……不好意思。"

"不,我很高兴哦。"老师语气轻松地说道。

但我却面红耳赤。从那以后,我就没脸见高木东六老师了,我非常惭愧。

可就在前几天,横滨有位女性联系我说:"手冢先生,您在S店弄丢的贝雷帽,在我这里哦。"

我完全搞不懂帽子为什么会在横滨。真想问问贝雷帽。

以前有这样一部电影,是迪维维耶(Julien Duvivier,另译杜维威尔)导演的一部名为《曼哈顿故事》(*Tales of Manhattan*,1942)的电影。这个故事讲述的是,住在纽约曼哈顿的著名演员穿过的燕尾服,流转于不同的人手上。如果我弄丢的贝雷帽全都回到我这里来,我想应该有一百顶以上吧。

还有件这样的事。我把贝雷帽忘在大阪的出租车上了。于是,我急急忙忙地到百货商店另外买了一顶。

我戴着新买的帽子出去时,路上的年轻人全都盯着我看。和可爱的女孩子擦肩而过时,对方就会回头。

"哦哦,大家都在看我。因为我上过广告,大家都认识我啊。"

于是我装模作样地继续向前走,回头率却越来越高。

"手冢先生……"一位年轻人过来向我打招呼。

"吊牌在帽子上……"

我这才发现价签和百货店吊牌在贝雷帽顶部荡来荡去。

有个说法叫"贝雷帽的十大好处"。

比起其他种类的帽子,贝雷帽有十大好处。

"男女都能戴。"

"没有前后之分。"

"即使变得皱巴巴也能恢复原状。"

"翻过来也能戴。"

以上几点好处自不用说。

"如果向大家传递贝雷帽,大家就会放钱进去。"也有这种牵强的说法。

"吃饭的时候可以不用摘掉。"

关于这一点，我实际试过以后，发现在大多数国外的餐厅都是可以的。在有一些餐厅里，服务员则会微微皱起眉头，客气地说"请您摘下帽子"。日本的餐厅当然是没问题的。我认为这应该是由于大家对贝雷帽的解释有所不同。我呢，认为贝雷帽是我的假发，即我脑袋的一部分，说来该是和假牙或者眼镜性质相同。国外也有明白这一点的服务员。一些酒店餐厅对不打领带的着装非常严苛啰唆，但面对戴贝雷帽的人，大多数也会说"请进，请进"。

横山隆一老师跟着漫画组织环游世界的时候，在洛杉矶的餐厅里第一次摘下了贝雷帽。在此之前，横山老师在人前是绝对不摘贝雷帽的。那是他的个人标志。所以当他在洛杉矶的餐厅被迫摘下贝雷帽时，同行的众人都屏息凝视。

老师毛茸茸的脑袋泛着光，甚至带着点神秘感，就跟漫画中的博士一样。

就这样，因为横山老师不戴帽子的本来样貌大受好评，所以自此以后，他就完全不戴贝雷帽了。

托他的福，贝雷帽也就成了我的个人标志。这样一来，我就很少摘帽子了。

为了应对必须摘帽的情况，我想了一个办法——做一顶和贝雷帽一模一样的假发如何？当然会用头发来制作，戴上时隔远看就像是贝雷帽。应该不会有人让我脱下假发吧。

我和妻子说了这个想法后,她忍不住笑了出来。有这么奇怪吗?我觉得这就和黑柳彻子①女士的发型一样,会成为一种标志啊,不是吗?

贝雷帽的话题,和电影完全无关,为什么我要写这些事呢?因为拍出《我的舅舅》(*Mon Oncle*,1958)的雅克·塔蒂(Jacques Tati)导演过世了。在雅克·塔蒂自导自演的《我的舅舅》中,主人公于洛先生就是把蒂罗尔帽(Tyrolean hat)②戴得低低的,并且叼着一根烟斗。这套造型把于洛先生塑造成了一个潇洒倜傥的法国小市民,非常有特色,让人印象深刻。

帽子这样一个小物件,如同一个人个性的表皮。

近期的电影有弗里德金(William Friedkin)导演的《法国贩毒网》(*The French Connection*,1971),里面有个外号叫"大力水手"(Popeye,或译波派)的警察就戴了顶帽子。旧时则有卓别林的圆顶硬礼帽,基顿(Buster Keaton)的西班牙风格帽子③。

在系列作品中,要推出一个个性强烈的角色,帽子绝对

---

① 日本著名电视节目主持人、作家,代表著作《窗边的小豆豆》,主持的电视节目《彻子的小屋》是日本电视史上最长寿的谈话节目,她在其中始终保持着"洋葱头"发型。她曾在文章《彻子的发型》中写道:"最重要的是前额要有厚刘海,后面的头发要留长一点,然后全部梳往头顶绑成一个丸子状。"
② 也作 Tirolese hat,帽边狭窄,脑后部略微上翘,带有饰带或羽毛装饰品。原为欧洲蒂罗尔地区男子用毡帽,今为世界男女所通用。
③ 基顿标志性的帽子叫猪肉派帽(pork pie hat),帽缘上翻,帽顶圆且平,因帽顶看起来像猪肉派而得名。

能成为武器。

在日本，能从这类帽子联想到的角色，我只见过《寅次郎的故事》中的寅次郎。

日本电影也应该对这类能衬托演员的普通小物件多下点功夫，不是吗？要加深人们对大同小异的年轻演员的印象，只靠演技、个性这些东西，是不够的吧。因为并没有那么多了不起的演员啊。

我对电影节的意见!

我出席了第一届东京国际电影节的开幕典礼。其无趣的程度,让我从心底感到失望。

首先,在世博会或者国民体育大会等展览会上邀请什么皇族或殿下来进行致辞,这怎么会有意思。

呀,我并不是说皇族有什么不好,这些环节都是大会领导的老一套,是他们搞出了这样的气氛。比起炒热活动的气氛,这群领导更重视的是面子和表面方针。特别是要劳驾天皇家族的大人们出场时,官员啊随从们就会一个个地跟过来,自然是不可能有意思的。

哎呀,居然没变成"《君之代》国歌大合唱"啊。

手冢你虽然这么说,可你不是也去了吗?——可能会有人这样骂我。因为能见到许久未见的黑泽明导演,我只是为了这点小乐趣才去的。可是,黑泽先生因为疲惫等原因没出席。他果然很懂这些套路啊。

另外,据说黑泽导演反对在开幕典礼那天特别放映《乱》(1985)这部电影。

总之,在开幕式之后,《乱》的放映开始了。

哎呀,幸亏黑泽导演不在。他要是在,一定会怒火中烧吧。毕竟大银幕的中间或者右边,一直模糊不清。如果调整了一处,另一处就会模糊。且先不说主角仲代达矢,画面边缘的人物简直是模糊到看不清样子。放映师好像是近视或眼睛不好似的,我光顾着在意这些,根本顾不上看电影内容。

"画面一直模糊不清,这是在讽刺七十年代的电影人吗!"

黑泽导演一定会这样大声要求马上终止放映。

而且,贵宾们的致辞也没有翻译。明明国外的电影人、记者也来了,却只说日语。在某某皇族致辞时,外国人已经厌烦了,开始叽里呱啦地说起话来。

"《乱》的相关人士,请到舞台上来……"被这样叫到的仲代达矢茫然地起身上台,向观众打招呼。主持人冈田真澄终于做了粗略的翻译,但好歹是国际电影节,居然在寒暄致辞时一直没有配同声传译,感觉会让人质疑。

如此烦琐却又粗心、无聊的开幕式,首先在世界性的电影节上恐怕不曾有过。

那天晚上,主办方在酒店办了一场宴会。

詹姆斯·斯图尔特(James Stewart)将被直升机送来东京都

内,并在会场接受中曾根首相送的礼物——这是宴会的重头戏。电视台对此进行转播,做成一个特别节目,但居然是塔摩利①担当主持。

大概因为是黄金时段,电视台为了提高收视率而请了他做主持,但他根本不是电影节主持人的风格吧!他和鲍勃·霍普(Bob Hope)有根本性的不同。

另外,我不管是为了串场还是什么,居然让可爱漂亮的女孩子在外国电影人面前唱歌,弄了一堆庸俗的表演。把宴会搞成一台面向年轻人的节目,这对詹姆斯·斯图尔特、让娜·莫罗(Jeanne Moreau)、塞尔吉奥·莱昂内(Sergio Leone)、哈里森·福特(Harrison Ford)等一众客人很没礼貌吧。而且,站在我旁边的斯图尔特,脸和手都满是皱纹,还要出现在普通客人面前,简直是太可怜了。

顺带说件事。涩谷街上的广场,立起了一座高大的纪念碑,年轻人都挤在那儿。开幕典礼的晚上,宣传该活动的各个电影院,都举办了节前庆祝活动(前夜祭)。其中,我认为"幻想电影节"是一场成功的活动。各国的二流恐怖片、二流科幻片、二流血浆片都集中上映了。这类活动,我希望今后也能继续举办下去。

---

① 原名森田一义,日本搞笑艺人、广播电视节目主持人、演员,在《世界奇妙物语》中一直扮演每集必定出场的墨镜大叔角色。20世纪80年代后期以来,与北野武和明石家秋刀鱼并称为日本搞笑艺人界的"三座大山"。

　这里面，有一家影院简直不像主办方亲生的。那就是举办泰勒皮娜动画节①的涩谷东宝。之所以说它不像亲生的，是因为NHK的电影节节目既没有介绍该企划，大部分相关节目也不了解其内容，它就是处于这样一种可怜的处境中。

---

① 该动画节的日语原文为"テラ・ピナ・アニメーションフェスティバル"（Tella Pina Animation Festival），为1985年第一届东京国际电影节上，由日本动画制作者联盟与东京国际电影节组织委员会一同举办的影展，赞助商是味之素，テラ（Tella）与ピナ（Pina）可能指味之素当时发售的饮料名称。

当然,节前的庆祝活动上有声优(配音演员)表演,气氛非常热烈。但不管怎么说,居然连一部新作也没有,都是一些已经放映过的、大家都看腻了的作品,让人感到遗憾。不过说起来,我们制作的新动画也没有多到足够在这里排队上映,所以也没办法……

动画周期间,相关影院大概有百分之六七十的上座率。既然如此,真想趁着这样的活动,干脆做一个企划,来专门放映实验性的短篇动画。

---

① 又称为法界五轮塔,由五个轮堆叠而成塔,从上到下分别是:宝珠形(代表空)、半月形(代表风)、三角形(代表火)、圆形(代表水)、方形(代表地)。

即便是日本的实验性动画,精彩的东西也是不会被埋没的。把这样的作品集中起来放给年轻人看,让他们知道有趣的动画不是只有《超时空要塞》《福星小子》《棒球英豪》,这才是国际电影节该有的样子,不是吗?比如举办"大藤奖[①]获奖作品展映周"之类的……

[①] 全称为"大藤信郎奖",为表彰日本动画的先驱者大藤信郎而于1962年设立的奖项,是日本历史最悠久的动画电影奖,颁奖对象为富有实验性、艺术性的作品。

对黑白电影的乡愁

我看了奥逊·威尔斯的《午夜钟声》(*Chimes at Midnight*, 1965)。

内容自不必说,相当精彩,但更精彩的是,这是一部黑白作品。这位奥逊·威尔斯,以前还拍过《麦克白》(*Macbeth*, 1948)这类黑白电影。后者这部作品整体很昏暗,让人感觉弥漫着早期苏联电影一样的阴郁气息。

那是我看的第一部威尔斯导演的作品,早于《公民凯恩》(*Citizen Kane*, 1941),因此我产生了愚蠢的误解,认为威尔斯作为导演只是二流水平,他更适合当演员,饰演像《第三人》里的哈利·莱姆(Harry Lime)这样的角色。等我看了《公民凯恩》,才开始拜服于威尔斯的导演才能,这部电影当然也是黑白作品。

一些未看过黑泽明导演的《红胡子》(1965)的人,会误会这是一部彩色电影。因为电影标题是"红胡子"这一带有色彩的名字。在其下一部作品《天国与地狱》（1963）①中，仅在一个镜头里，黑泽导演首次使用了色彩②。记得看到那个镜头后，我一边觉得"既然故事上需要色彩，那也无可奈何"，一边又有点失望地觉得"哎，黑泽先生终于也……"。黑泽作品——理所当然该是黑白电影，而且我们也从中感受到了色彩。《椿三十郎》中的椿③，就是一个好例子。

要说黑白电影到底有多"绚烂多彩"，看看以前的好莱坞歌舞片（musical film）便可知晓。若看看《影舞者》（*That's Dancing!*，1985）、《娱乐世界》（*That's Entertainment!*，1974）等节选了歌舞片的拼盘电影，就知道得更清楚了。比起泛泛的彩色歌舞片场面，黑白歌舞片绝对更美、更高雅、更华丽。我们能强烈感受到黑白电影的美术指导的热情。

故事片归根结底是架空的世界，是虚构的宇宙。黑白两色的画面，则是构筑这个宇宙的要素。我们像看小说一样，观看由演员扮演的人物，来演绎虚构的剧本，所以没必要单让画面充满真实的色彩。

我至今仍然认为，电影还是黑白画面最好。所以我现在仍希望黑白电影能够不断出现。

---

① 《天国与地狱》在日本的上映时间早于《红胡子》。
② 该镜头中只有与剧情揭秘直接相关的部分为彩色，其余画面仍为黑白色。
③ "椿"在日语中指山茶花，《椿三十郎》里人物所处环境中多次出现山茶花，其中还有山茶花落下，随水流漂走的经典镜头。

好了。看今天的报纸，美国的电视台好像提出，想要将黑白电影中的杰作转制为彩色电影来播放。我很吃惊。对于此事，美国的电影导演正在激烈地抗议，他们似乎打算"用尽一切手段来阻止此事"。

比利·怀尔德（Billy Wilder）说："你们认为《公民凯恩》转制为彩色会更好吗？"

伍迪·艾伦（Woody Allen）说："他人擅自决定作品的颜色，是犯罪。"

理所当然吧。

现在在美国电视台的黄金时段，《希区柯克剧场》（*Alfred Hitchcock Presents*）的重制版大受欢迎，大有赶超斯皮尔伯格制作的同档竞争电视剧《惊异传奇》的势头。

这部重制版电视剧，从十月份开始终于在日本电视上播放了。然而，开头时出场的希区柯克本人，便是由以前黑白版的《希区柯克剧场》的胶片转制成的彩色影像。至于是如何转制成彩色的，据说是凭借电脑技术。电脑技术竟然能做到这种地步吗？我陷入了沉思。

那是距今十年前，我去纽约营销新作动画时的事了。

以前黑白动画《铁臂阿童木》在美国播放时，负责英文版配音的人叫L。那次我与许久未见的L见了面。

在L的办公室里，他向我提出："我想把手冢先生的黑白动画转制成彩色的。"

"不会吧……这不可能做到吧。"

我完全不相信。

"哎呀，我想让你看一部作品。其实我自己把你的旧作动画《新宝岛》（1965）给彩色化了。至于怎么上色的，这是个秘密。我想让你看看我的成果。"

我真应该看看的。但是，我没看。虽然也有时间不够的原因，但也是因为我好像从中嗅到了陷阱的味道。

"以前有过给电影胶片逐格上色的操作……是不是用了那样的方法？"

"当然不是！这是我发明的方法……也有专利权。只要你同意，我想用这个方法，把你的黑白老动画一部部彩色化后再进行售卖，你觉得怎么样？"

"不，你饶了我吧。作品被随意上色，我也会很头疼……现在《阿童木》也计划要做彩色重制版啊。"

就这样，我犹豫了一下，最终没有给L许可。现在想来，那一定就是利用电脑进行分析后再上色的方法了。当然，因为那是十年前的事，这一技术当时还处于起步阶段吧。不过，说不定L把他的专利权卖给了哪家电视台呢。

的确，电视已经进入了彩色时代，不管是哪里的地方台，都不再播放黑白电视动画了。

我有很多动画会在电视上重播，《森林大帝》《缎带骑士》都不知被播了多少次。但是，黑白动画《阿童木》《三神奇》

和《多罗罗》的胶片，就没有再出现在电视上，就此沉眠于仓库。我也会觉得可惜。但是，就这样也很好。将黑白作品转制成彩色，到底是一种亵渎。

现在，我正在企划一部叫《森林传说》的动画，我想让这部作品去参加电影节。

这是一部实验作品。若要用一句话概括，它就是一部记述电影—动画历史的作品。我打算沿着电影八十年的历史，以戏仿的形式，在画面中呈现电影在各个时代的变迁。

所以，当然会有某个时代里，黑白电影被彩色电影替代的场景。这一幕，我想满怀乡愁（nostalgia），带着嘲讽的心情，仔细地制作。黑白电影的演员们，用一半嫉妒一半挖苦的眼神，注视着被色彩渲染的演员——我想做出这样的场景。

果然，电影还是黑白的好啊。

墨菲定律

第二次世界大战中,有一名叫墨菲的空军上尉或者少校。好像在一次出击之前,他说因为轰炸机没有做完检修,所以可能会发生故障,然后就发生了大问题。

据说,涂好黄油的面包如果不小心掉到地上,有黄油的那一面朝下(也就是无法食用了)的概率,会比没有黄油的那一面朝下的概率大一些。

就像这样,据说任何事物都可能倾向于往不好的一面发展。在美国,这被称为"墨菲定律"(Murphy's Law)。这和《墨菲的战争》(*Murphy's War*,1971)或者《墨菲罗曼史》(*Murphy's Romance*,1985)并没有什么关系。

在日本外务省和东京都的操办下,明尼苏达州的明尼阿波利斯市举行了一场名为"东京——其形与其心"的大规模博览会。以《寅次郎的故事》为首,美术馆放映了《东京物语》(1953)、《长枪权三》(1986)、《蒲田进行曲》等电影,

一边画画一边演讲的作者

此外还有动画等作品,更有筱田正浩先生的演讲。

6月19日,我也接他的班去做了演讲。

据说筱田导演的演讲座无虚席。轮到我演讲时,又会怎么样呢?

"这男人是什么人?他拍过哪位明星的电影?"

我会不会被喜欢日本电影的影迷敬而远之,只有零星几个入场者呢……虽然我非常担心,不过演讲开始后,我发现观众席是满员的。我松了口气,安心了。

美术馆的工作人员也称赞道:"演讲挺精彩啊。"但实际上,在台上我净是在胡说八道。

美国人讨厌太过严肃、纯学院派的演讲。再严肃的内容,

和美术馆的工作人员拍的纪念照片

只要多开些玩笑,人们就会发笑,会附和你。

二十年前,我第一次买了摄影机,就在庭院里建了一间仅能勉强放入一台摄影机的简易板房。我每晚都在拍摄,于是,附近就传出了这样的流言,说手冢治虫每晚都到那间小屋子去,到底在干什么呢?他是不是一直在那间小屋里挖洞啊。说起来,他家后面有一家银行呢。

这个玩笑话,有一半都是胡说的,但观众都笑得很开心。

演讲之后,为了犒劳我,美术馆的工作人员为我准备了丰盛的晚餐,在一家美国中部料理店(有这样的料理吗?)。因为我肚子很饿,所以很期待会是什么样的美味佳肴。

正在那时,我注意到一件事,顿时面无血色。

我把挎包不知道忘在哪里了!

那里面装有许多重要的东西,从飞机票、旅行支票①到美元、日元的现金等。

我记得我站上讲台时,放在了演讲礼堂最前排座位的脚边。

不,等等。在此之前,我在酒店买东西了。我又好像是放在那家店的玻璃柜前面了。

这下糟糕了。

弄丢了挎包,我就没法坐上返程飞机了。哎,即便我坐得上飞机,也必须尽早向银行挂失旅行支票。另外还有各种各样的杂物在里面,像是书信、名片之类的。

我这个人怎么如此稀里糊涂、粗心大意呢。

美术馆的一个男士帮我给礼堂去了电话。那边说没在观众席上看到有这样的失物。

"是不是客人拿了?"

"会来美术馆的,都不是这种坏人。"

可是,知道东西不在礼堂后,我坐立不安起来。但是,人家特意为我这个客人准备了晚餐,我不能轻易中途离席。

不久,餐厅上菜了。我虽然开始吃东西,但却食之无味。我心神不宁,听不进别人说的话。

---

① 指银行、旅行社为方便旅游者或出差人员所签发的特种支票。

我一脸恍惚的样子，让美术馆的男士以及我司同行的 F 女士都看不下去了，为慎重起见，他们急忙跑去酒店帮我查找。他们考虑到可能有万一，甚至打开了我的房间，连房间里面也帮我找过了。

"看到了皮箱，但没看到包包哦。"传来这样的消息。

万事休矣。

"手冢先生，你重新回想一下从酒店出来后到现在的行程？说不定会想起其他可能的地方。"R 先生说道。

"没事的，一定会找到的。你人品这么好。"

对方的安慰固然暖心，但我内心很绝望。我想到了墨菲定律。事态一直向着糟糕的方向发展，说不定我应该放弃了。

到了餐后甜点的时间，餐厅上了巧克力蛋糕。虽然是我喜欢的食物，我却没心情吃。

突然，我把手放在胸口的内口袋上。护照在里面。

等等。

我外出时，总是把护照放到挎包里。现在为什么会在我胸口的内口袋里呢？

没错，只有今天，我把护照放到外套里了。也就是说，我今天没有带挎包出门！

那在哪里呢？

我想起了某件事，双手一拍。

说不定？

我和美术馆的男士急急忙忙地飞车回了酒店。我们冲进我的房间,打开了皮箱。

挎包不是放在皮箱里吗!

这都什么事儿啊?只有那一天,我想着挎包会妨碍我的演讲,就把它收进皮箱,只带了护照。我居然忘得一干二净!我放在礼堂观众席和玻璃柜前的,不是挎包,而只是一个纸袋。

"太好了!"我不由得抱住了美术馆的男士。

"大家一起喝香槟吧。我请大家喝香槟!"我折返回餐厅,当场买了高级香槟。

什么破墨菲定律,一点儿也不靠谱。

"我是个幸福的男人!"我对着所有人(包括男服务员)不停叫道。

我可真得意忘形啊。

我才刚起劲儿地叫万岁,外套就一下子掉到了巧克力蛋糕上面。我的新外套,转瞬间,就被巧克力蛋糕弄脏了。拜此所赐,我不得不在酒店里,花了两个小时,来拼命擦掉巧克力蛋糕的污渍。

可怕的墨菲定律!

我摸到了米开朗琪罗!

在《万世千秋》(*The Agony and the Ecstasy*,1965,另译《痛苦与狂喜》)这部电影中,查尔顿·赫斯顿(Charlton Heston)饰演米开朗琪罗,其表演非常一本正经。

要说我为什么会谈起这部古早的电影,是因为大约两周前,我亲手摸到了米开朗琪罗的画!至于摸到的是哪幅画,正是那幅梵蒂冈西斯廷教堂的天顶画——《创世纪》!我亲手摸到了!

你在说什么迷糊话啊,梦话也要有个度啊!

不,我向上帝起誓,我真的摸到了。不仅如此,我甚至还用手指摩挲了米开朗琪罗画作的笔触呢。

本来我应该会被梵蒂冈政府的官员放倒,或者被身着浪漫主义风格服装(传说这服装由米开朗琪罗设计)的士兵拿长枪扎刺的哦。可是我没把那些士兵放在眼里,从容地穿过梵蒂冈的大厅、楼梯,钻进了西斯廷教堂的后面。

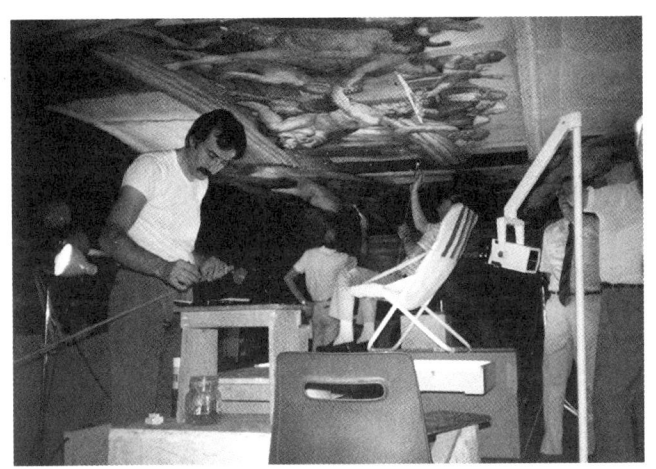

清污除尘的修复人员

米开朗琪罗这幅有名的天顶画，是以正立面的壁画《最后的审判》为中心，在三十米高的天顶上，描绘了创世纪和各式各样的人物画像。

那片天顶搭建了一个和米开朗琪罗画画时相同构造的高台，上面有好几个梵蒂冈美术馆派遣的修复人员在为天顶画清污除尘。时隔五百年，他们正在修复这个被大量烟尘灰上弄脏的天顶画。

因电视台的一片好心，我登上了那个高台。电视台正在拍摄修复的全过程，修复工程已经持续了六年，听说还需要花费六七年的时间。

米开朗琪罗的画作就在眼前

我登上了三十米的高台,天顶画直逼我的头顶,一股强烈的震撼感,或者说激动之情涌上了心头。因为清理了灰尘污垢后的画,如实呈现了米开朗琪罗描绘的本来色彩和笔触。笔触的运用、色彩的叠加等都传达出异样的魄力,深深震撼了我。因为我是个画画的人,我感觉自己仿佛被全世界最棒的山珍海味所包围着。我沉迷于天顶画中,挪不开眼。

"我、我可以摸吗?"

"你摸摸看。能清楚感受到颜料的凸起哦。"

于是,我战战兢兢地触摸了一下!我发誓,我一辈子都不洗手了(虽然当天夜里就洗了)。

毕竟这可是我从小就在美术全集等书籍上看惯了的米开朗琪罗的名画啊。再加上这是教堂顶部的天顶画，必须化身为鸟才能接近啊。可我却亲手摸到了它，请各位想象一下我的激动之情。

　　高台前方，有一大片还未修复的天顶，后方则接着一片已经完成修复的天顶。在这一年里，高台一点点地移动，并预计会在修复工程的最后一年，到达壁画《最后的审判》。

　　话说回来，天顶画修复前后的不同，真令人惊叹！米开朗琪罗的画作在刚刚完成时竟然如此艳丽多彩，这让我感到震惊。

　　"因此也会产生问题。"修复人员的主管对我说道。

　　"毕竟这幅西斯廷教堂天顶画，至今为止在各种宗教书、旅行指南、美术书上都有介绍，现在必须要全部翻新重印。因为两者太不一样了。梵蒂冈人、美术学者们有八成都赞成画作修复，但也还是有两成的人反对。因为作画时，米开朗琪罗一定有预计到这幅画作几百年后会变得污黑。这次的修复，则会让这种年代感与厚重感消失。"

　　"原来如此！"

　　"还有其他问题。米开朗琪罗所画的画，就是这面墙，但墙上也有后人加笔的地方。举个比较有名的例子，请你看一下那幅《最后的审判》中以耶稣为首的几个人物画像。不知为何，米开朗琪罗画的是全裸人像。可是，之后有人加画了腰布在上面。在这次的修复中,后世所画的腰布,大概会因水洗而被冲掉,米开朗琪罗所画的墙壁就会显露出来。自然,耶稣就会成为一幅全裸人像了。露出男根的耶稣像,果然会有问题吧。另外,这幅天顶画有少数地方画的是草图。这些地方也被后人做了一些增删处理,但有过增删处理的地方,也会恢复成原始的画面。你看,比如那个地方。"

说着,主管指着墙壁的一部分。

"那名女性的大腿太粗了,很奇怪对吧。请您走近一点看。后人虽然进行了重画,但由于重新画的内容被冲掉了,被覆盖的原始画面就露出来了。"

确实如他所说啊。

"是不是米开朗琪罗的草图太潦草了?"

"不知道。如果仔细看,就会发现既有画得非常仔细的地方,也有画得有些敷衍的地方。"

"所以会是他的徒弟画的吗?"电视台的人说道。

"一般的说法是,这幅天顶画是米开朗琪罗独自一人所作,并没有借助徒弟的力量。"

"可是,画明明差得很多啊。"我一边说,一边疑惑地看着其中一幅名为《大洪水》的画作。这是一幅群像画,描绘了很多人快被洪水淹没,或因洪水而四处逃窜的场景。直白地说,这其中大部分内容都画得很敷衍。虽然这样说可能不太好，但有些人物简直像剧画①新人的创作，还有的像连环画。可是，大型的人物，尤其是脖子往上的部分，却画得非常精彩。这才像是米开朗琪罗本人该有的笔触。

"这应该就是他徒弟的画吧，漫画也经常这样做哦。只有主角脖子以上的地方是老师画的，身体、人群之类的内容则是由助手完成。这和现在日本当红的剧画家是一样的……"我这样说道，但修复人员却没有听懂。

"好像梵蒂冈方面抗议说这幅《大洪水》的人物太细致，从下面的礼堂根本看不清。"

"画上有没有涂鸦？"

"涂鸦是指？"

"反正下面也看不到太过细微的画，所以米开朗琪罗有没有在画作旁边画一些涂鸦呢？"

"目前是没有发现，不过在佛罗伦萨倒是有米开朗琪罗的涂鸦。"

然后，修复人员说："难得您来了，请画上一笔吧。"

一瞬间，我差点儿就在米开朗琪罗的画作旁边画上铁臂阿童木的涂鸦了。而他说的是放在高台角落的签名簿。不过，如果我一不小心在天顶画上画了铁臂阿童木，那就成大事件了吧。

---

① 20世纪50年代至70年代日本的一个漫画门类，故事更大胆严肃，绘画技巧深受电影影响，采用写实的画风。

几百年后再进行修复时,某个人发现了阿童木。
"米开朗琪罗画了阿童木?"
说不定会发生这样的事。

在亚马孙河上游

有一部名为《陆上行舟》(*Fitzcarraldo*, 1982)的德国电影。我看的时候没抱什么期待, 但是电影规模却意外地宏大, 充满了奇特的动人魅力, 非常有趣。

近来的德国电影, 无论是《靡菲斯特》(*Mephisto*, 1981)还是《铁皮鼓》(*Die Blechtrommel*, 1979), 都拥有一种独特的氛围, 与法国、意大利、美国等地的电影很不一样, 非常有意思。与战前的德国电影黄金时期的氛围也完全不一样。若同《国会舞曲》(*Der Kongreß tanzt*, 1931)、《穿制服的女孩》(*Mädchen in Uniform*, 1931)等德国电影相比较, 它们的风味区别有如日式料理和西餐。具体是怎么样的风味……说明起来却很难。总之, 就是非常奇特地有趣。

《陆上行舟》(直译为《菲茨卡拉多》)这部电影, 片名即人名(它没叫"菲茨杰拉德", 这一点很有意思)。菲茨卡拉多这个男人有一个奇怪的夙愿, 就是在亚马孙河上游的村庄里建起一座歌剧院。为此,他制订了一个计划,要在丛林深处造一片橡胶园。

他乘坐一艘破船,不停地向上游挺进,与原住民相遇。他用扬声器反复让原住民听歌剧的咏唱曲。于是,原住民坚信这艘船只是神明,并合力将船打捞上岸。就这样,这艘破船被搬运到隔了一座山的河流里。

这简直是《冒险弹吉》[①]的亚马孙版,哎呀,我真佩服有人能创作出这样荒谬的恐怖故事。再加上以主人公为首的全员过于一本正经,感觉非常滑稽,以致于再怎么惊悚的场面都能让人笑出声来。宛如《吹牛大王历险记》这个故事一样,风味奇特。

不过,在亚马孙河上游有些脏乱的村落里建歌剧院,着实有些格格不入之感,但这却是以真实事件为原型的故事。

我因工作去了亚马孙。我来到一座名为玛瑙斯(Manaus)的城市,该市位于河口上游几千千米的地方。

这是个奇怪的地方,从地理上说,这里确实是巴西,但进入这座城市需要进行入境审查,而且离开时也需要出境审查。不仅如此,还要经过海关。因为,只有这座城市的进口商品是免税的。

---

① 岛田启三的漫画作品,连载于《少年俱乐部》杂志,讲述了少年弹吉漂流到南洋小岛上的故事。

所以，只有在这座玛瑙斯城，才能以极便宜的价格买到进不了巴西国内的外国商品。日本制造的摄像机、电脑等产品，在这座城市也卖得很便宜。得知这一点的观光客们都涌向玛瑙斯城。海关就是为了这些顾客而设。当顾客们离开玛瑙斯城时，就得付清税费。

流量巨大的亚马孙河，在这座玛瑙斯城被分成了两股。再往前去，除了热带雨林，还是热带雨林。也就是说，这里就像开荒者的前进基地。而这里居然有歌剧院！样子还很像巴黎歌剧院。这不就是新文艺复兴样式的大型豪华建筑吗？我震惊得无以复加。

听说是1890年开业的。那时候，这一带橡胶买卖盛行，大量金钱流入玛瑙斯城。于是，据说城市里的权势者们极尽奢华地建起歌剧院，旺季时会有著名歌剧团来演出，此处就成了暴发户的社交场所。大厅里有当时意大利著名画家的壁画，观众席富丽堂皇，设置了六七层的贵宾席，豪华得过于花哨。

可后来，橡胶买卖热度下降，玛瑙斯城也就没落了。到了二十世纪，这座剧院简直成了个占地方的无用之物。首先，没有音乐家还愿意穿过圣保罗，来这种偏远的内陆赚钱。城市的文化水平一下子变低，即便请来了音乐家，客人也聚集不起来。

距离这座剧院一两个街区的地方，已经成了贫民窟，治安非常糟糕。电影《陆上行舟》中，出现了位于亚马孙河岸边的满是泥巴的棚屋街区，其原型肯定是这里的贫民窟。

由于剧场闲置着非常浪费，所以听说现在会租借出去供人举办高中毕业典礼等活动。在金碧辉煌的歌剧院里举行毕业典礼，真够可以的。

然后现在，玛瑙斯城想重生为亚马孙的旅游观光地和商业都市。这里果然也到处是日本人。

不管去到哪里，到处都有日本人定居——事到如今，我仍然震惊于这样的发展态势。国外的日本人，明显分为两类，即作为开荒者和移民而入境、在此生活了几十年的人，以及当日本成为所谓的发达国家后，作为贸易公司或者企业的先头部队赴任而来的人。两者的态度、性格、表情、思维方式，完全不一样。

这座玛瑙斯城也存在日本人社会。在这座城市更深的内陆——沿着亚马孙河逆流而上的两百千米处，也零星散布着移民区。第一代移民的老人家在那儿住了有三四十年。那些老人频繁说出"土著人"这样的词语。我好久没听过"土著人"这个词了，让人觉得是穿着腰蓑、拿着长矛的人。这是印第安人的形象。

日本人在自己的农场里雇用印第安人。要说为什么印第安人会服从于日本人，理由很单纯，只是因为日本人有钱而已。所以，日本人和印第安人之间并没有同伴意识。日本人偶尔到玛瑙斯城买东西时,有的印第安人会趁机把其家中洗劫一空,而后逃之夭夭。要是对印第安人宽容,他们反而会蹬鼻子上脸,所以不论工作了多少年,他们的工资等待遇好像都一分不涨。

当地的歧视意识出乎意料地严重。若从所有移民者的地位来说,也有人认为日本人比白人移民者低得多,甚至接近最低等级的印第安人。据说在欧美,人们基本都是这样看待战后的日本人的。这一认知也根深蒂固地残留于这片南美内陆。

而且,日本人之间也存在差别。他们之中,生活失败的人会去内陆建一间小屋住下。这些人会和印第安人结婚,或者住在印第安人的群居区域,这样一来,这个人也就和印第安人一样了。这样的人不会出现在日本人的聚会中,即便见了面,双方也不会交谈。

但即便是在如此冷漠的日本人社会里,他们还是会接连不断地来到城市里唯一的一家卡拉 OK 酒吧,亲密地歌唱。在这里,身份不同的人也好,外乡人也罢,当唱起相同的怀旧金曲时,人们就能找到身为日本人的同一性,产生奇妙的团结意识。这么一想,卡拉 OK 酒吧真是在意外的地方起了作用。

接下来换个话题。玛瑙斯城的狗非常有意思。

它们坐下时，和女性的"鸭子坐"姿势一样，两条后腿向两边趴开，屁股和小腹直接紧贴地面，一副懒洋洋的坐姿。它们绝不像胜利犬尼帕①那样坐得端端正正。那坐姿实在是滑稽、慵懒又别扭，之后我一打听，才知道巴西的狗好像都是那样的坐姿。

这到底是为什么呢？玛瑙斯城的夏天气温会上升至接近四十度，地面和道路都变得很烫。所以，如果采取那种鸭子坐，小腹和屁股会热得受不了吧，我不知道为什么会这样。

据马场登先生所说，他去斐济群岛的某座珊瑚礁小岛时，看到那里的狗也是分开腿趴着坐的。食物充足，没有狗的天敌，也不用干活儿，再加上气候炎热，所以狗才会变成这副样子吧。

大林宣彦先生说，新喀里多尼亚岛上的狗也完全无事可做，所以它们每天都会去游泳。狗掉落海里的话，是能游泳的，但它们不会主动去游。然而，据说那里的狗却会因为炎热和无聊而主动下水游泳。

因此我知道了，只有北方的狗才有那种狗模狗样的端正坐姿。今后我描绘各个国家的狗时，一定得留心这一点。

再说说食人鱼的话题。从玛瑙斯城去往内陆时，食人鱼

---

① 指胜利留声机公司商标及其唱片标签里的小狗尼帕（Nipper），画面中的尼帕端坐着侧耳倾听留声机，此画名为《其主之声》(*His Master's Voice*)。

果然随处可见。而且食人鱼有很多种类。从船上撒网捕捞后，能抓到各种各样的食人鱼。其中似乎有温顺的种类，也即不会袭击人类的种类。

如果把吃剩的肉从游船上扔到水里，过一会儿，就会发现肉在唰啦唰啦地摆动，这是因为食人鱼正聚集而来。我在某部电影里看到过，在上游被河水冲走的水牛，在下游就成了骨头。看来这并不夸张。

讲个故事，我曾经掉进过有食人鱼的亚马孙河。

在亚马孙河支流，密林中的树叶会掉落在河边，漂浮在河面的腐叶变得跟泥巴似的，就相当于漂浮的泥土。鳄鱼、食人鱼之类的动物就潜藏在下面。水面上的泥土是干的，看起来就像地面。我以为那是地面，于是从船上跳上去。

结果我猛地陷了下去。

我毛骨悚然。毕竟刚刚才听说关于食人鱼的事。

船上的人把我拉了上去。真是太可怕了，我的贝雷帽都弄掉了。这会儿，我的帽子说不定已经被气到不行的食人鱼咬碎了。

我的鞋子、裤子都因为腐烂的泥巴变得硬邦邦的。虽然船上的人使劲帮我搓洗，但他们都捂着鼻子，一副很臭的样子。这气味用水洗不掉，我没办法，只好在回到市里之后买了双便宜的鞋子，而贝雷帽在玛瑙斯城没有卖的。

于是我在亚马孙河上游的泥巴中，也放过一顶贝雷帽。

月亮与传教士

每年,日本设计会议都会在某个城市举行。这是设计师、专栏作家的座谈会,也会请普通参加者来听鉴。

梅原猛先生、草柳大藏先生、矶崎新先生、荣久庵宪司先生、田中一光先生等八十多人会齐聚一堂。每年主题都不同,上次讨论的主题是"新宇宙感觉",不知为何,连菅原文太[①]先生都被邀请来了,他认真努力地阐述关于宇宙的内容。主办方还从国外请来了宇航员(阿波罗 15 号)詹姆斯·埃尔文(James Irwin)先生等人。

我和埃尔文先生受邀出席座谈会。座谈会开始之前,我们一起在餐馆吃了饭,我发现他是个彻底的素食主义者。

---

① 20 世纪 60 年代至 70 年代日本电影界代表演员之一,早年以演美男角色闻名,后以饰演任侠片中的反派著称,和鹤田浩二、高仓健、藤纯子并列为东映公司的台柱。代表作品为《无仁义之战》系列,并在动画《千与千寻》中为锅炉爷爷配音。

在国外的素食主义者中,也有些不太坚定的人,他们一来到日本,就啧啧称奇地吃起了生鱼片,但这个人却很坚定。不知是不是这个原因,他的身体像印度的修行者一样瘦骨嶙峋。见到他的第一眼,我内心便在想:哎呀,我好像在哪里见过他的脸。对了,是迈克尔·伦尼(Michael Rennie)。

以前,有一部年份很早的科幻电影,名为《地球停转之日》(*The Day the Earth Stood Still*,1951)。电影里有一个从 UFO 上下来的外星人。他就和饰演外星人的演员非常相像。由于那部电影是迈克尔·伦尼唯一的代表作,所以一见到伦尼,我总会想到外星人。他就酷似那位伦尼。

最有意思的事情是,宇航员埃尔文去了趟月球后,突然从 NASA(美国国家航空航天局)辞职,成了一位宇宙的传教士。

"契机是什么呢?"

"我在月球上,听到了上帝的声音哦。"

"上帝的声音!"

"降落在月球之后,就在我采集月球的石头时,突然,有人从后面叫我的名字哦。"

据说埃尔文先生惊讶地回过头去,发现上帝正站在那里。接着,他顺着上帝用手指示的方向看去,发现了白色的石头。于是他将那些石头拿回了地球。因为月球岩石的主要成分是铁和镍,所以照常理来说是黑色的。但很奇妙,那石头是全白的。

"实物在NASA,这个是模型。"说着,他拿出了石头。

"那真的是上帝的声音吗?"

"不知道。但我耳边确实有声音响起。我非常震惊,返回地球后,我回到了家。妻子胆怯地看着我的脸。我问她'怎么了',她说'你好像变成了另一个人'。据说我的气质、性格都完全变了。"

在座谈会的讲台上,他也突然说道:

"说起来,去过太空的宇航员,回来后大多会把家庭搞得一团糟呢。基本上也都离婚了,离婚的原因好像都是因为丈夫变了。"

"女性宇航员也会变成这样吗?"

"应该会吧。"

"那么,干脆宇航员和宇航员结婚,去月球后应该会出乎意料地合拍吧,这可就是货真价实的蜜'月'旅行了。"我开玩笑地说道。听众们都笑了,但埃尔文先生却一脸正经,笑都不笑。

我发表了一番关于"文化和月亮的关联性"的讲话。月亮基本都是和农耕联系在一起,从以前开始就被当作历法来用。另外就只是被当成传说、民间故事的素材了,比如月球上居住着兔子之类的。

关于月球旅行的故事,从西拉诺·德·贝热拉克(Cyrano

de Bergerac）在十八世纪①写下《月球之行》（*Voyage dans la Lune*）以来，数得上的也就是威尔斯（H. G. Wells）的《登月第一人》（*The First Men in the Moon*，1901）了，除此之外也没什么太好的作品。到了二十世纪，梅里爱（Georges Méliès）把《月球旅行记》（*Le voyage dans la lune*，1902）拍成了影像，及至战后，终于有了乔治·帕尔（George Pal）在《时空大挪移》（*The Time Machine*，1960）中描绘的强调真实感的月球表面。②与月亮相关的文化遗产出乎意料地少。

"您去了月球，那上面有兔子吗？"有人开玩笑似的问道。

"不知道，我没看见。或许躲在洞里了吧。"埃尔文先生始终在认真地回答。

"去往月球期间，您有没有犯思乡病呢？"

"那当然是很想回家，想得不行。我很不安，很寂寞，从没有这么怀恋过地球和人世间。"

"有一句名言叫'地球是蓝色的'③。您亲眼见到了地球，感想如何？"

---

① 《月球之行》于贝热拉克（1619—1655）去世后的 1657 年出版，此处应为十七世纪。
② 《月球旅行记》灵感来自儒勒·凡尔纳的小说《从地球到月球》和 H.G. 威尔斯的小说《登月第一人》，《时空大挪移》改编自 H.G. 威尔斯的小说《时间机器》。
③ 出自尤里·阿列克谢耶维奇·加加林（Yuri Alekseyevich Gagarin），苏联宇航员，第一个进入太空的地球人。他对太空景观有着如下描述："尽管天空非常幽暗，但地球是蓝色的，而且看起来十分清澈。"

"首先……地球非常美丽。然后……接着该怎么说呢，还有一种很脆弱的感觉。总觉得地球像一颗被隐形丝线悬吊着的玻璃球，美丽却易碎，还特别小。"

"看起来小吗？"

"是啊。从月球上眺望到的地球，感觉非常小。"

"欸？在科幻画作、电影中，地球时常被描绘得非常巨大，看起来却不是这样的啊。"

"嗯。不过，非常明亮。与之相比，月球就非常黯淡了。看了地球以后再遥望月球，感觉月球简直黯淡到让我震惊呢。"

"您吃饭和排泄如何解决呢？应该没办法舒服顺畅地吃饭、睡觉和排泄吧。"

"食物差不多都有。不过问题是排泄。如果是小便，衣服上有袋子，解决在袋子里就行了。但我很头疼大便的处理，毕竟因为失重，块状物会漂浮得到处都是。这也还算好的。我最烦恼的是在太空中拉肚子的时候。"

"有过这样的情况吗？"

"有过。那毕竟是流动物体啊，看着黄色的东西在空中流动，我毫无办法。"

话题开始越来越糟糕。于是众人转换了话题。

"在《2001 太空漫游》(*2001: A Space Odyssey*，1968) 中，有月球出现。您看过那部电影吗？"

"嗯,看过哦。不过,后半部分虚构成分很多啊,也有完全不知所云的地方。原作比较有趣。"

他好像对科幻电影相当沉迷。那他是不是也看《地球停转之日》呢?

"您为什么去了月球呢?"主持人问道。

"因为那里有月亮啊。所谓人类,总是这样子吧。"

"手冢先生,您觉得去月球对人类有什么好处吗?"主持人寻求我的意见。

"谁知道呢,应该没什么好处吧。只是帮国家做了个极好的宣传吧。美国能得到如此力度的宣传,算是很值了。归根结底,那只是一场宇宙表演啊。"

说完,我才自觉不妙地看了埃尔文先生一眼。埃尔文先生只是一脸大彻大悟的表情。

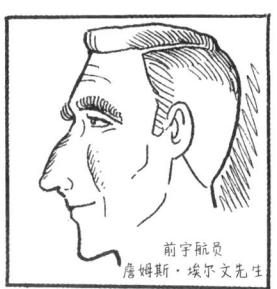

参观学习卢卡斯影业

这次赴美,我顺道去了卢卡斯影业(Lucasfilm),因为那边的工作人员邀请我务必去看一看电脑动画(computer animation)技术。

卢卡斯影业的规模也就比日活公司的租赁摄影棚[1]稍微华丽一点。抱歉,其实要更加崭新和漂亮一些。不过,作为个人工作室,这个大小应该足够了吧。毕竟这里设有三个舞台、三间传统特效[2]技术室和两间动画室,有模有样的。

在会议室里,他们最先展示了引以为傲的电脑动画技术。

首先,第一个是我有些印象的影片[3]。那是广岛动画节上

---

[1] 当时日本的一些电影制片厂会把自己的摄影棚租出去给别人用。
[2] 原文为SFX,即 special effects 的缩写,指在主拍摄期的现场实拍中被创作出来的特效,也被称为机械特效(mechanical effects)、现场特效(practical effects)、地面特效(floor effects)等。区别于视觉特效(VFX, visual effects),后者即实拍之外创作的特效,如将真人镜头与CGI进行合成。
[3] 这部电影可能是《安德烈与威利的冒险》(*The Adventures of André & Wally B*, 1984),讲的是小铁皮人安德烈和小蜜蜂威利之间的故事。

展映的一部关于蜜蜂与孩子的动画，时长约一分半钟。当然，这样也足够精彩。背景十分精致，我的第一印象是，应该花了很多钱吧。

不过，工作人员引以为傲的是其他地方。蜜蜂突然从画面中飞出来又消失不见时，有模糊的白色流线转瞬即逝。据说，要用电脑动画技术做出这个画面，非常不容易。

原来如此。我请他们暂停此处再看时，发现朦朦胧胧的，很是精致。不过我觉得那种画面即便用手绘动画制作合成，出来的效果也不成问题吧。

"哎呀，这可是个了不起的新技术哦，是我们公司开发出来的。"他们一个劲儿地强调。

"我们也用在下一部作品中了哦。"

对方所说的下一部作品，居然就是《少年福尔摩斯》（*Young Sherlock Holmes*，1985）中的教会场景。这场戏中，神父被平面画一样的铠甲武士用剑袭击。我知道那名铠甲武士是用电脑动画技术制作的，但却没注意到还做出了流线。铠甲武士的画面真的有流线吗？

"我们花了六个月制作蜜蜂的影片，花了六个月制作《少年福尔摩斯》的场景。"工作人员耸耸肩，这样说道。

"我觉得效率越来越高了呢。"

"角色是谁做的？"

"是我们从迪士尼公司那边挖来的一个男的做的，不管是角色还是其他内容都由他来做。"

"在日本我听到传闻,说贵公司制作了测试影片后,就准备制作长篇的电脑动画作品了。"

"欸!我们吗?"

工作人员们面面相觑。

"没有的事。"

"所以只是谣言吗?好失望啊。你们真的只做了这两部作品吗?"

"当然啊。不过呢,在广告或者故事片中插入的一点小动画里还是有用到这个技术的……长篇作品的话还差得远啊。"

"那部《少年福尔摩斯》中的铠甲武士,我认为使用哈里豪森[①]的动态动画(dynamation)技术就能做到,你觉得如何?"我如此阐述了自己的看法。

所谓动态动画技术,是被称为"特殊摄影之神"的哈里豪森研究出来的。这是使用人偶进行特殊拍摄的新颖技术。该手法需要像人偶动画电影一样逐格拍摄,然后再与实拍的胶片重叠起来。

如此一来,即便是小小的人偶,也能和画面中的人类一

---

① 雷·哈里豪森(Ray Harryhausen),前数字时代的特效宗师、视觉艺术与定格动画的先驱者,代表作有《史前百万年》《伊阿宋与阿耳戈英雄》《诸神之战》等。相关画册《雷·哈里豪森的电影概念艺术》(2014)、《雷·哈里豪森的电影奇想剪贴簿》(2016)已由后浪出版公司引进出版。

样大（或者更为巨大），与真人演员对戏。比如在《辛巴达七航妖岛》（*The 7th Voyage of Sinbad*，1958）、《伊阿宋与阿尔戈英雄》（*Jason and the Argonauts*，1963，另译《杰逊王子战群妖》）这类神话电影里，就有独眼怪、七头龙、骷髅剑士等怪物与人类刀剑相向的场景。拍摄这些影片时，可是要逐格操纵人偶的。

可是，卢卡斯影业的工作人员却夸张地摇头。

"我们的技术和动态动画技术是不一样的哦！"他们较真儿地说道。

"动态动画技术已经很老旧了。我们是在其基础上加入电脑技术，从而开辟出了新技术。也就是说，随着实拍影像中镜头角度的变化，怪物模型的角度也会变化。啊，我们刚好正在为某部电影做这样的拍摄，请来看看。"

我被带到了特殊摄影舞台。

"现在正在制作的是《霍华德怪鸭》（*Howard the Duck*，1986，另译《天降神兵》）。"

影片中的霍华德鸭是一只鸭子主角。作为先锋派漫画，大约从十年前开始，该角色在美国就很有人气。由于该角色与唐老鸭有点相似，据说迪士尼公司曾要求索赔，并发展到了打官司的地步。不过，最后迪士尼公司做出了让步，就当霍华德鸭和唐老鸭不一样了。卢卡斯影业并没有将其做成动画，而是制作了传统特效电影。

摄于卢卡斯影业《霍华德怪鸭》的制作现场

听说该电影首映时,在美国的评价是毁誉参半的。若是做成动画还好说,任谁也不会想到这个故事会以传统特效电影的方式拍摄。卢卡斯(George Lucas)却偏偏做出这样的决定,他们就是在赌博。

美国漫画中的主人公常在电影中出场,比如《超人》《蜘蛛侠》《飞侠哥顿》等,但他们大多是些剧画风格的、具有真实感的主人公。偶尔也有《金发女人》之类的家庭漫画被改编成电影,但并没有把动物拟人化的电影。这种形象的比例与漫画实在是很不相同。若想忠实地还原漫画,电影就会失败。《大力水手》(*Popeye*，1980）就是如此，主人公的手臂照着漫画做得像萝卜一样，但却非常笨拙。

从根本上来说，都怪传统特效热潮导致特效化装的进步太大了。于是，不管是漫画还是动画，制作人深信什么都能靠特效化装复制出来。化装啊，你别太得意忘形了。化装上一点微小的可笑之处，就会把好好的作品全毁了。

话说回来，动态动画与电脑相结合的技术，是什么样的呢？

舞台上有人正在一边用手操作怪物，一边逐格进行拍摄。这头怪物既像外星人又像恶魔，令人毛骨悚然。旁边放着电脑和监视器，监视器里是要合成的实拍场景。原来如此，实拍场景的角度一直在变动。而拍摄外星人的摄影机也在配合它准确地移动。

"哈里豪森之前来过了哦。他心悦诚服地回去了。"

说起来在走廊里有一幅大油画，是他的《辛巴达七航妖岛》，上面有他的签名。

我们来到外面，发现在卡车前，有一名非常高大的演员正在喝咖啡。

"他是被外星人附身的男人。"

我一看，难怪打扮得像科学怪人，不过看他的嘴形，我觉得好像见过他。

"你知道吗？这个人啊，是在《莫扎特传》(*Amadeus*，

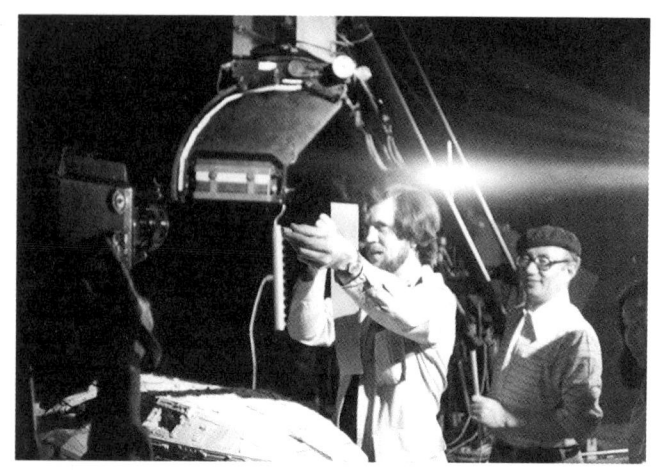

《星球大战》的拍摄现场，在查看摄影机的是理查德·艾德兰德

1984）里饰演奥地利皇帝约瑟夫二世的演员。"

我吃了一惊。

"皇帝大变样了呢。"

于是他指着工作服胸口处的身份证件（当然是虚构的）上的照片。

"本来呢，是这样一张正常的脸，但因为被宇宙妖怪附身了，就成了这种糟糕的容貌。"他说明道。

"会有和《莫扎特传》不一样的粉丝支持你的哦。"我怀着安慰的想法说道。

"你好，要正式拍摄了。"副导演喊道。他坐进了卡车里。旁边坐着一名女演员，她是《回到未来》里饰演那位母亲的莉·汤普森（Lea Thompson）。

那个镜头是被外星人附身的男人对她"嗷"地叫一声而已。之后就是从他嘴里软绵绵地伸出了一条蛇信子一样的舌头。这处镜头用到了和他一模一样的人偶，工作人员从人偶后面把假舌头伸出去，就是这样一个传统特效。

演员的形象很单薄，特效才是主角。这是卢卡斯的家传绝技。

我们要去技术室，那里正热火朝天地制作玩偶。霍华德鸭也是玩偶，会有小个子演员进到玩偶里。在鸭子的头部，设置了各种各样做出表情的装置，还要由小个子的人戴上，所以鸭子的头围特别宽大。

"把鸭子脑袋搁在小个子的头顶上不就行了。"

"鸭子已经很矮了，没有比它更矮的人哦。"技师说。

旁边正在做母鸭子的等身大玩偶。这场戏好像是霍华德鸭闯入了这只母鸭子正在洗澡的地方，然后她尖声叫喊。明明是只鸭子，胸前却有巨乳，莫名性感。

"制作续集时，让她当主角吧。"我这样一说，大家都笑了。

别的房间正在做鲸鱼，是一个普通的鲸鱼小模型。

"这是要在《星际旅行 4》（*Star Trek IV: The Voyage Home*，1986）里出场的鲸鱼。"

"欸，《星际旅行》（*Star Trek*，另译《星际迷航》）里这次有鲸鱼出场吗?是宇宙鲸鱼吗?"

"不,是普通的鲸鱼。那个时代虽然鲸鱼已经灭绝了,但鲸鱼会从二十世纪穿越时空而来。"

看样子《星际旅行》也要逐渐被人造的东西夺走主角之位了。

一次评审

那是十月的某个夜晚,空气凉飕飕的。每年惯例要做的重体力活儿开始了——我要看五十部时长三十分钟左右的录像带。

请别不以为意地说"才五十部左右而已",按平均一部二十分钟计算,一个小时三部,要鉴赏十六个小时哦。如果是无码的黄色录像带倒还好……即便是黄色录像带,要是看上十六个小时,也会厌烦的吧。而这些还都是一本正经的业余作品。

这就是东京录像节(Tokyo Video Festival)。我一直被任命为该活动的评委。

于是,一到每年的十月份,堆积如山的录像作品就会全部被搬运到工作室来。

"机器调试好了哦。"助手告诉我。

"那就，干活儿吧……"

我心不甘情不愿地起身了。

"准备好夜宵哦，要两人份的金枪鱼寿司卷！还有夹心面包，能量剂安瓿也拜托你了。另外绝不能让客人进来啊。"我嘟囔着进了房间。

放录像的显示器重重地压在桌子上，一旁的箱子里塞满了多到烦人的录像带。我捏起其中一盒，进行设置。

"一口气看掉吧，一口气……"说着，我按下开关。

一个乡下老婆婆笑眯眯地出现了。"这是我的奶奶……"一个业余又生硬的女声旁白开始了。

影片一直在介绍一户陌生人家。一个摇摇晃晃的鼻涕小鬼，在院子里玩泥巴。画面拖拖拉拉，一一讲解他什么时候出生，和自己是什么关系，是怎样的性格。画面中出现了类似中产阶级的郊外住宅，还有左邻右舍的大婶们出镜，即便她们的出场没有任何作用。最后是剧终的字幕。

这样就是二十分钟的录像带了。我感觉"真的是二十分钟吗？该有三十多分钟了吧。"

看完后，我在卡片上写道："平庸，无导演调度技巧，但质朴的家庭描写有加分。落选。"

我将这盒录像带扔进箱子里，再播放下一个作品。

《本村的祭典》——出现了这样的标题。

大概会出现年轻人做准备的情景，还有穿着祭典衣装的老人家和孩子们、神轿、神乐①、喝冷酒的场景，也会放映庙会场面，然后就是结束了吧……我如是以为，最后果然如此。

这个也持续了二十分钟。我在卡片上写评价，把录像带扔进箱子，插入下一盒录像带。

"不吃点东西，可没法干下去啊。"于是我开始抓起金枪鱼寿司卷。

经纪人的脸从门后出现。

"那我们就回去了……然后明天的评审会从十点开始，拜托了。"

"要通宵了啊。而且，根本看不完啊。"

"请加油！"

脚步声远去。

夜毫不留情地深了。睡意袭来。喝安瓿。

我拿出第三部录像带。看标题——《暑假的回忆》，这标题一听就很无聊。

业余影片的标题为什么会如此无趣呢？就算不作商用，至少多做一些努力，让评审方有看的欲望也很好啊，不是吗？

《老婆婆打工》《庭院观察》《垂钓日记》《儿子一年级》《前进吧，火车头》——这些影片的内容我大致都能猜到，以致于提不起一点观看欲望。若改成下面这些稍微有点新意的标题：

---

① 一种古老传统的祭神舞乐，来源于古代原始氏族社会的祭祀祈祷活动。

《是什么让她如此这般——七十岁!》

《此处也有发现!》

《二十八厘米的大鱼出现》

《一双闪闪发光的鞋子》

《铁道之诗》

那么至少跟花里胡哨的车站便当一般,即便知道味道不怎么样,好歹也会有吃的欲望啊,不是吗?

此外,列一些完全不知所云的外文,也是艺术作品的特征。这些则过于装模作样,大多数是雷声大雨点小。

初期的作品当然糟糕了。首先,这些业余作品只有本人觉得有趣,与外人毫无关系——也就是说,这不过是8mm胶片的家庭生活录像的延伸,是所谓的"表演",几乎都是些自娱自乐、自卖自夸的艺术录像。

但仅仅是五六年的时间,情况就突然改变了,(录像作品)实现了令人瞠目的进步。首先,主题变得焕然一新。明白自己拍摄的东西要讲述什么的作品越来越多。

这是去年的一部特别选出的优秀作品。片中的中学生们不断跟踪车站前乱停乱放自行车的行为。导演花了整整一年,细致描述了停车一方的主观想法、车站一方的主观想法,以及政府机关治理该现象时的无能。

这是另一部优秀作品。上夜班的太太为了丈夫能吃上饭,把晚饭的做法拍摄成录像留下来。丈夫则一边接受录像中太太啰唆的教导，一边发着牢骚做饭。

还是一部优秀作品。这是一对聋人夫妇。他们听不见电话的声音，由他们健全的孩子接电话。全家人一边看电视，孩子一边用手语给母亲说明。观感非常温暖。

再说说入选作品。内容是关于卧床不起的老人家。老爷爷在医院，老奶奶在家里，他们通过录像交谈，互相鼓励。这是一部在老龄化社会中很能令人感同身受的作品。

下面是一部今年的作品——《迁居通知》。这是寄送给朋友的录像带，直接用来代替搬家通知书。内容只介绍了迁居之处及附近环境，非常干脆利落。

这是美国的参赛作品——《核产物》。北达科他州的某个无名小镇，这一带是美国最大的粮仓地区，而这里居然建了核导弹基地。这是为什么？因为苏联有慢性的粮食危机。这片粮仓对苏联来说是宝物，美国国防部猜测，即便发生核战争，核炸弹也不至于落到这里来。

然而，作品并没有控诉这件事。创作者携摄像机四处询问基地周围的人们的意见。

"没办法啊。虽然核战争很可怕，但要是一直担心这些事，会影响今天的收入啊。不管是军队还是基地，我都非常欢迎哦。"

"我完全不在意。核基地是核基地，和我们没关系哦。"

"这是保家卫国的基地，所以我很感谢。"

这些居民们心中,严重缺乏对于潜在悲剧的恐惧感,简直到了令人焦虑的程度。

同一台摄像机进入基地里面,捕捉到了控制室里的人们,而这里有发射导弹的按钮。镜头随后对准了其中一人进行采访——一个看起来很神经质的、瘦削的年轻人。

"我没什么想法。我只是拿工资干活儿而已。核战争?那肯定是美国赢啊。"

他身旁的太太过来帮腔:"没错,不管怎么说,是军队让我们有饭吃的,我很满意现在的生活哦。"

假如某一天,那位看着有点神经质的年轻人心中疯狂起来,无意识地按下了发射按钮……这种不安感,在我们看这部作品时始终萦绕心头,挥之不去。这是一部令人战栗的精彩作品。

另外还有一部美国的参赛作品,是由专业摄像师拍摄的,标题是《西贡》。讲的是越南战争之后的西贡,在某间收容所里,旧南越①的军官们正在接受所谓的洗脑教育。

在这间收容所的某个房间里,摄像机对准了一名前军官。这个男人面无表情,一言不发。摄像机执着地缠着他,试图让

---

① 指越南共和国,是今越南南方的越南国政权通过 1955 年越南公民投票而改制建立,并获得美帝国主义支持的总统制共和国,首都为西贡,于 1975 年灭亡。

他说话，可他依然沉默无言。房间里的旧北越[1]监视兵有事走开了。突然，男人如决堤一般开始说话。艰辛的每一天、家人的事情、自己的处境……男人皱起眉头，滔滔不绝地愤怒地倾诉着。不过他的眼睛却一直惊慌地搜寻着离开的监视兵。

一名被虐待的俘虏所表现出来的赤裸裸的人性，令人震惊。

录像的用途明显与电影不同。比起8mm胶片，录像能更轻松地进入私人空间，还能毫无顾虑地随意消除，于是正在迅速地成为人们生活的一部分。

拍摄者们开始越发清晰地认识到，录像能替代书写文字的笔记本、素描簿等物发挥作用。随着录影作品的比赛四处开花、越来越多，这一认知也会得到更广泛的传播吧。

说不定最终会普及到人手一台摄像机的程度。对热衷影像的一代人来说，影像替代语言的时代大概要来了。或许我们正在不知不觉间帮助影像语言确立语法。

转瞬间，熬夜后的早晨来临了。我把录像带放进箱子里，昏昏沉沉地出发去评审会场。以南博[2]老师为首，现场聚集了很多优秀的评委。

---

[1] 一般指越南民主共和国，是自1945年至1976年越南北方建立的一个共产主义政权国家。1976年越南统一后，改国名为越南社会主义共和国。

[2] 将美国社会心理学引介到日本的重要学者之一，解释从国民性到大众文化等各种社会现象背后的心理，引领了"日本人论"热潮。同时，也广泛活跃于传统艺术、电影、电视节目中。

"除了昨天各位看过的作品外,还有追加的作品。那我们就开始播放了。"录像节的工作人员冷酷无情地说道。

"欸——!还有啊。"

"还有二十部!"

"让我喝杯咖啡。"

放映延长到了下午。我已经疲倦到睁不开眼睛了。我双手捂着脸,假装一副思考的样子,最后呼呼大睡起来。

据说,录像节每年都会收到一千部左右的录像带。像这种初步选拔工作,没做好心理准备的人,是万万不能胜任的。

然而,羽仁进先生、小林博堂①先生却每年都在做这件事。每年大家都会异口同声地说:发表会那天,咱们把他们举起来,抛得高高的来庆贺吧。

不过,持续观看录像的评委们,却都一脸愉悦的表情……

大家都沉迷于录像带。

---

① 原文为"小林はくどう",本名为小林博道,似无通用中文译名,此处将"はくどう"译为常见的对应汉字"博堂"。

一介平凡的影迷

看到这本书的书名①,你如果觉得"哈哈,总觉得好像听过这种句式",那么你就是六十多岁,至少也是五十多岁的"中壮年"一代了。

战后不久,有一刊名为《东京时报》的晚报。其中有已故的佐藤八郎②的专栏,专栏的随笔在当时非常有名,标题就叫《看一看、听一听、试一试》(《見たり聞いたりためしたり》)。而本书正是效仿了这一标题,这是我在向八郎老师表达敬意。

说起缘由,是因为八郎老师在这个专栏里提到了我。这是第一次在中央的报纸上看到关于我作品的书评。那部作

---

① 此处指原标题《看一看、拍一拍、放一放》(《観たり撮ったり映したり》)。——原编注
② 原文为"サトウハチロー"(Satō Hachirō),本名为佐藤八郎。日本著名诗人、童谣作词家、作家。著有多达2万首诗,同时也创作了大量童谣、电影主题曲、小说、随笔等。1973年去世。

品便是《森林大帝》的单行本,我记得那是昭和二十七年(1952年)。在那之前,漫画单行本从来没能得到过正经的书评,所以这对我来说意义重大。

刊载《森林大帝》的《漫画少年》杂志的编辑们,比我更加欣喜地冲进来,说道:"手冢先生,手冢先生,你看报纸了吗?大事件啊。"

不知是否受此影响,《森林大帝》还被做成了电车里的悬挂广告。在当时,自然从未有漫画做过车内广告,这大概是首次。

这篇书评还附带了这样的好事,让我涌起了极大的自信和执着心。毕竟漫画这东西,在那个时代被说成是不良书籍,别说家长了,就连评论家都要朝它吐口水。最重要的是,那是一个漫画书完全没被当作出版物的时代。

在那样一个时代,著名的诗人佐藤八郎先生,却温柔地带着主观意识赞扬了我。这篇书评真的是一支催化剂,让我有了把故事漫画坚持下去的力量。

请让我厚着脸皮,放上一部分他的赞赏。

手冢先生好像相当享受画画。(我是这样认为的)——中略——手冢先生的画虽不能说有韵味,但却非常细腻。

看起来他非常明白,外行人有个外行人的样子就很好。我就觉得这样非常好。另外,手冢先生的漫画故事

里，有种无法言说的情绪。虽然他还未能运用自如，没能彻底体现出来，但我有预感，他最终会带给这个世界的，是故事和画面都带着美丽哀愁的漫画。我很讨厌有些家伙，他们头脑简单、画工潦草，嘴上却说"我等正是漫画界红人"。比起那些人，我更愿意给手冢先生这样不吝努力的业余画作送去掌声和支持。画作首先必须美。《森林大帝》就很美。这就是最令我高兴的地方了。

八郎老师，谢谢。谨以此文献给您。

有本书名为《毒舌电影批评家的生死簿》(《イジワル映画批評家エンマ帳》，1982)。作者是电影评论家大黑东洋士先生。

到处都能看到对这本书的批评（也就是批评家对关于批评的书的批评，真拗口），我读了一下，发现这似乎是一本对电影评论家、批评家们指名道姓的裁决书，同时也是一本自我警醒的书。

都说这是个全民批评家的时代，我也在做一点类似批评的事。不过与那些专业的评论家（何为专业，就是那些在名片上印有头衔的人）相比，我的逻辑和角度都乱七八糟的，大黑老师或许也会把这类自称"批评家"的人赶尽杀绝吧。说不定我也会被他指名道姓地大骂不守本分，然后再被狠狠干掉。一想到这些，我就在意得不行，茶不思饭不想的，夜里还失眠（全都是胡说）。

我忍不住买了那本书。刚买到我就一口气读完了，以致于工作晚了一小时。我看到最后，始终没有找到关于手冢治虫的内容。我舒了一口气。

有好几个人被点名攻击，但却没有出现我想象中的谩骂。不过呢，大黑先生果然也没有把同行说得体无完肤。相对地，书中主要是对整个电影界的忠告，旨趣正统，感觉讲得很有道理。

日本电影界确实很不争气。就在前段时间，法国《电影手册》（*Cahiers du Cinéma*）的记者为了写日本电影特辑报道，到日本来取材，却被日本电影的糟糕程度震惊到了，从而急忙将日本电影特辑改为日本漫画特辑的报道。

无需大黑先生来说，日本电影早就已经不行了吧。

大岛渚先生曾说过，发达国家，也就是文化富足的国家，其电影界都有凋零的趋势，但东南亚、非洲等地的发展中国家，其电影的强大活力及质量之高则令人瞠目结舌。

日本也是，前不久还处于发展中国家时，也有很多优质的电影。现在回头看看，那便是黄金时代了。

现在，也有很多被报纸、批评刊物称赞的电影，而且有点多得过头了，但基本上都是些看了会让人失望的作品。还有一些电影受到了非常严厉的批评，以致于看过评论后让人失去了观影的兴致,但实际观看后,却发现出乎意料地不错,所以这样的作品为什么非得遭受如此诽谤呢?这种令人同情的状况也时有发生。

所谓电影评论,到底是什么呢?

首先应该搞清楚,批评和评论有何不同。

从根本上来说,电影并不是逻辑性的结构体,而是感性的产物。讨论电影,不可能像讨论木星的大气成分一样,能得出清晰明了的论点。

总而言之,给电影下结论,不应该着落于喜欢或者讨厌吗?这就已经属于个人喜好问题了,没道理他人来说三道四。展开论点,就是为了引出结论——自己对这部电影是喜欢还是讨厌。如果论点不清晰,分辨不出好恶,就无法胜任对电影的批评。

我既没见过先对电影内容大加赞扬,而后却说"我讨厌这部影片"的批评,也没见过不分青红皂白地贬低某部电影,最后却说"请一定去看!"的批评。

所谓批评,大致说来,应该是被问到"你觉得如何?还不错吗?无聊吗?"等问题时所做出的回答,是完全主观的东西。

与之相对,评论必须是从第三方的角度,做出冷静而客观的分析。不能戴着有色眼镜看作品。我认为必须始终拥有理论性见解,而不能沉溺于主观想法。也就是说,以喜欢、沉迷、无趣、失望等为论点所展开的批评，不能称之为评论。

大黑老师，非常遗憾，看起来您书中的好几篇影评也没能脱离这一视角。您说"《盗日者》(1979)为何会受到如此褒奖呢?"，而正如这句话所示，事实上有很多人觉得本片非常有趣。既然如此，别人的感想根本无所谓，不是吗？我认为您若讨厌它的话，讨厌不就好了。

您说最近《电影旬报》十佳影片评审的评选有偏好，但假如有评审喜欢满是性交场面的情色电影，他给此片评10分，也是完全没有问题的。毕竟这是喜欢和讨厌的战场啊。

如果因为这样的博弈，您就认为《电影旬报》十佳影片的评审没有价值了，那么99%的人也不用存在了，最重要的是，根本不可能选出十佳电影了吧。

然后，喜欢、讨厌的因素，其实是凭感觉的东西。有一群叫电影试映族（試写室族）的人，在各种因素的影响下，他们对影片的感想也会变来变去。

1. 试映进行到深夜时——由于困倦，理性思考会变弱，人变得没有耐心。

2. 肚子饿时——大概都会不高兴。

3. 肚子饱时——眼皮打架，困得不行。

4. 试映室很拥挤时——人一直站着，空气不好。什么啊，这服务也太差了吧！

5. 生理性需求 —— 焦躁不安。哪里还看得下电影，但如果去厕所的话，又会错过关键的地方。

6. 偶尔才看试映的人，会单纯因为"观看试映"的优越感而陷入自我暗示，觉得影片很不错。

7. 明明一会儿还有工作，却勉强来观看。因为喜欢导演，所以满怀期待……可是……结果却让人后悔。

8. 这么迟才给我送来试映邀请函，把我当什么了？我的朋友早就看过了。

粗略估计，即便是电影试映族，观影时的心情也会受到上述各种条件的影响，如果是在电影院看，我想状况会更多。

所以，我认为因为心情不同，可能会出现各种结果。自己是这样想的，就要求对方也这样想 —— 我觉得这种批评是站不住脚的，抱着这种想法写影评，我认为也很奇怪。

不过，这是对于一般影迷而言。对电影人来说，批评家的只言片语也会带来严重的影响。被人胡乱批评的西米诺（Michael Cimino）、科波拉（Francis Ford Coppola）等人也都心烦意乱过吧。身为创作者，我非常能理解。电影人非常敏感，特别是在国外，影评人就是拥有这样的权威，所以因此而倒下的导演也很多。作为制作者，我们被如何挖苦、贬低都没关系，只希望能得到一个鼓励我们的结论，让我们能在下一部作品中倾尽全力。若只以一句"讨厌"而告终，我们大概会觉得对方是混蛋,从心底把批评家当成敌人。或者,如果讨厌那部作品,你无视它,不去写就可以了。

我的《火鸟2772》(1980)在日本国内被贬斥得相当过分,但前些日子,纽约的《综艺》(*Variety*)杂志上刊登了一篇善意的批评!这可是《综艺》杂志哦,我又有干劲儿了。可到头来,那篇杂文其实是我这部电影的宣传稿。我为我的失言道歉。

第二章

我的观影见解

同情萨列里

我因胆结石住院了。

我一整天都看着病房的白色天花板度日。不仅如此，我还没法儿好好吃东西，简直没有比这更无趣的日子了。毕竟，比起性欲我更在意食欲，再加上我有穷病，必须时常写点什么才行。

我已经看腻了书和报纸，也完全不想看除了森永事件[①]的新闻以外的电视节目。转瞬间，窗外逐渐变成冬日的景色，路上只有寥寥几辆车驶过。

大部分的工作、约会等事项我都道歉拒绝了。仅有一件事，有一场我始终念念不忘的试映会。只有这场试映会，我无论如何也想看。就算要从医院的窗户溜出去，我也想看。

---

① 即格力高·森永事件，指1984年至1985年间，以江崎格力高食品公司社长江崎胜久被绑架、索要赎金为开端，最终发展成罪犯向众多日本食品企业，如森永制果、好侍食品、不二家等发出投毒威胁并索要赎金的犯罪案件。

这令人无比憎恨的胆结石。

我体重轻了八公斤,这一点着实令我惊讶。肚子居然平坦了!如果腹部有脂肪,手术就会很困难。据说有些人的胆囊藏在了肝脏的后面。

"还是鼓着的啊,这不正常啊。肚子要是瘪下去了,就给肚子开刀吧。"主治医生说。

已经不可能去试映会了。柜子里西装的口袋中放着邀请函,我想要拿出来撕碎扔掉,却又恋恋不舍地放回去了。

试映的电影是《莫扎特传》(*Amadeus*,1984)。

我不是很喜欢米洛斯·福尔曼(Miloš Forman)导演的《飞越疯人院》(*One Flew Over the Cuckoo's Nest*,1975)。因为我就是不喜欢主演杰克·尼科尔森(Jack Nicholson)。

但是,我却被《莫扎特传》征服了。我甚至错以为这是奥地利或者德国的电影,直到我听到画面中的莫扎特用英语说出"Thank you, sir"(谢谢您,先生)。

不过做得真不错啊。美国电影果然伟大。

因此,我更憎恨胆结石了。

当我与病房天花板互相对视时,比起古典音乐——而且是那种虚张声势、喧嚣吵闹的类型来说,我更想听室内乐、钢琴曲这样的背景乐(管风琴可不行,因为太像葬礼了)。

不管怎么说,莫扎特很棒。过去还不这样觉得,《费加罗的婚礼》我听到一半就睡着了。但是随着年纪增长,莫扎特的曲子成了最美味的佳肴。我想他的音乐一定也对胆结石有效。

为什么这时候我才愿意去听莫扎特呢？

他的乐曲主题中，不是有令人陶醉的喜悦[①]和大彻大悟的境界吗？是不是这些东西，感动了经历过人生百味的中年人呢？电影中出现了这样一句台词："上帝将其送往世间"[②]。总之，就没有其他任何一个音乐家被人这样说过。

电影改编自百老汇的热门歌舞剧，讲述了音乐家萨列里为报复上帝而杀死了天才莫扎特的故事。莫扎特被人谋杀的说法有很多种，比如莫扎特加入了组织"秘密结社共济会"，由于他在歌剧《魔笛》中泄露了"共济会"的仪式，所以惨遭"共济会"的暗杀。普希金在戏剧中也写过另一种假设，即因为黑手党的什么纷争，莫扎特被萨列里杀死了。

《莫扎特传》的舞台剧，我也看过三次了。是由幸四郎饰演萨列里，江守彻饰演莫扎特。老态龙钟的萨列里的旁白，从开幕持续了十五分钟。我还想着，这一段如果直接放进电影里，那可就糟糕了，还好原作者谢弗（Peter Shaffer）本人做出了精彩的改编。

在电影的开头，萨列里突然搞出一桩自杀未遂（舞台剧

---

① 原文此处用了"法悦"一词，日语中原指聆听或体味佛教的教诲时，心中无比喜悦的状态。也指在某种状态下产生的恍惚感、陶醉感。
② 《莫扎特传》的原片名 Amadeus 是莫扎特（Wolfgang Amadeus Mozart）的中间名，同时也可据词源理解为上帝的宠儿（love of God）。

中这场戏是在接近结尾处)。接着,他被人送进了精神科住院楼。某一天,他开始向神父说起自己杀死莫扎特的原委。实在是相当巧妙的楔子。

电影的末尾,莫扎特死去,人们在下雨天举办了一场寒碜的葬礼,大家都停在了街道的出口,只有灵柩被运出去。有一个场景是灵柩被阴差阳错地扔进了公共墓地,而这是真实发生的事。且这一段是电影原创的内容,舞台剧里并没有。

莫扎特的尸首与来历不明的尸体叠放在一起,撒在他尸首上的石灰升起烟雾,笼罩了整片公共墓地。这场调度有暗示莫扎特已回归上帝怀抱的效果。

另外,电影一大半都是原作舞台剧所没有的内容,在此之上还有大量歌剧的精彩演出。

米洛斯·福尔曼必定对莫扎特的音乐有很深的造诣。而且,他一定从萨列里这个令人作呕的人物身上,看到了对当今电影界某些特定人物的讽刺。

说起来,就连我也曾经是萨列里那样的人。以前,我曾因为嫉妒对手而产生过想杀死对方的冲动。所以,我也存有同情萨列里的心情。

可是,萨列里并没有患上胆结石。现在,我就想让某个没有得胆结石的特定人物患上胆结石。这是上帝赐予的胆结石!如果我痊愈了,就创作一部以胆结石为主角的优秀剧本,并献给萨列里。

火星年代记

雷·布拉德伯里（Ray Bradbury）。

在日本还没有"SF"（science fiction之缩写，指科幻）一词，仍在使用"科学空想小说"的时候，有一群男人看了这位作家所写的《火星人记录》一书后，为此沉迷、感动，并充分体会到了科幻的趣味……他们是星新一、小松左京、筒井康隆①、北杜夫、半村良、都筑道夫等等。这些列举不尽的人最终都成了作家、资深老专家。

然后，在漫画家中，我也是其中一人。从《鸟人大系》到《火鸟》，在下的漫画中出现了很多受到《火星人记录》影响的地方，我完全控制不住。

若被问到"你是被什么感动了？"，其他人大概会说"被那充满诗意的优美文章所感动……"之类的话，但由于我并

---

① 星新一、小松左京、筒井康隆合称为日本科幻的"御三家"，代表作分别为《人造美人》《日本沉没》《梦侦探》。

不是很懂文学方面的东西,就回答"我是从心底折服于那新颖的结构、庞大的世界观吧"。

随后,由于《火星人记录》这一标题是错译,*The Martian Chronicles* 的正确翻译就定为了《火星年代记》①。

话说回来,由于布拉德伯里作品的想象力天马行空,美得似乎只存在于幻想中,所以据说极难拍成影像。

迄今为止,《原子怪兽》(*The Beast from 20,000 Fathoms*)②、《绘图人》(*The Illustrated Man*)、《华氏 451 度》(*Fahrenheit 451*)③ 等作品虽然都被拍成了电影,但若让布拉德伯里来说,除了《华氏 451 度》,其余都与达标相距甚远。

及至《火星年代记》,因其世界观很庞大,任何一个电影人都不敢轻易出手。就连我也很想将其做成长篇动画,甚至好几次都在想,只要我有资金,就兴高采烈地去找布拉德伯里要授权。

这部作品最终被做成了电视台特别放映的五小时电影④,并决定由 TBS 播放(虽然关西等其他地区早就播放过了)。我

---

① 中文译本已出版,书名译为《火星纪事》(2013)或《火星编年史》(2008、2017)。本书中保留日文书名《火星年代记》。
② 该片改编自布拉德伯里的短篇小说《浓雾号角》(*The Fog Horn*),上映于 1953 年,乃核危机背景下怪兽科幻电影的鼻祖级作品,雷·哈里豪森参与制作其中的定格动画特效。
③ 改编自《绘图人》《华氏 451 度》的同名电影分别上映于 1969 年和 1966 年。
④ 该作被拍为三集迷你科幻剧,中文译名为《火星编年史》,在美国首播于 1980 年,在日本 TBS 电视台播出于 1983 年。

冒昧担任了这部电影的前言解说。一听到是《火星年代记》，我就二话不说地接下了这个差事。听说我的脸刚出现时，由于太过怪诞，还有人错认为我是火星人。

虽然对于看过的人来说没有必要，但我姑且还是介绍一下梗概。简而言之，就是从地球人侵略（以文部省的话术风格来说就是"进入"）火星开始，到地球发生核战争后，地球人撤回地球，最后直至地球灭亡的数年间的故事。残存于火星的两个家庭成了名副其实的火星人，在那里继续生存。与此同时，片中出现了诸如早已灭绝的火星人的城市（火星人因水痘而死）、仅以灵魂状态存在的火星人幻影等等。

这部宏大的原作小说采取了短篇集的形式，所以这部电影挑选了其中的九个小故事。不过，只有中间神父的故事是电影的原创。这部电影，是一部带有些许怀旧趣味的高雅娱乐作品。编剧是理查德·马特森（Richard Matheson）[①]，所以作品中的惊悚感与神秘感也恰到好处。之所以说有怀旧趣味，是因为宛如在看（二十世纪）五十年代的科幻电影或是电视电影。到底是（制作方）有意如此还是估计有误，抑或是由于制作上存在一些粗糙之处呢……

[①] 美国著名小说家、编剧。多年来一直为好莱坞提供大量优秀的故事素材，有十余部短篇故事和小说先后被改编为电影，如《不可思议的收缩人》《我是传奇》《决斗》《时光倒流七十年》等，还曾为经典剧集《阴阳魔界》撰写过十余集剧本。此外，他还多次将爱伦·坡的恐怖小说改编为电影剧本，如和导演罗杰·科尔曼合作的《厄舍古厦的倒塌》《乌鸦》《陷坑与钟摆》等。

片中有光头的火星人登场（好像女性也是光头）。为什么一旦碰上神秘的外星人，美国人总喜欢做成东方人的模样呢？《星球大战2：帝国反击战》(*Star Wars: Episode V - The Empire Strikes Back*，1980）中的尤达如此，《飞侠哥顿》(*Flash Gordon*，1980）中的明王亦如此（连名字也是中国风）。

《火星年代记》的结尾中，火星光头在滔滔不绝地进行煞有介事的哲学性说教。这些内容虽能让人想到西藏喇嘛，但这一段却最让人犯困，无怪乎观众会换台。这部分内容本来就和编剧马特森的风格完全不搭，不是吗？

对于熟悉《异形》(*Alien*，1979）、《九霄云外》(*Outland*，1981）中的火箭造型的人来说，该片前半部分出场的火箭太过正统和古典了，反倒让人觉得，这座火箭的风格是在故意配合原著的创作年代[①]。这样一想，我几乎就要相信本片是在拍摄出《地球停转之日》、《怪人》(*The Thing From Another World*，1951）等作品的昭和二十年代（1945年—1954年）制作而成的了。

在火星人变装成地球人的城市里，调查队被杀害的故事；窥视火星人都市的男人四处杀害同僚的故事；在城市中四处追赶会变脸的火星人的故事——各种各样的故事中，都有打戏和决斗场景。然而，这部电视电影的整体氛围却是相当沉

---

① 原著首次出版于1950年。

静的。冷静而引人深思，并不花哨。特吕弗导演执导的《华氏451度》的最后场景也是如此。把布拉德伯里的小说拍成电影后，是不是都会如此沉静呢？

在原作的小故事中，我最喜欢的是第五个故事，讲述了机器人和人类的邂逅。某个调查队里的幸存者为了追忆他已然逝去的妻女，制作了与妻女一模一样的机器人，并与它们一起生活。男人的旧友过来拜访，见到男人那十几年也未变样的妻女后，非常诧异。老去的男人最终在机器人妻子的膝上十分满足地结束了自己的一生。

电影在演绎这段小故事时，完全没有破坏原作的味道，非常难得。我本来还在想，这种充满人情味、催人泪下的场景，马特森的剧本应该是表现不出来的，但最后完成得相当妥帖。不过，若想更加催泪，就得做得像《E.T. 外星人》(*E.T. the Extra-Terrestrial*，1982)、浪花节[①]那样！如果是斯皮尔伯格导演出马，想必会让人泪如泉涌……他应该能做得更好吧。

《火星年代记》之所以做成一部沉静的电影，我想大概因为这是一个在火星人灭绝的废墟，也就是坟场上演绎的故事。

很明显，布拉德伯里是将地球人作为侵略者来描写的。不过原作是在越南战争之前，而且是很久之前所写的。如果

---

① 也叫"浪花曲"，一种三味线伴奏的日本民间说唱歌曲，唱的多为以义理人情为主题的大众化故事。

这部电影在越战时期拍摄,那么地球人的描绘方式大概会大不一样吧。这部电影是 1980 年制作的,所以当然是在越战以后……作为对侵略行为满怀悔悟与歉疚的美国人,做出这种"卖乖"式的电影,大概也是无可奈何之举吧。

[主演:洛克·赫德森(Rock Hudson)、玛利亚·谢尔(Maria Schell)、罗迪·麦克道尔(Roddy McDowall)、达伦·麦克加文(Darren McGavin)等;导演:迈克尔·安德森(Michael Anderson)]

再访奥兹国

重制曾经大热的电影,都要做好心理准备,知道或多或少会被拿来与前作做比较。大家可能怀疑年轻的观众根本就不知道几十年前的电影,但有的电视台喜欢吆喝,会一遍又一遍地重播经典老片,所以年轻人基本也都在看。

《哥斯拉》(1954)就处在这样一个被比较的命运。新版的《哥斯拉》还算受欢迎,所以还不错,但是对于被老版《哥斯拉》所感动的人来说,新版的《哥斯拉》果然还是差了点什么。

其实,为了制作新《哥斯拉》的续集,制作方在公开征集剧本。而我则被任命为这一剧本征集活动的评委之一。被送来的情节梗概(大纲)堆积如山。于是,我不停地读啊读。

哎呀,真是多到惊人呀,没想到我竟能看到如此丰富多样的哥斯拉故事,虽然其中也有完全偏离哥斯拉的故事。从结果上说,果然没有能与老版《哥斯拉》的那种正统派感动相匹敌的杰作。(慎重起见我在此说一句,我也是有尊严的,绝不会将这些内容盗用到漫画的构思中,绝不会。)于是最后没有作品入选。

翻拍、制作续集这类行为,需要勇气与自信。因为要面对与前作相比较、被狠狠攻击的命运。

我正好要观看《绿野仙踪》(又名《奥兹国历险记》)的新版《重返奥兹国》(*Return to Oz*,1985),但是非常担心是否还会沉浸在以前《绿野仙踪》所带来的那种感动里。其实,新版《重返奥兹国》应该是前作的续集。我从来不知道,《绿野仙踪》系列居然写了这么多。

在新版《重返奥兹国》中,主人公多萝西再次前往奥兹国,遇到了新朋友们。所以严格来说,这并不是翻拍。可是,新版怎么样都会被拿来与1939年制作的那部超级杰作相比较,这也是不可避免的事,所以迪士尼公司也迎难而上,任凭观众评价。对于这份勇气,我从心底表示敬佩。所以我认为,正因如此才要把《星球大战》的加里·库尔茨(Gary Kurtz)[①]放在首位,这样才能有资金流水般注入进来,使作品能够完成得细致周密。

任谁怎么说,老版《绿野仙踪》的伟大都是不可动摇的。朱迪·嘉兰(Judy Garland)自不用说,看看那歌舞之精彩、特

[①]《星球大战》系列前两部电影的制片人,投资了《重返奥兹国》并担任行政制片人(executive producer),但票房失败,于1985年申请破产。

殊摄影（不知是否该这样描述，其实那并非欺骗观众的特殊摄影，而是直接组建了一个超大规模的舞台！）之豪华。最值得一提的，是包裹着作品的温暖与天真！

面对名气坚如磐石的前作，新作《重返奥兹国》究竟是否能与之一较高下呢？若坦言我的感想，我要肯定地说：新作《重返奥兹国》做到了能力范围内的最高水平。如果观众对新作《重返奥兹国》有何怨言，那应该是对原作小说的抱怨，而不应该由这部电影版来背负。

即便如此，新旧版《绿野仙踪》之间，仍然有决定性的不同。那便是，这次的作品并不是歌舞片。

这次的主演多萝西也确实非常惹人喜爱。不愧是从好几千人中选出来的少女，表情也好举止也好，都绝不逊色于嘉兰。可是她既不需要唱《彩虹之上》（"Over the Rainbow"），也无需与稻草人跳舞！新版《重返奥兹国》中，没有任何一个登场人物唱歌跳舞，也没有一首动人心弦的主题歌。明明背景音乐非常棒啊，实在令人遗憾，啊啊太遗憾了！看了新版《重返奥兹国》后，我再次深刻感受到，在老版《绿野仙踪》的优点中，歌舞的比重竟然如此之大。所以，我试着以正剧而非歌舞片的角度去思考新版《重返奥兹国》。

我还发现了另一个决定性的不同。相对于老版《绿野仙踪》中的循序渐进（不知这样说是否合适，总之不管是稻草人、铁皮人还是狮子，最终都让人看到了"人格"的进步），新版《重返奥兹国》则在一开始就把破坏摆了出来。

电影是从那次巨大的龙卷风后,堪萨斯一片狼藉的景象中开始的。多萝西来到奥兹国,最初所见到的便是孟奇金国那被破坏得一团糟的道路。至于翡翠城,也如同罗马废墟一般,充斥着荒凉的毛骨悚然感。高潮部分时,地底最深处的宫殿,也和地底的大王一起猛烈地崩塌毁灭了。由于通篇都是以这种荒废的街区作为背景,全片都飘荡着一种悬疑感,或者说是启示录一般的恐怖感。

所以它虽然是一部面向孩子的电影,但直觉敏锐的孩子应该会害怕,也会注意到大人文明批判式的眼神正在发光吧。这迫使我再次体会到它是一部展现了美国民众当下情感的作品,不管那情感是好是坏。

我们必须考虑到,之前的《绿野仙踪》是在美国最好的环境中制作的。那是美国的黄金时代,好莱坞顺风顺水,制作了大量诸如《乱世佳人》(*Gone with the Wind*,1939)、《白雪公主和七个小矮人》、《关山飞渡》(*Stagecoach*,1939)的电影。

我们要求这次的电影要有和老版《绿野仙踪》同样的氛围,从时代环境上来说,这未免强人所难。可是,即便打了这样的折扣,也应该称赞这部电影一句"干得不错"。因为这是一部倾尽所有智慧、聚集全部力量制作出来的作品,并且作品中处处流露出这种热情。

动画的部分特别精彩,很有迪士尼风范。迪士尼为本该没有表情的石头做出了表情,这种复杂的动画技术出现了很多,让我眼前一亮。非常出色。

趁着翻拍热潮,我今年也决定要做《阿童木》的重制版。不是动画,而是漫画连载。

大家可能会惊讶:事到如今还要画新的《阿童木》吗?但我想要尝试一下。不用说,我已经做好心理准备,新作会被拿来与之前的《阿童木》做比较、会遭受抨击。

当然,新作和以前的《阿童木》是不一样的。也就是说,这次阿童木将作为一个旁白解说角色出现。主角是猫,而且会和阿童木扯上关系,他们的关联方式非常微妙。

"比如说,脑袋是阿童木,身体是猫。"

我这样一说明,经纪人就笑出声来。

"没有这样的吧。"

我想象了一下,确实挺奇怪的。

"标题应该还使用《铁臂阿童木》吧?"

"叫《阿童猫》如何?"

经纪人又笑出声来了。

"总觉得好刻意啊。"

"不是这样,要念成《阿,童猫》。是童猫,而且是只公猫。"

经纪人又笑了。是那种一脸莫名其妙的笑。

* 原文为"グズの阿呆使い",直译为迟钝、慢性子的笨蛋仆从,是对《绿野仙踪》日文译名《オズの魔法使》的戏仿。

斯皮尔伯格的关键时刻

据说《新绿野仙踪》(The Wiz, 1978)是一部直接来自百老汇的黑人音乐剧,我刚看完回来。正如各位所知,它是对《绿野仙踪》的戏仿(parody)。

另一方面,明明百老汇也有《歌舞线上》(A Chorus Line)这类别致的剧作上演,但最近看来,给人"童趣印象"的戏剧好像非常流行。说起来,就连《猫》(Cats)也是如此。它没有什么剧情,只是一个小猫大集合的童趣故事。

因此,《猫》在日本上演前,若去询问在百老汇看过的人"那是个怎样的故事?",有时会有人贬低道:"哎呀,太过简单了,很无聊哦。只是一个小猫聚在一起的骗小孩的故事。"这些人呢,大概认为只有《屋顶上的小提琴手》(Fiddler on the Roof)、《我,堂吉诃德》(Man of La Mancha)这类严肃的戏剧才叫音乐剧吧。然而,《猫》中却有讽刺又可憎的人类形象,各种各样的猫儿们,其实是在恶搞各式各样的人类。

《新绿野仙踪》中,也存在原作所没有的戏仿。要把"童趣印象的戏剧"抬高至大人的视线,必须有辛辣的戏仿或讽刺的反转才行。

比如说,"桃太郎①把财宝装在车上拉回了家,可喜可贺",为这样的结尾加上"财宝都被拿去交了税"的补充,这就是戏仿了。若再下点功夫,可以安排大伙儿在财宝分配上起了纷争,结果桃太郎被三只家臣杀死。大家为了平分财宝,暂时将之埋藏在某处。假如安排猴子偷偷盗走财宝,就会成为一部西部牛仔风的作品。

可是,这些戏仿其实是所谓的黑色幽默,看完后,心情应当是不太舒服的。戏仿就是难在这一点上。

优秀的戏仿得让观众理解得轻松自然,还要感动得恰到好处。如果贯彻不了,那么干脆别做这种骗小孩的故事会更安全。

看了斯皮尔伯格担任制片人的《小魔怪》(*Gremlins*,1984)后,我深切地感受到这类作品有多难拍。

说起本片的内容,这是一部比《E.T. 外星人》还要简单明快的作品。简而言之,故事讲述的是由于一只来历不明的怪物被带进一个平凡的家庭,这一家人遭了殃,连同他们所在

---

① 《桃太郎》是日本著名民间故事,讲述了从桃子里诞生的桃太郎,用糯米团子收容了小白狗、小猴子和雄鸡后,一起前往鬼岛为民除害的故事。

的城市也发生了骚乱。故事就这么简单,但因为这既不属于离奇的恐怖片,也算不上科幻片,所以是一个抓不着重点的故事。

一开始,斯皮尔伯格的呈现方式仿佛就在说明——这部作品的设定本身就很荒唐。

序幕之后,影片介绍了作为故事背景的城市。圣诞节,街角被薄雪覆盖。雪仿佛是用浆糊粘上去的,没错,给人的感觉就像在纸张、木头拼成的赠品模型上撒满了水泥粉。

虽说希区柯克以前确实经常在开场展现一些明显是微缩模型的城镇,但因为都是黑白电影,所以还看得过去。可这部《小魔怪》是彩色电影,这么搞就加重了人工的痕迹。

接着,万众瞩目的小魔怪出场了。比起《E.T. 外星人》、《第三类接触》(*Close Encounters of the Third Kind*,1977)等电影里的外星人,这家伙更加没有真实感,完全就像是一个玩偶在动,可爱倒是十分可爱,但凭这一点我就能看出制作方的企图——这是一部能让孩子观看的电影哦!实际上,我妻子好像已经完全沉迷其中了,所以太太们应该很乐意带孩子涌进影院吧。

最终,小魔怪大暴走。在小魔怪不管不顾的恶作剧之后(甚至能看到迪士尼的《白雪公主和七个小矮人》这样的福利彩蛋),故事的高潮便是玩具店内的决斗。

一旦到了这里,场面就成了唐老鸭、奇奇与蒂蒂(两只花栗鼠）式的闹剧了。这部电影到底是怎么回事啊？我认为就算是在圣诞节首映，斯皮尔伯格这玩笑也有点开过头了吧。

难道他的目标真的就只是唐老鸭吗？

然而，在这个故事快要圆满结局的时候，小魔怪原来的饲主（是中国的仙人吗？）出现了。原饲主把小魔怪放进牢笼里，留下一句话便离开了。听了这句话之后，我才恍然大悟。

此时，我才第一次明白了斯皮尔伯格蕴含在《小魔怪》中的深意。也不知是趣味纷呈的内容影响了判断，还是我太过迟钝了，此前我竟没有发现。这部作品所蕴含的是这样一个警示——如果人类把核武器这样的危险物当成玩具，就会落得如此下场。

本来，《小魔怪》做成一部虚构的、孩子气的童趣电影就可以了。可本片却在结尾告诉我们它是在戏仿，斯皮尔伯格由此达成了目的。这和百老汇那些"给人童趣印象"的音乐剧中所包含的戏仿，性质几乎是相同的。正因如此，这部电影才有制作的意义。

不过，反过来说，如果没有这"一句话"，《小魔怪》就成为一部惨不忍睹的作品了吧。我想，斯皮尔伯格的危机就出现在这些方面。

从《一九四一》（1979）、《E.T.外星人》、《吵闹鬼》（*Poltergeist*，1982）等作品开始，斯皮尔伯格的想法就和《决斗》（*Duel*，1971）时期背道而驰了。在那令人眼花缭乱的娱乐中，如果没有包含讽刺，又或是讽刺得晦涩难懂，就会显得很无聊。然后一不小心，作品就会在类似迪士尼、少年时代的怀旧感中结束。

有娱乐性不是很好吗？——如果有人把这当作以前好莱坞和日本电影的优点，那我想说，影迷中也有很多人不是这么好忽悠的。正因为斯皮尔伯格是一个位于当今电影界顶点的人，我才希望他能对这种危机保持自觉。

我想，《小魔怪》就是没有回转余地的那条边界线。

以前我说过非常想拍出『大江山』*这个故事。井由约翰・韦恩主演，真希望斯皮尔伯格和卢卡斯将来能联手把它拍出来。当然，是以特效和小魔怪为中心……

* 即"大江山退治传说"，日本平安时代，居住在丹波国大江山上的著名妖怪酒吞童子带领一群恶鬼作恶多端、震动京都，最终被名将源赖光灌以毒酒，用名刀"童子切安纲"所斩杀。

紫色

说一件无关紧要的事。我这次在洛杉矶住的是新大谷酒店,房间碰巧在发生过三浦一美殴打事件①的房间正下方。一起进来的洛杉矶总领事馆的人,顿时哎呀一声,哑口无言。因为这个房间和楼上的房间构造完全相同,窗外的景色自然也是一样的。

还有,这虽然也是件无关紧要的事,据说那个发生过殴打事件的房间前,常常有日本的年轻男女、新婚旅行的夫妇在那里徘徊。另外,听说还有人在房门前拍纪念照片。这算是洛杉矶的一处新名胜吗?实在是令人愕然啊。

这家新大谷酒店离奥斯卡金像奖的颁奖典礼会场非常近。

---

① 1981年8月,三浦夫妻入住洛杉矶新大谷酒店。当时丈夫三浦和义在酒店大堂谈工作,妻子一美独自留在房间,而后她被前来做衣服的"女裁缝"用钝器殴打,头部受伤。此事件及后续轰动日本,也被称为"三浦和义事件",一般认为是一桩杀妻骗保案。

当天,典礼还未开始,下午就聚集了一堆新闻媒体的车子、影迷等人,吵吵嚷嚷的。我当然也想和看热闹的人群一样,见识一下明星的样子。可是很遗憾,那天我必须在早上离开洛杉矶。

我怀着侥幸心理,询问服务台:"黑泽明导演住在这里吗?"

"不,没有哦。"

我想也是,即便这里距离会场很近,他也不会留宿在这种闹市区的酒店,而是在世纪城的某家顶级酒店吧。

那天夜晚,我在丹佛的酒店里看了奥斯卡金像奖的转播。我总觉得那是一场很死板的表演。好怀念从前有著名主持人鲍勃·霍普的时候啊,他主持颁奖仪式的同时,总能逗得观众哄堂大笑。

后面的节目就不行了。不知是哪个电视台,之后搞了个"日本电影名作展播"。我以为肯定是播放黑泽导演的电影,可最后放映的居然是《金刚大战哥斯拉》(1962)。而且还是面向美国的修订版,不知为何,影片到处充斥着拙劣的三流白人演员的闲聊场景。经过英语配音的日本演员,其演技的拙劣程度简直无法直视。

那天晚上,我既生气又尴尬,睡得很不好。

在飞机上,我和在洛杉矶制作广告的 C 先生一起交流奥斯卡金像奖的话题,其间提到了斯皮尔伯格。

为什么《紫色》（*The Color Purple*，1985）一个奥斯卡奖项都没拿到？① 我们说起了这件事。

"评论这部电影的撰稿人，出乎意料地少哦。"C先生说。

"可这部电影在美国不是大受欢迎吗？"

"确实很受欢迎，但都是因为斯皮尔伯格的人气。甚至有人说这部电影刷新了斯皮尔伯格的神话，这可不好说吧。更有甚者，还说这部片子对美国电影来说多么具有革命性，这也不好说吧。"他批评得相当严厉。

"也有些黑人看了那部电影后说'这不是我们的世界'。"

正如各位所知，对斯皮尔伯格来说，《紫色》是他最为严肃的电影，并且完全没有黑人电影必定会描述的种族歧视的主题（虽然在故事中出现了一点），所以是一部非常健康的合家欢电影。当然，有催人泪下的场景，电影也极其美丽。

以前，迪士尼拍过一部名叫《南方之歌》（*Song of the South*，1946）的真人电影。主演是名为詹姆斯·巴斯克特（James Baskett）的黑人演员，他获得了奥斯卡特别荣誉奖。这是一部明快、平静、和睦的南部黑人电影。在《电影之友》还是别的什么杂志上，淀川长治先生好像写过这样的影评："我没想到会是这样平静的黑人电影。"

《紫色》一片里，有这部《南方之歌》的气息。又是关于

---

① 《紫色》获得1986年第58届奥斯卡金像奖的11项提名，包括最佳影片、最佳女主角、最佳女配角、最佳改编剧本、最佳摄影等，但最终颗粒无收。

迪士尼和斯皮尔伯格的关联性，但不知斯皮尔伯格是否有想到《南方之歌》，并受其影响。

不过，对黑人来说，种族歧视是无法回避的问题。黑人的人口极速增长，尽管在表面上黑人的发言有了分量，但在电影里，只要有黑人出场，就会出现歧视用语或者讽刺之类的内容，这是常识。

《紫色》的确描绘了一个黑人社会，对白人只做了粗略的描述。即便如此，白人还是被刻画成了乖巧懂事的博爱主义者。有人认为，这里体现了斯皮尔伯格虚构的人文主义世界，很是伪善。

但是，我却很喜欢这部电影。特别是这个场景：胖胖的女二号由于性格鲁莽而殴打了白人女性，结果被扔进监狱，被毁容以儆效尤，导致她变得阴郁而寡言。后来，女主人公对她傲慢的丈夫厉声说话，并决心离家出走，看到这个场景，女二号突然大声笑了出来。这令人毛骨悚然的大笑，不知怎么让我很感动，直击我的心灵，成了整部电影的高潮部分。

"没错，电影就应该在那个地方结束才对。"C先生颔首说道。

"之后的内容很多余。"

"但不可否认，这是一部好电影吧？"

"这是自然的。但是，正如我提过好几次的，这部电影并没有电影革命所应有的独创性。"

"奥斯卡奖的评委们觉得这一点是个问题吧。"

"毕竟啊，只要是斯皮尔伯格的作品，那些上了年纪的评论家都很讨厌啊。"

令他们如此这般的斯皮尔伯格可真倒霉，运气不太好。

《伊索寓言》中有这样一个故事：一只狼发现了一只小羊。狼想把羊吃掉，却没有杀死羊的理由。于是，狼开始故意找碴儿。

"你偷吃了我田里的东西，是吧？

"你说我坏话了吧？

"你欺负我家孩子了吧？"

小羊当然全部否认了。狼又说：

"即便如此，我就是讨厌你，所以我要把你杀了吃掉。"

讨厌的东西，怎么样都会讨厌；喜欢的东西，不论别人怎么说，还是会喜欢。这是人类理所当然的特性，喜好是个人的自由。可这如果变成评论家的发言，正因为其有社会影响力，所以才会给人带来麻烦。

无论如何就是讨厌动画，所以也不好好看一看作品就直接谴责，这样的评论令人头疼。包含色情描绘的小众电影才是电影的本质，所以喜欢；娱乐大作是主流的，所以全都不好——这样的论调也很让人没辙。评论家一旦对导演个人带有自己的好恶，就会将这种好恶强加给读者，这样的评论着实叫人难办。

在漫画的世界里，也有些评论家因为过于喜欢某个作者，就对其作品做出过度的、自以为是的评价。

就一部电影来说，既有过度迷恋它的评论家，同时也有冲动批判它的评论家。

这类人似乎都很讨厌斯皮尔伯格。

两部"核"电影

我看了两部关于"核爆炸"的电影。

其中之一是《浩劫后》(*The Day After*,1983)。这部电视电影在全美获得了46%的收视率,在它的刺激下,各地掀起了游行示威、集会的狂潮。这部电视电影到底有多么惊人呢?总之我的兴趣被勾起来了。

不出所料,试映会的人数多到无立锥之地。

备受关注的"遭受核武器攻击的堪萨斯市"这一场景,刚好在影片中段。在此之前的悬念感或者说惊悚感,营造得非常好。总之呢,美苏间的战火被点燃,不断有核导弹从堪萨斯州发射出去。尽管核基地就在眼前,当地居民平常也完全不感兴趣,可此时他们却都在目送突然升起的导弹喷烟。茫然、恐惧、战栗、惊愕——人群中全是这些表情。

紧接着,四处逃窜的地狱图景开始了。

这场景仿佛在宣判,堪萨斯市民确实要遭受苏联导弹的报复性攻击了。

其中一名主人公——达尔伯格先生,拼命地往地下室搬运罐头。一旁,他的妻子正在心不在焉地整理床单。

"你在干什么,快来帮我搬啊。"

"我在整理床铺。"

"别弄了,到这边来!"

丈夫刚抱住妻子,妻子便开始歇斯底里地尖叫、号啕大哭,挣扎起来。

这是电影中最为震撼的场景。死亡正时刻逼近,甚至没有逃离的时间,人们茫然自失,只是在无意识地重复着日常的行为习惯。仅这一个场景,便绝妙地演出了那种绝望感。

在圆谷英二①先生的《世界大战争》(1961)中,弗兰奇堺一家即将遭受核武器的袭击,他们做好了赴死的心理准备,摆放好寿司和很多美味佳肴,全家人一起享用最后的晚餐。从中似乎可以看到东方人的无常感或是悟道,有些索然无味。

然而,《浩劫后》里对核爆炸到来前几分钟的描写,若按照当今美国人所在的立场,任谁都觉得他们会那样做吧。这一段就是如此真实而震撼。

然后,核弹爆炸了。这一场景的特殊摄影也非常厉害,

---

① 日本著名特摄导演、摄影师,1954年担任科幻片《哥斯拉》的特摄指导,1963年创建圆谷制作公司,开启了《奥特曼》系列特摄剧的制作,被称为"奥特曼之父""特摄之神"。

有冲击力。爆炸后,城市首先被光亮洗礼,不一会儿便被热浪所侵袭,而这两者间的"间隙"处理得很好。

"轰!"的一声,天地间一片亮白,白光消失后,人们惊恐地从一排排车窗里、房子的窗户中探出了脑袋,纳闷儿"怎么回事"。

有人下车后开始奔跑,有人抱起呆然伫立的孩子,试图逃入安全的场所,而那个"间隙"只够做这些。接着,热浪突然袭来。一瞬间,所有人都像冻住了一般灰飞烟灭。

这一"间隙"的战栗。还有前方升起的宛如血泊的核爆烟雾。其他的核战争电影中都没有描绘过这类场景。这一镜头出色极了。

不过,之后就有些不行了。片名叫《浩劫后》,所以核爆炸之后才是故事的正题,但这一关键部分却差点儿火候。《大地震》(*Earthquake*,1974)、《地球浩劫》(*Meteor*,1979)等大片中,都有描绘脏污的难民们惊慌失措的场景,说白了,《浩劫后》后面的感觉跟它们并没什么差别。

其中一名主人公贾森·罗巴兹,头发因辐射而脱落。他带着满脸的疤痕四处徘徊,可不管走到哪里,周围的景象都好像垃圾处理场里堆积成山的废墟。本以为倒在废墟空隙中的是焦黑的石像,却发现那其实是人类烧焦的尸体。

以上种种景象,首先就和广岛的纪录片相去甚远。这些内容应该会令日本人大失所望吧。但是,这些描写在美国却

被评判为"12岁以下的儿童禁止观看"。这些场景对美国市民来说,正是如此无法想象、空前绝后的描绘。

换个说法,可见美国人完全不了解广岛的受害情况。所以,先不论这部电影到底做得好不好,总之可以说这是美国人第一次体验到的原子弹爆炸。

那个核武器大国做出了这样一部作品,在评价这部电影

---

① 日本第64任、第65任首相,1972年曾作为首相访华,实现了中日邦交正常化,结束了战后中日关系的不正常状态。1974年辞去职务,1976年因美国洛克希德公司行贿案被捕,1983年被判刑并处罚金。

太天真以前，我们应该对此举的意义给予肯定。它还是一部从一般民众的角度去描绘的作品，这一点所具有的意义尤其值得肯定。

我给这部电影的场刊写了短文。请容我转载短文的结尾部分。

在以往描写核武器之恐怖的优秀外国电影中，我试着回忆其中是否有具体捕捉到爆炸瞬间的作品，却发现一部也没有，很是奇怪。亨利·方达（Henry Fonda）在《奇幻核子战》（*Fail-Safe*，1964）中因饰演美国总统而大受好评，但该电影结尾处氢弹坠落纽约的场景却含糊不清；杰作《海滨》（*On the Beach*，1959）则专门描绘核战争后人类的灭亡。尤其是在平民阶层中描绘核武器恐怖程度的故事，基本没有。从这层意义上来说，《浩劫后》就是一部划时代的作品。美国作为最大的有核国家，当下创作出了这样一部作品，这件事本身就具有极大的意义。这可以说是个开始。由于这部作品的成功，总有一天，美国应该会制作出比它正确百倍的、描写遭受核弹时真实状况的故事。如果苏联和其他各国也开始这类创作的话，那将成为一场电影界的全球性反核运动。

《浩劫后》的尾声播放了美国总统发表"我们与苏联缔结了停战协定"的讲话。此时，在覆盖了全美的废墟中，只有遍体鳞伤的生还者们在蠕动。身为曾经发布开战宣言的当事者，总统该如何承受这些人的愤怒呢？留下这个讽刺而无情的提问后，故事就这样突然结束了。

未曾想到的是，这部作品让我们了解到，未体验过原子弹爆炸的国家，根据假设来描绘这份体验是多么困难，他们根本无法脱离想象的范围。那么，日本电影能做出怎样的作品呢？我觉得现在正是认真思考一个企划以创作日本版《浩劫后》，并向全世界公开的好时候。

另一部电影是《再见，朱庇特》（1984）。众所周知，它就是小松左京先生不惜自掏腰包赌上的那部杰作。

就在小松先生为制作本片而忙得喘不过气时，我想找他玩，于是从大阪的酒馆给他打了电话。

"来喝酒吗？"我邀请道。

"我没这个时间哦，模型的大小搞错了……要重新做啊！"他发出了悲鸣的声音，那时候他应该很不容易吧。

我向同为编剧人员的丰田有恒先生询问进度情况，一时间他支支吾吾的。

"嗯——时间不太够啊，不过……也没什么不好。"

莫名地令人担忧。

观影时我一直悬着颗心。但看了以后，我可以肯定地说，这是一部能被确切地称为开创日本科幻电影元年的作品。这样的话,《哥斯拉》《日本沉没》(1973)要怎么算呢?虽然会有人这样问,但我还是想感慨,《再见,朱庇特》真是一部科幻界的专业人士用心血做出的精品啊。

故事的梗概是人们利用核爆炸把木星炸飞,靠改变黑洞的路径来拯救地球。虽然有个疑问,核爆炸的能量难道不会被黑洞吸收掉?但暂且不提这个,小松先生他们肯定是有了理论基础后才制作这部作品的,所以我就不说什么了。

总而言之,从"崭新的起点"这一方面来说,《浩劫后》和《再见,朱庇特》这两部电影有共通之处。二者都在描绘两个极端,即核武器是会带来上帝与恶魔这两面的东西。

顺便一提,我最想评论的核恐怖电影,是斯坦利·克雷默(Stanley Kramer)的《海滨》。啊啊,真希望这部电影能再次上映啊。

阿童木谈《甘地传》

前几天,我带着阿童木去看了哥伦比亚电影公司的《甘地传》(*Gandhi*,1982)。

若非足够惊人的信息,IQ 460 的智能机器人应该是不会表现出情绪反应的。但看完这部电影后,阿童木的兴奋却非同寻常。

下面是有茶水博士[①]参与的感想会速记。

阿童木:"人类世界也存在这样令人心痛的歧视呢!我还以为我们机器人是最先被歧视的呢……"

手冢:"印度是所有歧视的大熔炉。首先,有东征而来的雅利安人对印度原住民的残酷压迫。还有基于印度种姓制度的阶级歧视。接着是现在,在电影中也出现过的,印

---

① 在《铁臂阿童木》中登场的科学家角色,造型像是有超大圆鼻子的爱因斯坦,是阿童木制造者天马博士在科学省的同事,对阿童木了解颇深、关爱有加。

度教教徒和伊斯兰教教徒的争端。以及白人对东方人的管控……这些悲伤的历史不仅持续了一千年，而且还裹挟着好几亿人口。真是个充满悲剧的国家啊。"

阿童木："主演本·金斯利（Ben Kingsley）的脸上写满了这一段漫长历史的悲哀啊。听说他是个印度混血儿①，我想他在成为演员之前，孩童时期就一直在和这种看不见的歧视战斗吧。"

手冢："甘地在针对白人提倡'非暴力不合作'之前，他生活在非洲的白人社会中。那时候他展现出了仿佛在质问'为什么，为什么要这样……'的愤怒眼神。那种眼神，纯粹的白人演员应该做不出来吧。虽然也要看阿滕伯勒（Richard Attenborough）导演的导戏水平，但二十世纪前半叶，在有关英国统治印度时期的电影中，至少白人是做不出这种表情的。比如说，战前有一部名为《古庙战茄声》（*Gunga Din*，1939）的电影，描述的是白人守卫队与印度人叛乱军的战争。该片的主角叫迪恩，是城寨的士兵，由《本·凯西》（*Ben Casey*，1961）中的山姆·贾菲（Sam Jaffe）所饰演。他虽然是一位非常擅长饰演印度人的著名演员，但归根结底，也只是英国人喜好的印度人形象罢了。"

---

① 本·金斯利为英籍演员，其父亲出生于肯尼亚，有印度血统，母亲是一位英国演员。

阿童木:"在二十世纪,我们机器人仅仅被当成人类的工具。但是在二十一世纪,自从人形人工智能被开发出来以来,人们的想法就分成了两种:是将机器人当成工具,还是承认机器人的人格。那个时候,大多数人都在质疑,为什么要承认由电脑组装而成的人形机器是个人。"

茶水博士:"那也是因为,他们内心深处对机器人的能力、未来都抱持着不小的恐惧感哦。"

阿童木:"一开始,那个名为贝利的机器人想要获得美国的公民权。而他在获得公民权后,却遭到群众的袭击,被彻底摧毁了。(原注:出自《阿童木今昔物语》)"

手冢:"正好和这部《甘地传》里出现的阿姆利则惨案(Jallianwala Bagh massacre)很类似呢。就是戴尔将军虐杀了一千五百名印度人的事件啊。归根结底,是那位将军害怕印度人聚众生事吧。话说回来,甘地的'非暴力不合作主义'和机器人的主张完全一样,这一点真让我吃惊。"

阿童木:"毕竟我们机器人从功能设定上,就无法使用暴力来抵抗或者伤害人类啊……"[1]

手冢:"所以,应该被称为'亲甘地派'的白人也逐

---

[1] 参见阿西莫夫提出的"机器人三定律"(Three Laws of Robotics)——第一条:机器人不得伤害人类,或看到人类受到伤害而袖手旁观;第二条:机器人必须服从人类的命令,除非这条命令与第一条相矛盾;第三条:机器人必须保护自己,除非这种保护与以上两条相矛盾。

渐多了起来。也就是坎迪斯·伯根（Candice Bergen）、马丁·辛（Martin Sheen）等人所演绎的角色。这些人的立场就如同胡子老爹、茶水博士他们吧。"

茶水博士（怒上心头）："我从一开始就是机器人的同伴啊。"

手冢："那场盐路长征就是一场抵抗运动。此处正是全片最令人感动的场景，纺织女工在沿途列队相送等场面，有着虚构作品描绘不出的魄力与厚重感。要是在日本进行这样的运动，最终就会变成一场祭典或者示威游行，但那场长征却绝不是示威游行。机器人有过这样的运动吗？"

阿童木："有哦，在《火鸟·复活篇》里就曾描写到，为了抗议一名洛比塔①的死亡，城市里的洛比塔们开始了大游行，他们一个接一个地跳进熔炉里，集体自杀了。"

手冢："这是不是太过悲惨了？甘地可绝对没有说要为了反抗而死哦。在越南某段时期，倒是经常发生僧人自焚②的抗议行为。那确实是舍身反抗，但感觉很消极啊。就此而言，甘地仅仅用绝食作为以死相搏的手段，我认为倒是合理的。如果人死了，连自己的抵抗行为到底有没有

---

① 由人类与机器人合体改造成的机器人，因具有"人性"而受到人类喜爱，被大量复制生产，所有洛比塔都共享一颗心。
② 1963年，为了反抗南越吴庭艳政府对佛教徒的迫害，越南发生过僧人自焚的事件。

效果都不知道,那也太亏了。"

茶水博士:"不过手冢先生,我之前听说你想画阿童木的契机是甘地,这是真的吗?"

手冢:"我最开始对甘地感兴趣,是知道他为了抗议印度教教徒和伊斯兰教教徒的内讧而绝食的时候。这个内容在电影中也出现了。那时候我还是个学生,却很难想象那个非常可怜、外貌奇特的小个子男人,为什么能有如此强大的能量。自然,当时我并不了解印度那悲惨的历史。在那不久之后,我就听到了甘地被杀的消息[1],这才明白他的地位有多重要,于是我重新收集了资料。当然,我收集的是战前到战争期间的西欧一方的资料,所以有相当多语带揶揄的内容,不过我开始清楚地明白为何甘地会被称为'印度之父'了。当时我整个人极度自卑……尤其是那时候我被占领军的士兵殴打过[2],非常沮丧,一股冲动驱使着我,让我很想找机会画出印度的故事。机器人与人类的争端是

---

[1] 1948年,因反对教派纠纷,甘地被印度教极右分子枪杀。手冢治虫当时年近二十岁。

[2] 参见《我是漫画家》(北京联合出版公司,2021,第46页),手冢治虫写道:"……偶遇四五个喝醉了的美国大兵,(因听不懂对方的英文而)回问他们。结果,我被砰地撂倒在地,痛得站不起身……在那个时代,如果反抗占领军,被射杀都不能有怨言。我又气又悔,痛恨自己没法听懂对方的话。从那时起,这段讨厌的回忆一直如附骨之疽,难以排遣。自然而然地,我的漫画中出现了这一场景的变相桥段。地球人与外星人间的摩擦、民族与民族间的纷争、人类与动物间的误解,还有机器人与人类间的悲剧……《铁臂阿童木》的主题就来源于此。"

《阿童木》的主题，而它正是对印度这些历史的戏仿。"

阿童木："身为机器人而首次被选为总统的拉古先生，其实是想要当选总统的死亡十字架所制作出来的仆从。可拉古先生居然以总统候选人的身份成了死亡十字架的对手。最后因为获得机器人的支持，拉古先生赢了死亡十字架（原注：出自《死亡十字架殿下》）。我之前认为这有点像是在戏仿美国白人对黑人的行径。"

手冢："不，若要究其来源的话，应该是甘地哦。甘地是伦敦大学毕业的优秀律师，他甚至认为自己就是英国人。他无疑是白人所培养出来的部下啊。然而，最终他可是煽动民众将英国人驱逐出印度了呢。"

阿童木："我……万万没想到二十一世纪之后，日本人居然会如此歧视机器人啊。在二十世纪，日本人明明说过机器人是人类的朋友，甚至都让外国人觉得奇怪。"

茶水博士："阿童木，关于这个啊，是因为当时机器人产业中的智能机器人领域还处于入门阶段。再说了，你去看看当时流行的操作巨大机器人战斗的动画。那东西完全没有一丁点儿理性，仅仅是一种战车。以提高生产为目的所使用的机器人，任凭人类摆布，因此是很方便的助手。可是，一旦机器人开始拥有自我意识，对人类来说，就变成最难以掌控的对手了。日本国民还特别喜欢秀优越感，老是说自己多么智慧，或者看不起东南亚的人民……"

阿童木:"不过,能做出这样的电影,说明人类也还是有强烈的愧疚心呢。"

手冢:"这部影片毕竟得了奥斯卡奖,所以尤其能让人体会到这种感受啊。话说回来,即便面对这样的外国电影名作,日本电影也没有丝毫的自卑感呢,因此才做不出好作品吧。"

坚持非暴力不合作主义的三人

《印度之行》和日本人

我认为日本人这一种族呢,虽然本质上挺土气的,但似乎很喜欢炫耀权力。

当然,这是在认为接触对象比自己低下的时候。

稍微一想,日本人从以前开始,就很拘泥于上下尊卑。只要进入了宴请应酬的场所,就立马要考虑哪里是首席、哪里是末席、位置由谁来坐这些东西。虽然是很不好的习惯,但却没有办法。

综合贸易公司的当地驻派人员也好,地位低微的官员们也罢,都惯于对发达国家露出谄媚的笑容,奉承追随之;而面对发展中国家,则是一副盛气凌人的藐视模样——就因为日本人拘泥于上下尊卑,也难怪会表现出这样的态度。

其实,我也常常在国外见到这样的家伙,多到厌烦。

报纸上报道,东南亚、非洲等国家的人们,对日本人的看法相当糟糕。这不仅仅是因为贸易不平衡,或者我们从前是侵略者等表面性的问题，而是因为更深层次的东西。

有一部电影，精彩地描绘了日本人的这些恶行。那便是大卫·里恩（David Lean）导演的《印度之行》（*A Passage to India*，1984）。

且慢，可能有人要说，这部电影里不是根本没出现日本人吗？本作描绘的是二十世纪初英国统治时期的印度，只有印度人和英国人出场。然而，假如试着将作品中的英国人社会和日本人社会调换一下，就会发现竟和当下身处东南亚的日本人的故事完全一致，因此相当不可思议。

不，也算不得奇怪。现今的日本人既是经济战略上的征服者，也是统治者，是取代了多年前的西欧人的精英阶级。因此，《印度之行》的观众如果将其中的英国人看作日本人，应是相当有趣的。自然，在印度肯定不会有那样的日本殖民地，所以这就是虚构的故事，是科幻故事。不过，说不定它就是一部近未来的科幻作品。

于是《印度之行》就成了一个这样的故事。

有一个印度医生，非常向往日本医疗的先进技术，并且很尊敬日本人。

来自日本综合贸易公司的母女和外交官夫妇一起，来到了印度的合资企业总部。

这名印度医生一边与日本人的圈子打交道，一边满怀着期待，希望日本的最新医疗设备能配置在印度的地方城市。

于是，他主动当了日本女孩的向导。在旅行地，医生被怀疑侵犯了女孩。

日本外务省给印度政府施加压力，贸易公司用金钱收买法庭。民众的反日情绪剧烈高涨，游行队伍一边高呼口号，一边向着坐满日本旁听者的法庭行进……

在观看大卫·里恩导演的《印度之行》时，我钦佩于在这样一个故事中，他居然能创造出这样一群处于被揭发立场的英国人。当然，最后一幕虽然收束于一个有着巧妙"诚意"的圆满结局，但不论是《泰山王子》（*Greystoke*，1984）还是这部电影，似乎最近的英国电影界充满了自我批判精神。而以二三十年前的印度为背景的欧美电影，却没有一部带有这种倾向的作品。《古庙战茄声》如此，《傲世军魂》（*The Lives of a Bengal Lancer*，1935）亦是如此。

而且，里恩导演还很年轻！他和黑泽导演几乎同辈，却在一部两个多小时都以谈情说爱为主题的电影里，有干劲儿地创作出如此规模宏大的作品，实在令我甘拜下风。

最令我震惊的地方，是那个突如其来的月亮特写，记不清是不是在夜晚恒河的场景下了[①]。那并不是从地面仰望到的

[①] 影片中段，老妇人摩尔夫人进山洞参观后感到不适，出来休息时对同行女孩说："我想，像许多老人一样，我有时认为我们只是一个无神宇宙中的过客。"那个突然的月球超大特写就插在这句台词中间。

月亮，而是阿波罗号之类的东西去往好几十万英里外时，宇航员所看到的月亮。上一次令我感到震惊，还是在《阿拉伯的劳伦斯》（*Lawrence of Arabia*，1962）里，沙漠中那令人出神的火球一般的太阳。

另外，女孩为了体验印度的风土人情，一个人骑着自行车出门，去到一个满是青苔的神殿之类的遗址，而后迷了路，这一部分也很精彩。只要一偏离主干道，立马就能看到草丛中的石头堆，巨大的石头佛像正目不转睛地盯着女孩。那景色有点像吴哥窟遗址或者玛雅奇琴伊察（Chichen Itza）遗址。女孩刚沉浸在思绪中，就有好几只面相凶恶的猴子露出獠牙，从石头佛像上面扑袭过来。这场戏的紧张气氛完全能与希区柯克的《群鸟》（*The Birds*，1963）相匹敌。

她骑着自行车离开村子，不一会儿就能看到遗址，这一段我也很喜欢。实际上，在日本的乡村外，也有不知名的祠堂或者城市遗址，而且骑个自行车就能轻松抵达。印度应该也是一样的吧。

我还久违地欣赏到了里恩导演中意的亚历克·吉尼斯（Alec Guinness）的讲究装扮，这甚至可以称为"吉尼斯的三大变身"之一。其一是《远大前程》（*Great Expectations*，1946）中的恶棍，其二是《阿拉伯的劳伦斯》中的王子，再就是这个古怪的印度哲学家。乍一看，这个角色貌似与主要情节没有关联，但其实关系重大，他代表着一部分隔岸观火的印

一些与《印度之行》无关的事

度人。另外,里恩导演没有使用印度演员,而是用了亚历克·吉尼斯,这一点体现了他的诙谐幽默,或者是对观众的照顾。

临近尾声时,他冒雨来拜访英国人,我想着他应该是要说些有关印度医生审判的事情,结果却说了完全不相干的事,之后很快就离开了。这个地方处理得非常合理。

---

① 此处原文为"ガジャ・ボーイ"(gaja boy)。
② 在印度的文化观念中,左手一般被认为用于处理污秽之物,是不洁的,所以在待人接物或吃饭时,都会尽可能避免用左手。

总之，能将英国人的精英主义纷乱描写得如此恶臭，甚至到了不堪入目的地步，这可太有意思了。如此富有曝光精神的关于海外日本人的故事，日本电影是否也做得出来呢？

我想大概做不到吧。因为要创作出这样的巨作，必须依靠大资本的赞助支持，而大公司应该不会喜欢这种举发他们海外分部人员的电影。最多也就只能在漫画里画出这样的故事，而不是在电影里。

献给伍迪的赞歌

无法言说的感动充盈我心,实在是幸福。看完后我一边饮茶,一边悠然地细细品味这份幸福感。人生、爱、生存价值。一份奢华而温暖的家庭料理,被精心地呈现在眼前。

这就是我对《汉娜姐妹》(*Hannah and Her Sisters*,1986)的印象。

以前看伍迪·艾伦的《开罗紫玫瑰》(*The Purple Rose of Cairo*,1985)时,他温柔又悲伤的目光遍及全片,我真的沉醉于他那畅快却又苦闷的梦想故事里。

"真不错啊,这是我今年心情最好的一次了。"当时我如此和华纳的早川先生说道。

于是他说:"为什么这么说,这次在纽约首映的《汉娜姐妹》,被评价为伍迪的最高杰作哦。"

"嚯,这次的作品有什么好玩的呀?又是变色龙吗?还是会有人从影像中跳出来?①"

"不,这次是正剧(serious drama)。但是很厉害哦!伍迪·艾伦凭借《汉娜姐妹》,仿佛从至今为止的作品中脱胎换骨了。"

不过,我很佩服伍迪·艾伦此前能不断涌现出天马行空的创意,我一直赏识他这方面的才能,甚至在某处写过"他是个一流的漫画家"。

所以说实话,听说《汉娜姐妹》是正剧时,我还有点没反应过来。

故事是从美国家庭的一场极其常见的聚会开始,以一年后的聚会结束。

主角是可靠的汉娜,但也一一介绍了她的现任丈夫、前夫、两个妹妹、妹妹们的对象②以及汉娜那上了年纪的父母。坦白地说,我过了挺久都不知道在这部中产阶级家庭故事中饰演主角的是谁。

不久,我开始了解到以汉娜为首的所有人,都在各为己利的纽约从事媒体工作或想要进入这一行。其中最为引人注目的,是汉娜在电视台当编导的前夫,饰演者是伍迪。某日,

---

① 分别指《西力传》(Zelig,1983)和《开罗紫玫瑰》两片中的设定和情节。
② 原文用了"亭主"一词,日语中指丈夫,但影片开场介绍人物时,汉娜的两位妹妹并未结婚。

他耳朵有些不舒服,被医生告知可能是脑肿瘤,于是他怕得发抖,感觉到死亡临近。他对工作、生活、爱情都绝望了,想要自杀,还一头栽进宗教里。

我会对这个人物产生共鸣,是因为我也过着这种被节目制作追着跑、没有片刻悠闲的悲惨生活。偶尔去前妻汉娜家里,他也是一进到玄关就说:"我只能待两分钟。"他一边把礼物递给前妻的孩子,一边催促"快点打开看看"。孩子打开礼物后,他又不耐烦地开始和孩子玩这东西。伍迪在饰演这个可怜的媒体牺牲品的讽刺角色时,一直在引人发笑。这个笑,对我来说是冷笑。

我一周里好不容易从工作室回家两三次,但妻子和孩子都已经睡了。我一边瞄着他们,一边熬夜处理工作,第二天又得出门去工作。妻子对要出门的我开玩笑说"再来玩哦"。而伍迪演的这个人物让我看到了自己的分身。

伍迪·艾伦特意在故事的各个地方加入黑屏字幕,营造出了卓别林短篇喜剧般的效果,同时也将以这些字幕为起始的一个个章节整合在了一起,就如彼此独立的散文般随性。

伍迪所饰演的电视台编导还有一个自卑之处:在他还是汉娜丈夫时,被医生告知得了"无精子症",出于这个原因,他和汉娜离婚了。

汉娜的新丈夫迈克尔·凯恩(Michael Caine),明明爱着汉娜,却和有对象的汉娜幺妹搞外遇。汉娜的幺妹也因为对象

[想不到居然是马克斯·冯·叙多(Max von Sydow)]是个过分古板的画家,而陷入了委身于汉娜丈夫的窘境里。

汉娜的二妹吊儿郎当的,还嗑药。她在朋克乐队的酒吧里喝得醉醺醺的,却还立志当歌手,结果未能如愿。她常常问姐姐借钱,不知从哪里探听到姐姐夫妇无精子的问题,写到了自己的小说里。而在不知不觉间与这位轻浮的姑娘扯上关系的人,正是已经对人生绝望的伍迪。

导演将这种男女亲戚间混乱的人生困境,像马赛克碎片一样拼凑到一起,讲述得幽默而深刻。在如此精彩纷呈的好戏中,出场的汉娜双亲也很不错,是劳埃德·诺兰(Lloyd Nolan)和莫琳·奥沙利文(Maureen O'Sullivan),很令人怀念。

啊,莫琳·奥沙利文!你不知道我有多么迷恋这位女演员,多么迷恋她以前在韦斯穆勒(Johnny Weissmuller)版泰山电影[1]中所饰演的简!影片中还出现了她当年的照片。然而,现实中的莫琳已经老了,仅仅是一件肉乎乎的过去的遗物。而她在这部电影里的角色以前也是一个女演员,仿佛是在描摹她自己[2]。我认为敬业出演的莫琳很值得赞赏。

老父亲常常给女儿弹奏从前那些经久不衰的乐曲。这也

---

[1] 莫琳·奥沙利文(饰演简)和约翰尼·韦斯穆勒(饰演泰山)合作过六部泰山电影,如《人猿泰山》(*Tarzan the Ape Man*,1932)、《泰山得美》(*Tarzan and His Mate*,1934)等。
[2] 莫琳·奥沙利文在现实生活中也是饰演汉娜的演员米娅·法罗(Mia Farrow)的母亲。

是美妙绝伦的旧日情怀,但最为怀旧的还是伍迪进入电影院时,里面正在放映马克斯兄弟(The Marx Brothers)的电影[①]。直面死亡的伍迪在观看这部电影的过程中,回想起了生活的意义,重新振作了起来。

过了一年,找回幸福的伍迪,与曾经游手好闲的汉娜二妹在一起了。

她悄悄和伍迪说:"我好像怀孕了。"

凭借这一句话,观众们知道了医生所说的"无精子症"是误诊。这是一个何等诙谐的大团圆结尾啊。

这部电影的各个角落都充斥着纽约的气味,仿佛来自被烤得半熟的"鲜肉"纽约。

不过,电影描绘的并非我所感受到的布满刺人电流的纽约,而是一个充盈着悲哀与甜蜜的苦闷城市,这座城市仿佛温柔地拥抱着为人生所疲累的人们。在犯罪片、警匪片中看惯了的街道,虽然风景依旧,看起来却完全不同。导演的眼睛竟能将世界改变至如此程度吗?

这篇正儿八经的夸奖文有些夸过头了。但正因为这是一部我爱得不能自已的电影,我才写得如此诚挚。真希望我所画的作品什么时候也能因这部作品的刺激而变个身。

---

① 这部电影是《鸭羹》(*Duck Soup*, 1933)。

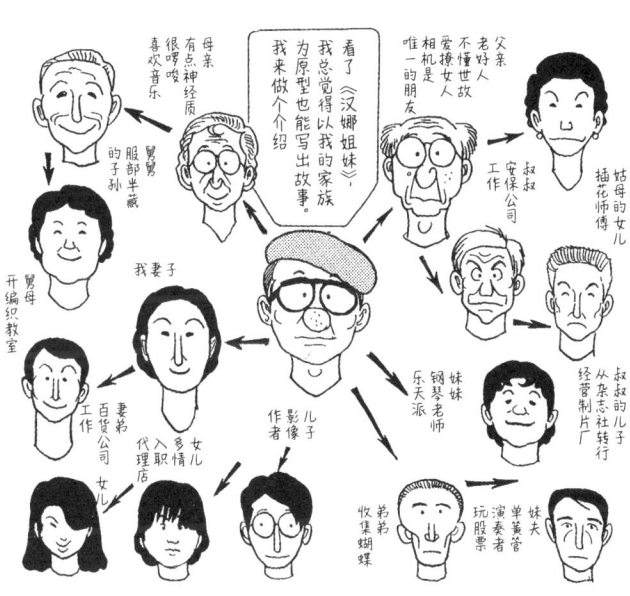

燃烧殆尽

《桃太郎：海之神兵》(1945)举办了特别放映会。

关于这部动画，小野耕世先生在《朝日新闻》等地方写了不少东西，所以与内容相关的我就不说了。总之对我来说，这部动画仿佛把我的一部分青春扯了出来，豁然呈现在眼前一般。

我和诸多动画爱好者围着莅临会场的导演濑尾太郎先生，一同举起了庆祝的酒杯（某杂志座谈会请客）。

濑尾太郎先生在战前曾叫作濑尾光世。或许有一些朋友不认识他，这位是日本动画界的大师之一。他在京都拜师于《蜘蛛与金香》①的导演政冈宪三先生（根据记载，这部著名动画定名为《蜘蛛与郁金香》，但不知为何，首映时成了《蜘蛛与金香》。我的确在那时的广告上看到过，还觉得奇

---

① 此处原文为"くもとちゅりっぷ"。"くも"为蜘蛛，"ちゅうりっぷ"为郁金香。原文中郁金香的日语拼写为缺少假名"う"(u)的形式，故此处译成"金香"。——译注

《桃太郎：海之神兵》的放映庆祝会。面向镜头者从左起依次是濑尾太郎先生、本书作者、并木孝先生、森卓也先生

怪，所以肯定没错。以上是题外话），昭和十三年（1938年），他终于拥有了自己的动画公司。昭和十六年（1941年），他制作了日本首部长篇动画《桃太郎的海鹫》（1943）。

虽说叫作长篇，但其实是四十分钟左右的中篇，不过《海之神兵》是足足一小时十五分钟的长篇。有些人会将这两部电影混为一谈，可这是毫无道理的。

这两部电影以及战后的长篇动画《大王的尾巴》（1949），是濑尾光世先生的三部曲。

他在三部曲后离开动画界，以连环画作家的身份于出版界另起炉灶，很长一段时间里，他都是讲谈社儿童杂志的畅销作家。在这期间，我第一次见到了濑尾先生。那时他叫濑尾太郎。我们俩都曾是东京儿童漫画会的同好，作为濑尾光世，他是动画界的老前辈，但作为濑尾太郎，他是我在漫画领域里的伙伴。

现在我才敢写下来，我曾经做过一件非常对不起濑尾先生的事。

那是昭和三十几年的事，因为我一直是个游手好闲的单身汉，濑尾先生看不下去了，就为我安排了相亲。那位女性是个怎样的人，我已经记不太清了，但她非常喜欢麻将，还说过假如和我结婚了，也要继续打麻将。在我正犹豫着如何是好时，飘来了一封信。

"你正在交往的名叫A子的女人，其实是演员I的小老婆。你最好趁早抽身。"

信的大意是这样。这不是威胁信吗？那之后又来了两三封，这肯定是不可能结婚的。

另一方面，因为我一直没有给出答复，濑尾先生生气地打来了电话。

"手冢，那个事怎么样了？明明必须给对方一个答复的，你真不像话。"

他生气也是正常的，懒散的我当时没有说明情况。

我在濑尾先生家说了原因后，他说："我不知道有这样的事。抱歉给你添麻烦了。"

"不，抱歉的是我，完全没有联系您。"

这就是事件的结局，而遗憾的是，它居然是濑尾先生和我之间最让我记忆深刻的事，实在对不起他。

讲到关于《桃太郎：海之神兵》的各种技术问题、幕后故事时，濑尾先生看起来非常幸福。其间，他提道："在制作《海之神兵》的过程中，我看了迪士尼的《白雪公主和七个小矮人》—— 他们偷偷给我看了军部没收来的拷贝 —— 那会儿我还不怎么震惊，但当我顺便看了《幻想曲》(*Fantasia*，1940)后，就切实感觉我们比不过，面对制作出如此作品的美国，日本必输无疑！"

"我觉得迪士尼是不是因为那部《幻想曲》而燃烧殆尽了啊。"

"……"

"那之后，他们的作品就越来越差，不太行了吧？"

"对创作者来说，谁都会存在'燃烧殆尽'的问题。制作了《大力水手》(*Popeye the Sailor*，1933)的马克斯·弗莱舍（Max Fleischer）也因为《虫先生进城记》(*Mr. Bug Goes to Town*，1941)[①] 而燃烧殆尽了……那部动画，超越了动画的界

[①] 《大力水手》和《虫先生进城记》这两部动画的制片人是马克斯·弗莱舍，导演是戴夫·弗莱舍（Dave Fleischer），兄弟俩于1929年组建了著名的弗莱舍工作室（Fleischer Studios，另译费雪工作室）。

限呢……连我都想过，因为制作《海之神兵》和《大王的尾巴》，我的动画事业也要结束了。"

大家都默不作声了。

受到严重打击的人，是我。我是不是早就已经"燃烧殆尽"了呢？

有读者说，《阿童木》后，手冢就完了；有人说，自从手冢从单行本转移到杂志工作，也就是昭和二十六年（1951年）做科幻三部曲的时候，就已经完了；还有其他的……哎呀，我一直受到这样的指摘，都不知道自己已经完蛋过多少次了。

这三十年里，我就是个即便已经"燃烧殆尽"了，却仍然在冒烟的存在吗？若是如此，这人生实在太可怜了吧？

前段时间，我看了希区柯克的《夺魂索》（*Rope*，1948）和《怪尸案》（*The Trouble with Harry*，1955）。两部作品都很新颖，《夺魂索》的技巧令我赞叹，《怪尸案》则叫人怀念，刚刚出道的雪莉·麦克雷恩（Shirley MacLaine）实在是很可爱。

之前希区柯克拍摄了一部名为《风流夜合花》（*Under Capricorn*，1949）的历史片，这部作品还未在日本公映，据说并不是让人拍手叫绝的作品。而《夺魂索》在美国也不是很受欢迎。

在这些作品之后，经过一系列摸索，他突然就拍出了诸如《擒凶记》（*The Man Who Knew Too Much*，1956）、《后窗》（*Rear Win-*

dow，1954)、《惊魂记》(*Psycho*，1960)、《西北偏北》(*North by Northwest*，1959)、《群鸟》等一批杰作。

从这个意义上来讲，在《夺魂索》、《美人计》(*Notorious*，1946)等片的时代，他的作品可以说有点平庸吧。

然而，在《西北偏北》《群鸟》等作品后，与其名声背道而驰，希区柯克的作品逐渐变得狭隘，影片中加入了奇怪的主张，不久，他留下《狂凶记》(*Frenzy*，1972)、《大巧局》(*Family Plot*，1976)后便与世长辞。姑且不论技术，以作品来说，这两部电影绝对称不上优质。

希区柯克是因为《西北偏北》《惊魂记》等作品而燃烧殆尽了吗？不，若让已故的希区柯克来讲，他说不定会大声怒斥"开什么玩笑！"。

我觉得，福特(John Ford)因骑兵队三部曲①而燃烧殆尽，佩金帕(Sam Peckinpah)则因《日落黄沙》(*The Wild Bunch*，1969)而燃烧殆尽。

我很焦躁，想把自己的余烬收集起来，再燃烧一次。若能点燃就再好不过了。

不对，是不是思考这样的事情，就意味着已经燃烧殆尽了呢？

---

① 一般认为福特的"骑兵队三部曲"(Cavalry Trilogy)指的是《要塞风云》(*Fort Apache*，1948)、《黄巾骑兵队》(*She Wore a Yellow Ribbon*，1949)、《一将功成万骨枯》(*Rio Grande*，1950)，均以美国骑兵队与印第安人的冲突为线索。

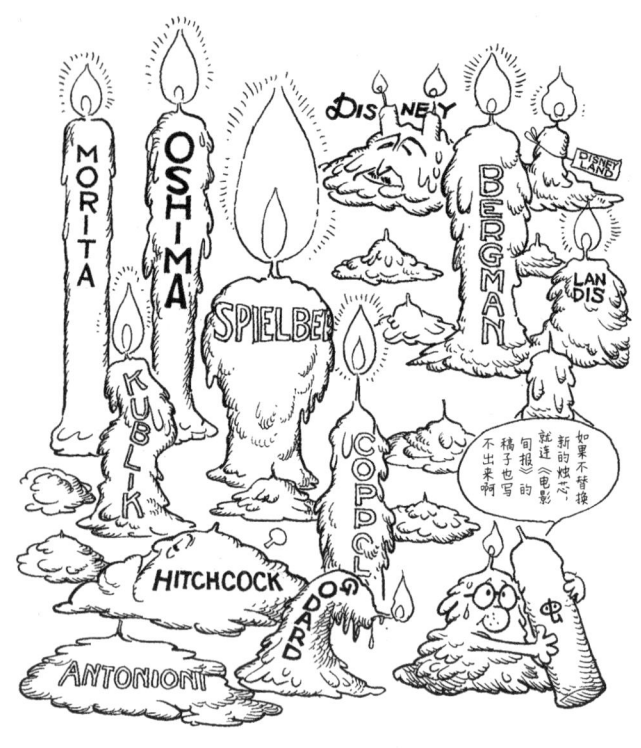

* 图中外文名分别为（从左到右、从上到下）：森田芳光（Morita）、大岛渚（Oshima）、华特·迪士尼（Disney）、迪士尼乐园（Disney Land）、英格玛·伯格曼（Bergman）、约翰·兰迪斯（Landis）、斯坦利·库布里克（Kubrick）、史蒂文·斯皮尔伯格（Spielberg）、阿尔弗雷德·希区柯克（Hitchcock）、弗朗西斯·福特·科波拉（Coppola）、米开朗基罗·安东尼奥尼（Antonioni）、让-吕克·戈达尔（Godard）。

出自《桃太郎：海之神兵》的上映场刊

松竹在海军省的支持下制作了《桃太郎：海之神兵》，在技术层面上，可谓为当时日本动画界的巅峰，因而是一部应该名垂动画史的优秀作品。最主要的是，根据现今完美的分工系统和票房实绩来看，那部基本仅凭少数人，并且是在物资匮乏时代所制作出来的动画，被认为近乎奇迹。

另外，即便在当时世界上所制作的动画中，就技术层面而言，我也确信这部作品具有相当的高度。

在内容方面，因为是鼓吹战斗意识的电影（战意高扬电影），所以不可否认作品中渗透着侵略东南亚等主题。若从这一点来评价本片，以现今来看，它难免是不符合时代潮流的。即便如此，这部动画能得到如此高的评价，则在于构成当今动画技术之基础的，也就是技术起源上的东西。绚烂奢华的美术设定尤其精彩，虽为黑白电影，却如同彩色电影一般。还有现在的动画中基本看不到的动物拟人化——动物们聊天、嬉笑、玩乐的样子天真可爱，我认为这一点很值得现在的动画界参考。

这部电影虽然鼓吹战斗意识，但也非常抒情，战争场面极少。某日，我从濑尾先生那里听说了这样的事：

"在东南亚基地，有一名去往敌方侦察的士兵牺牲了。有个场景是他饲养的小鸟一直在鸟笼中寂寞地等待着无法归来的主人。听到战死的通知，画面中的桃太郎瞬间满面阴云。而诸如为了战友而发射吊唁礼炮等场景，则因为海军省方面的意见而被剪掉了。"

从濑尾先生的话中，我感受到了某种和平思想，同时，军方有意删减的行为也让我无比震惊。因此我才能感受到濑尾先生的这一想法，即本片虽为战争时期的电影，却在尽可能地避开战争场面或是关于交战的部分。

然而不管怎么说，这肯定是一部鼓吹战斗意识的电影，所以我认为，我们动画工作者评价它是一部优秀动画的同时，也不能否认对作品内容上的批判。在本片公映之际，我担心孩子们会生出不该有的误解。因此在观看前，我认为各位家长最好事先和孩子们说一说电影创作的时代、当时的回忆，以及应该如何观看这部电影。

我看这部电影时，正在上高中。那时候孩子们都不在街上，大都市如同被烧过的原野。看了这部电影，我非常感动，还哭了。我并非为电影内容而感动，只是感动于"日本也能做出如此有技术含量的动画了"。我下定决心，这辈子一定要创作出一部这样的动画，然后就成了漫画家，接着开始创作动画了。因此，无论这部电影被如何评价，对我来说，它都堪称我毕生的恩人。

话虽如此，在最近一连串的科幻电视动画里，那些宇宙战争所表现出来的好战、暴力倾向，比这部《桃太郎：海之神兵》更应该引起重视吧？要批判动画的内容，真是一件难事。

拿破仑永不朽!

听说在法国,拿破仑就是"性情古怪"的代名词。所以,还出现过疯狂科学家追赶疯狂拿破仑这种闹剧一般的动画。

提到有关拿破仑的电影,昭和初期,有一部萨沙·吉特里(Sacha Guitry)创作的全明星法国电影《拿破仑传》(*Napoléon*,1955)。达尼埃·热兰(Daniel Gélin)饰演拿破仑;贝多芬这个角色由埃里克·冯·斯特劳亨(Erich von Stroheim)饰演,他顶着张仿佛患有慢性鼻窦炎一样的脸出场;奥逊·威尔斯打扮得十分夸张,以圣赫勒拿监狱司令官的角色出场。但这毕竟是一部全明星出演的作品,所以我对剧情基本也没什么印象了。

在宽银幕(Cinesco)电影早期,有部叫《拿破仑情史》(*Désirée*,1954)的电影,马龙·白兰度(Marlon Brando)饰演拿破仑。白兰度的鼻子有点不太像样,所以装上了假鼻子,很是奇怪。

在奥黛丽·赫本（Audrey Hepburn）主演的《战争与和平》（*War and Peace*，1956）里，饰演拿破仑的是赫伯特·洛姆（Herbert Lom）。我觉得这名专演反派的演员，形象上却最有拿破仑的样子。

1926年，阿贝尔·冈斯（Abel Gance）导演创作的默片《拿破仑》（*Napoléon*），则与既有概念完全不一样。里面的拿破仑高大帅气，长发、长脸，倒是够与众不同的。不过却意外地很有现实感，甚至会让人觉得，这说不定就是拿破仑年轻时候的真实模样。

这部《拿破仑》毕竟是一部（加上休息时间）四个半小时的黑白电影。看这部电影时，我正好刚结束熬夜的工作，光是坐着眼皮都仿佛要粘在一起了，状态非常糟糕。所以如果电影不如宣传的那么好，让我打起哈欠的话，我想我要大闹一场了。

好了，听说这部《拿破仑》是最近被科波拉（Francis Ford Coppola）导演发现的，他沉迷于它的精彩，于是重新剪辑了一遍。科波拉导演仅为这部默片添加了音乐，没有加入台词。而且这音乐还全是管弦乐，从开始到结束一直响了四个小时。作曲是由科波拉导演的父亲卡迈恩·科波拉（Carmine Coppola）负责。

然后，全片配备了现场演奏的《拿破仑》，就在纽约、巴黎等地上映了。

我从各种报道上了解到了那时候惊人的如潮好评。因此,我买了这张很贵的票,兴冲冲地出门了。

一进入剧院,我就看到管弦乐包间里有七十名乐手(东京交响乐团)!

伴随着掌声,作曲兼指挥的卡迈恩·科波拉出现了。众人鼓掌。这时候的气氛,宛如歌剧开幕的感觉。主标题出现后,现场演奏的序曲就开始了,是古典风格的优美旋律。

话说这音响好震撼!这声音的"大洪水",要从现在持续到电影结束。乐手要什么时候去厕所呢?

水野晴郎先生好像写过这部电影的音乐有点过头了,确实如此。里面有时会加入一些已有的古典乐曲,比如《幻想交响曲》的第四乐章、《艾格蒙特序曲》等,或者会响起《马赛曲》[①],但全都是接连不断的强音、强音、强音。

我啪地打了一下手。这是为了消除困倦!在这样的声音中,我实在无法睡着。就像法国菜的酱汁,里面加入了上头的辛辣香料……也就是说,这是在企图以音乐蚕食黑白默片的淡然感。

我想如果在感情戏时演奏温和宁静的音乐,那观众会睡着的。所以,不管是感情戏还是闭目沉思的场景,卡迈恩·科波拉都自暴自弃、乱七八糟、拙劣不堪地敲打出巨大

---

① 《幻想交响曲》《艾格蒙特序曲》分别为柏辽兹和贝多芬的作品,《马赛曲》为法国国歌。——译注

拿破仑的小船在波浪中晃动
此处与国民公会的人潮来了个回切
这地方令人禁不住不停鼓掌
这份感动正是献给影像而非故事的！

的响声。这玩意儿让这个表演成功了。

四个小时，观众在黑白影像中眼花缭乱①，不对，最后一个场面的胶片上了色，颜色像法国国旗一样，所以观众满眼红白蓝，继续看完这部五十年前的影片。就连刚熬完夜的我也不能幸免。

话说回来，我曾经也尝试过在电影放映的现场演奏音乐

---

① 原文为"目を白黒させる"，原指惊讶地眼珠乱转。《拿破仑》刚好是部黑白片，此处似有一语双关。

的形式。

二十年前,我把穆索尔斯基(Modest Mussorgsky)的乐曲《图画展览会》(*Pictures at an Exhibition*)做成了动画(在丸之内皮卡迪利电影院公映)。我特意请东京交响乐团来演奏音乐,并使用了他们演奏的磁带。

然后,我没事儿找事儿地在某个剧场举办了这部动画的试映,并想到了一个歪点子,就是让乐团在动画银幕前面演奏。没错,是歪点子,因为要花费大量的金钱。

不仅如此,《图画展览会》的画面会配合声音而变化,所以不是单纯的伴奏音乐。必须找到一个古典音乐指挥家,能够挥舞指挥棒给画面配音乐……当然,当时并没有这样的人存在。因此,最后我请了给影片中的音乐做指挥的秋山和庆先生。

秋山先生先戴上耳机,然后耳机里会传来影片《图画展览会》中的音乐。他要配合这些音乐挥舞指挥棒。哎呀,这就像在排练舞蹈的动作一样。

而且这部电影的最后,会突然出现秋山先生挥舞着指挥棒的特写。也就是说,会安排成这样的场景:电影中的秋山先生和现场指挥的秋山先生面对面,以同样的姿势挥舞指挥棒。

这个安排很有效果,全场都热烈鼓掌。掌声堪比人们对《拿破仑》现场演奏的鼓掌,更何况这还比《拿破仑》早二十年。我这般骄傲应该可以吧。

那时候充盈整个剧院的炸裂般的声响,我是不会忘记的。

什么杜比环绕声、8寸扬声器，简直弱爆了。给电影配上现场演奏会带来怎样了不起的效果，我切身了解过。我一辈子也不会忘记那时的感动。

可是很不凑巧，这场试映的同一时间，美空云雀在某处举办了招待会，文娱记者都跑到那边去了。什么美空云雀啊！从那以后，我一听到云雀就特别生气（这明明不是云雀的错）。所以，当时那场花费了几百万日元的表演，根本没人写在报纸上。

我们回到原来的话题，除去现场演奏不说，《拿破仑》还是很不错的。我有好几次都因其精彩的展现而全身战栗。这居然是我出生的时代做出来的电影吗？若是如此，那么这五十年来电影究竟进步了多少呢？

我在休息时间接受了电视台的采访。

"您观看后觉得如何呢？"

"我觉得很空虚。"

"欸？"播报员眨了下眼睛。

"我是说，这部电影在五十年前就抢先做到了现代电影能做到的所有事情……如今的电影人到底在干些什么啊，我一想到这个……就感到很空虚。"

我想说不定当天来观看的黑泽明先生、大岛渚先生、大林宣彦先生、筱山纪信先生、松本零士先生、石上三登志先生等人，都有如此感慨吧。

朝向天空

开场时,满屏都是侧柏木大森林的景象。森林中非常寂静,仿佛都能听见落叶下虫子爬行的声音。摄影机缓慢地在树丛间穿行。让人想起迪士尼的《小鹿斑比》(*Bambi*,1942)开场时的森林。

突然,电影画面变成被一片大雾笼罩的河面,两只加拿大鹅正在并排飞行。摄影机不断接近那些鹅,近到甚至能清楚识别一根根的羽毛。鹅完全没有察觉。有节奏的振翅声能让人感受到鹅的气息。不管去到哪里,摄影机都一直在它们的上下左右追踪着。

这到底是怎么拍出来的呢?是用直升机追踪的吗?若是这样的话,又是怎么钻到鹅的下方的呢?最重要的是,鹅完全没有注意到直升机的声音,也不逃走,一直在悠闲地飞翔。这到底是怎么回事?

直到二十三分钟的短片《朝向天空》(*Skyward*, 1985) 结束，观众都一直表现出这样的疑惑与赞叹。只能说实在太精彩了。

画面一转，加拿大土著民 —— 快羽族①的人们戴着鸟面具正围着火堆起舞。

突然，画面放映了鹅蛋的内部，介绍了成为雏鸟前的胚胎团块，其柔弱的心脏在坚强地跳动着。另一边，鹅爸爸、鹅妈妈死命抱着鹅蛋，保护着它们。浣熊眼巴巴地出场了，鹅爸爸勇敢地与浣熊对抗，幽默机智地将其击退。

《朝向天空》是 1985 年的筑波科学技术世界博览会时，在三得利展览馆（正式名字叫灿鸟馆 —— 看到这名字，就让人想到三得利在国外经营的连锁料理店②）播出的展映作品。

制片人是罗曼·克罗托（Roman Kroitor）③，编剧与导演是斯蒂芬·洛（Stephen Low），这些工作人员的名字虽然完全不为大众所熟知，但他们都是加拿大的资深电影人。本作使用了 IMAX 公司开发的大型银幕。

这种 IMAX 的胶片，竟能放映出比普通银幕大十一倍的巨大画面。十一倍……单是与这种银幕面对面，还不足以理

---

① 原文为"クアイユー族"，未查到正式的中文译名，此处按音译处理。
② 展馆名原文为"燦鳥館"，三得利公司开的料理店名为"燦鳥 / サントリー"（Restaurant Suntory）。
③ "真实电影"的早期实践者，IMAX 公司的早期联合创始人，也是 Sandde 手绘立体动画系统的创造者。

解它的巨大程度，就有点像从远处看高层建筑物。

或者应该这么说，坐在剧场的最前排，一般会产生一种仿佛在仰视银幕的错觉。但是，当有人站在IMAX的银幕面前时，你才会对这银幕出奇的巨大感到目瞪口呆。

知道银幕和自己之间相隔了几十米的距离，就会不由自主地想要抬头仰望银幕那二十六米高的顶端，如同仰望大楼的天台。

这时候还来介绍世博会的影像，可能会让人觉得有点腻

IMAX公司的巨大银幕！

烦，但是此次科学技术世博会的影像展览非常多，简直可以叫影像博览会了。大概是因为这比大规模的节目展示要便宜，且损耗小，还能有效地利用展馆吧。

可是，其中有无聊透顶的影像，要么大同小异，要么在模仿迪士尼的技巧，我随意去看了一下就觉得疲惫而失望。当中这部《朝向天空》的IMAX电影，可以说是令人放心的出色作品了。

还有一点，电子工程学和电脑技术等让会场显得华丽而富有科技感，赞颂自然保护和生物的三得利馆反而成了一种心灵慰藉，或者说起到了缓冲的作用。正因如此，看过这些影像后，客人们都满脸的神清气爽，心中充盈着遇见了一部好电影的满足感。

但是我想说一句逆耳的忠言，为什么日本的世博会总是得依赖国外的作品啊？当然了，这是世界性博览会，不管是日本的艺术家还是外国人的企划，都是可以的。然而，如果出现这样的结论，即好的影像作品都是外国制作的，那么日本的电影人到底干什么去了呢？换言之，肩负着日本电影产业的人怎么会如此之少？从国外引进包含硬件设施的企划方案，这种事到底是很困难的。

当然，IMAX在当下是一种潮流。即便是潮流，第一次看后我若觉得感动，也会想诚实地写下来进行介绍。在对潮流发表诸多看法前，如果不先去看一看它，那要从何谈起呢？

积极向上的孤狼①电影

有一个以"河马怪"②阿部进老师等人为中心的儿童文化团体,叫作"现代儿童中心"。二十三年前,该团体推荐过一部电影,还给会员们送票,让他们"一定要去看试映!"。

"青春电影?是那种有点哀伤的独立影片吧。"

尽管这样想,我还是去了试映会。而后我大吃一惊,那天夜里因兴奋和感动无法入眠。从某种意义上说,我甚至觉得这部作品可能是电影的文艺复兴……

接下来,电影长期上映了。这部电影的标题是《西区故事》(*West Side Story*,1961)。

若提到二十三年前——昭和三十六年(1961年),刚好是

---

① 原文为"一匹狼",指不依赖组织力量,只靠自己单枪匹马独立行动的人。
② 原文"カバゴン"(kabagon),据说是一种外观类似河马的深海怪物(UMA),此处指阿部进老师的笔名。——译注

1960年安保斗争①结束后不久。当时美国大规模投入越南战争中，快走到某个关键阶段了。

在此十年后，出现了嬉皮文化、美国新浪潮，美国的年轻人经过几重曲折。奇妙的是在现下这个时代，《西区故事》的片中时代②或者更早以前的复古趣味竟在年轻人中受到了欢迎。

《狠将奇兵》(*Streets of Fire*，1984) 也属于这一类。然而，虽然设定是这类风格，但明显是一部只有当下才创作得出来的电影。《狠将奇兵》突然间成了热门话题，如同自发的罢工行为③一般，一下子在各地评价飙升。

"肯定又是社会边缘人士的男女纠葛吧。"

此时我仍抱有和二十三年前一样的成见，但在沃尔特·希尔（Walter Hill）导演的吸引下跑去看了。

观影完毕，我再次体味到了和二十三年前看《西区故事》时一样的震惊。简而言之，这部作品仿佛把十二三种时下流行的摇滚乐录影带拼接了起来。

换一种说法，若将这部电影的音乐表演部分、暴力部分、剧情部分等拆开来看的话，各自就能成为一部部独立的

---

① 1959年—1960年，以抗议《日美安全保障条约》为起因，日本进步政党、工会和学生开展的大规模社会抗争运动。
② 《西区故事》的故事背景是20世纪50年代。
③ 原文为"山猫スト"，直译过来是"野猫式罢工"，指在没有总部指令的情况下，支部工会成员分散进行的自发罢工。

影像（video），而且每一部都是超一流地棒。有一种连续看了十二三部影片的震撼感与充实感。

若有人问我，这部电影的哪里让我着迷，那么首先就是这一点：影片中虽然描写了社会边缘人士的感情纠葛，但却完全没有其身上必不可少的黑暗。大体上只要街头帮派一出场，他们的行为、人生观里就满是冷漠、阴暗、消极的情绪，而且由于夜晚的场景比较多，更助长了这种氛围，使人感到很是无力。《战士帮》(*The Warriors*，1979)是如此，我也受不了《纽约大逃亡》(*Escape from New York*，1981)里那种泥潭深陷的颓废感［昭和二十五六年（1950年、1951年）的时候，涩谷的高架桥下就是这种氛围］。即便不是这类内容，我也非常讨厌故作积极的阴暗电影。像《绿色食品》(*Soylent Green*，1973，另译《超世纪谍杀案》)这种科幻电影，因为太过阴暗而让我很不爽，自此以后，我突然就讨厌起该片主演查尔顿·赫斯顿了。就连《银翼杀手》(*Blade Runner*，1982)也是这样，即使抛开那座被辐射雨淋遍了的大都市，故事主旨中那一星半点的阴暗我也接受不了。

要说我为什么会讨厌阴暗的东西，这是因为我的作品虽被评价为积极向上，其实阴暗的东西却很多。那些阴暗最终也会沦陷得特别深，所以陷入此类状况的作品（除开狂热爱好者）在盈利上就没有过成功的尝试。

就在最近，《火鸟2772》便是如此。创作这部作品期间，我一直精神不振、闷闷不乐，情绪越来越消沉。就连在《多罗罗》和《狼人传说》拍成电影的时候，公私方面也连续发生问题，我当时心情很灰暗。再说了，这类直接体现问题意识的作品，都没有救赎，且凄惨而血腥。

所以我才会有意地尽量去找一些积极向上的电影来看（但其中有很多作品是在嘲弄积极的东西，我看了反而更生气）。《狼将奇兵》反正就是干脆利落、朝气蓬勃、漏洞百出、冒冒失失，让我感受到了宛如《赤胆屠龙》(Rio Bravo, 1959) 一般的精神宣泄。

不过，作为故事背景的街道真的是肮脏不堪，以至于小酒馆、公寓、警局、车库、高架桥，仿佛都散发着腐烂垃圾的臭味。肮脏到这份儿上，我反而会高兴地笑起来，有一种可与我房间的脏乱程度一较高下的快感。站台地面上十分刻意地散乱铺着满地的纸屑，看到这场面，我就觉得奇怪得不行。

根据拍摄笔记，这个过分肮脏的街道是为了"让人感受不到纽约或者现代的气氛"，完全没有熟悉的招牌或者标识之类的东西，就连纸币的设计也改了。所以这是一个虚构的设定，是一则寓言。

而且这不像我的漫画，乍看之下有模有样，实际上却是由一些单纯的仿制品组装起来的世界（某处这样指摘过我）。似东京而非东京，似江户时代实则不然，以为是西部的城市，却到处都很随便——在这样的背景下，行驶的车子不属于任何厂商，人们穿的衣服没有登载在任何一本商品目录上，这些人因为一些可能发生却难以置信的事件在吵闹。这就是我的漫画。

我会这样画的原因之一是，如果设定得太真实就会没完没了，而且作品有可能很快成为落伍的东西，再说了，这样也很没有幻想感。因此，很长一段时间，我都很讨厌剧画。那种写实的绘画或者故事，与"寓言"或者"戏仿"正好相反。如今我迫不得已也在画这种类型的漫画，但这是被逼无奈。

于是，我为《狠将奇兵》的虚构城市献上了热烈的掌声。

还有一件事。大约十五年前，我作为"漫画团体"的一员去往纽约时，和马场登先生一起拜访了住在布朗克斯（Bronx）的画友。去的路上，我们经过了那种有点脏的后街。那条无名后街垃圾遍地，游荡着酒精中毒的流浪汉。在那条街上，我为朋友买了一瓶酒。

那里是货真价实的纽约，但同时也让我觉得怪异，仿佛是一片人造的布景。而且，那里居然有和电影里很相似的高架电车！因此，《狠将奇兵》中的那些街道令我分外怀念。

这部电影的精彩之处有很多，比如：主角那张难以形容的清冷面孔；其前女友的性感形象；而前女友的经纪人长得像沃尔特·马修（Walter Matthau）的儿子；反派那张冷酷的

面容；黑人警察局长的大无畏气概。另外，切换画面时讲究的划变转场（wipe）也很不错。其中我最为着迷的，是（导演？）把它做成了一部正向电影的本事。

电影还是积极向上的好。

---

① 伞蜥平常以四足行走，逃跑时会直起身体用后足站立，两条后肢快速交替，样子看起来非常有趣。

哥斯拉涂鸦

听说最近旧唱片升值了,不知各位是否知道《哥斯拉先生》这张音乐唱片。

五年前我还有这张唱片的,但是搬家时不见了。

今年科幻大会时,我试着问了好几百个年轻粉丝,但只有两三个人知道。〽①哥斯拉先生、哥斯拉先生,模样可怕口喷火,一脚跨过大厦与街道……

唱片的 B 面是一首名为《我的安吉拉斯②》的歌。

这张唱片是电影《哥斯拉》走红之后,作为制作续集的一个宣传环节而发售的,但现在据说挺值钱的。

因哥斯拉热潮,大家又接连制作了哥斯拉电影。日本都如此吹捧哥斯拉了,可是在美国,哥斯拉的人气之高却比想

---

① "〽",日语中放置在诗歌、歌曲等开头的记号。——译注
② 安吉拉斯(Anguirus),哥斯拉系列中多次出场的名配角怪兽,在东宝怪兽中资历排第二(仅次于哥斯拉)。

象更甚。以芝加哥为首，全美都有哥斯拉粉丝俱乐部。话虽如此，但与其说是哥斯拉，不如说基本上都是日本特摄电影粉丝俱乐部。

美国的哥斯拉迷，并不知道哥斯拉的原版电影。他们看的是美国版《哥斯拉》（*Godzilla*，1985）——由雷蒙德·伯尔（Raymond Burr）主演的翻拍版。

这部翻拍版在日本影院上映过几天，我那时去看了，说实话真令我目瞪口呆。

当时，演员雷蒙德·伯尔除了饰演过希区柯克的《后窗》中的坏人外，在日本还不算特别有名，我想着美国版找这么一个配角来演，应该是把本片当成小成本电影来拍的吧。但事实上那时候，他已经因为主演《无敌铁探长》（*Ironside*，1967—1975）而在美国成了个红角儿。①

这部电影的设定是讲述记者雷蒙德·伯尔在日本体验到的事件。因此，影片中的日本充其量只被当成个东方异国罢了。因哥斯拉而四处逃窜的群众，在原版中都是地地道道的东京人，不知为何在美国版里，看着就像香港人或者马尼拉的华侨在闹腾。

果不其然，与雷蒙德·伯尔演对手戏的人物，全都由很

---

① 《后窗》中主角全程坐在轮椅上窥视调查，有伯尔饰演的坏人与其对峙的场面；伯尔在《无敌铁探长》中则饰演了瘫痪后坐轮椅办案的警探，该剧另译《轮椅神探》。

像中国人的演员饰演,比如说志村乔。脸面向镜头时,确实使用了原版中的胶片,但一背对镜头和伯尔说话,就会由很像华裔的演员来替演背影。出于这些原因,我记得电影一直到最后都很冷场。

不过在美国,哥斯拉和三船敏郎演的武士电影,一起成了非常具有代表性的最赚钱的日本电影。

几年前,我去大型动画公司——汉纳-巴伯拉动画公司(Hanna-Barbera Productions)①,在那儿听到他们正在制作哥斯拉的电视动画时,我吃了一惊。

"可是,美国不是对动画的暴力场面控制得很严格吗?你们居然能制作哥斯拉这种暴力与破坏之化身的动画啊!"

"不,我们创作的哥斯拉是好哥斯拉。"

"欸?"

"这只哥斯拉喜欢小朋友,为了人类而贡献力量,还有它的人类儿童伙伴固定出场。"

这企划听起来好像很无聊。

"话说回来,手冢,这个企划的制作能外包给贵司吗?"巴伯拉社长说。

"哎呀,虽然难得您委托我……"我拒绝道。

美国动画迷对汉纳-巴伯拉动画公司评价很不好,说他们

---

① 由威廉·汉纳(William Hanna)和约瑟夫·巴伯拉(Joseph Barbera)联合创建于1957年,两人代表作为《猫和老鼠》。

是个重量不重质的公司。这部哥斯拉动画,最终没有被买回日本。

有一部叫作《小鹿斑比遇见哥斯拉》(*Bambi Meets Godzilla*,1969)的业余制作的著名动画。这是一部黑白动画,一只画风难以评价的小鹿斑比在没完没了地吃草。不仅如此,标题也一直挂在上面。标题一消失,就有一只哥斯拉的脚突然挤满银幕,一脚踏平了斑比。

影片创作者迈弗·纽兰德(Marv Newland)当时是个大学生。这部业余动画在西海岸广受好评,录像带推出后十分畅销,迈弗马上就被捧成了行家中的行家。不过成了专业人士后,他的作品却很一般,到头来,这部《小鹿斑比遇见哥斯拉》至今还是他的代表作。

我家有本美国的漫画杂志,里面有篇漫画,画的是圣诞老人模样的哥斯拉,走路时把日本的住宅区全都踏为平地。

里面的日本住宅,都是运用了电子工程学的超未来建筑物,而那里的主人居然是蓝普①先生。当然这并不是我画的。

二十多年前,继《铁臂阿童木》之后,虫制作公司的

---

① Acetylene Lamp,手冢治虫漫画中的明星角色之一,脑后插着一根点燃的蜡烛,常扮演黑帮成员。——译注

《W3》(1965)^①也登上了电视。前半部分的收视率相当不错（因为没有竞争对手）。然而，从次年正月开始，圆谷制作公司的首部电视剧集就要成为《W3》的竞争节目了。

"对方似乎因为每周要做特摄，所以制作费多到可怕。听说要是作品不受欢迎，他们可就糟了。"电视台的人告诉我。

"是什么样的特摄？"

"就是哥斯拉哦。每周都会出现各种各样的哥斯拉，据说光是这些人偶就已经超支了。"

"各种各样的哥斯拉是指什么啊？"

"比如海豹哥斯拉啊、鼹鼠哥斯拉之类的……好像标题叫作《奥特Q》(1966)……总之不会影响到《W3》的啦。"

听到这些我惊慌失措，满脸铁青地大声斥责工作人员。

"怎么可能！！对手到底有多强你知道吗！收视率会被他们都吞了的！哥斯拉绝对正中大家的心意！要让《W3》更加有趣一些！剧本重新写！这是个重大事件！"

于是到了正月，这一天终于到来，我看了《奥特Q》的第一集。

---

① 另有日文名《ワンダースリー》(*Wonder Three*，故简写为《W3》)，中文世界一般译作《三神奇》，讲述地球战火蔓延时，银河巡逻队的三神奇受命前去调查。三神奇化身为地球的动物——鸭子、兔子和马，阴错阳差地卷入了地球上各国权势的争斗之中。

虽然我也很吃惊,但我儿子的兴奋模样却更甚。他的目光炯炯闪烁,仿佛要陷进去般盯着哥美斯和利特拉①的威猛身姿。高潮部分结束后,我把频道换成了我的《W3》。那动作和打斗如此寒碜,我感到"啊啊,这下输了"。

正如我的预料,从那周开始,《W3》的收视率就一个劲儿地往下滑。自那以后,圆谷制作公司的《奥特曼》系列开始走上了世界人气之路。我对圆谷先生又恨又羡慕,却也只

---

① 分别是《奥特Q》中登场的原始哺乳类怪兽和古代怪鸟,两者为宿敌关系。

能向他认输了。

在圆谷先生过世之前，我见过他几次。

"手冢先生，我啊，很希望能制作一部自己认可的毕生之作啊。"圆谷先生感慨地说道。

"您不是有《哥斯拉》吗！"

"不，我想做的是奇幻故事哦。不是有部电影叫《绿野仙踪》吗？那种童话故事——《辉夜姬》这样的故事才是我的目标。无论如何我都想制作一部这样的作品作为我人生的总结。手冢先生，要不咱俩一起计划一下如何？"

"《辉夜姬》是不错，但《哥斯拉》的续集也很……"

"比起《哥斯拉》，我更想创作一部受众人认可的《辉夜姬》啊。"

然而，他生前最终未能实现这个梦想。

但不管怎么说，我都认为《哥斯拉》是一部至高无上的作品。

前几日在影展上，小松左京先生和美国著名的特效师来参加了座谈会。当时，美国人怀着敬意对大家说："日本有特摄电影的原点，就是《哥斯拉》！"与此相反，不知是因为意外，还是觉得事到如今不必多言，小松先生完全没有提及哥斯拉。

若圆谷先生还健在，不知会对今天的特摄热潮说些什么呢？

说不定美国的特摄人会如同崇拜黑泽明导演的卢卡斯导演、斯皮尔伯格导演等人一样，把在日本与圆谷先生见面当成一种无上的光荣。

我认为圆谷先生也应该与黑泽明、沟口健二、小津安二郎，还有成濑巳喜男等众多蜚声国际的导演齐名，在各个国家举办的日本电影周里，也该有圆谷先生名下的作品展，然而却没有。在这方面，是不是正体现了日本国内外电影文化人对于娱乐电影的视野之狭窄呢？

美国的默片解说员

八十年前,第一座电影院在美国建成了。首次放映的正是那部电影——《火车大劫案》(*The Great Train Robbery*, 1903),导演是埃德温·S. 波特(Edwin S. Porter)。

波特在电影史上究竟担当了怎样的角色,不太为人所知。据说波特原来是一名放映师。那时候的电影,充其量只是"会动的照片"。所以要如何将其展示给观众看,是各个电影院自行安排的。放映师可以随意剪接胶片,按照自己的想法展示影片。那个时代的胶片就是如此卑微,放映师拥有胶片的编辑权。

那时候,波特从报纸的格子漫画里得到灵感,想到了将几个实拍胶片的镜头接合成一个故事。这就有了电影的"故事性"。

故事片最开始其实是从格子漫画中得到了启发,这是不是很有趣呀。

波特做了一部嘲讽时任总统西奥多·罗斯福（Theodore Roosevelt）的电影。影片《泰迪猎野兽》（*Terrible Teddy, the Grizzly King*，1901）就是一部滑稽喜剧，描述的是总统去森林狩猎①，结果从树上掉下来一只僵硬的猫。

很显然，波特创作了故事梗概，并按照故事来拍摄场景。他并未采取把实拍场景接合在一起的方式来制作故事片，而是特意创作场景来拍摄并剪辑。这好像也是从以罗斯福总统为题材的漫画中得到的启示。②

我看了波特在八十年前创作的童话电影《泰迪熊》（*The 'Teddy' Bears*，1907）。这部电影的残酷程度令我震惊到无法言喻。

这应是世界著名的童话故事《金凤花姑娘和三只熊》（*Goldlocks and the Three Bears*）的电影版。我所知道的故事是这样的：森林中住着三只熊，有个迷路的女孩闯进了它们家里，她把小熊的粥吃光后，又在小熊的床上酣睡起来。外出归来的小熊一家看到女孩吓了一跳，听说了缘由后，它们原谅了女孩。

---

① 美国总统西奥多·罗斯福小名为"泰迪"，喜欢狩猎。——译注
② 该片可能是美国第一部政治讽刺电影，其灵感据说来自赫斯特报纸（Hearst papers）上的两篇社论漫画，描绘了号称户外运动爱好者的总统"泰迪"在科罗拉多州杀死一只"美洲狮"，同时确保其摄影师和新闻代理人（两者胸前都有写明身份的大牌子）记录下这一事件。

我一直相信这篇童话是这样一个温暖的故事。不过我并不了解这到底是原版故事还是被篡改过的。

在电影里，这一家玩偶熊也非常天真可爱。熊爸爸使劲儿揍熬夜的熊宝宝的屁股，这一幕温馨得令人忍俊不禁。

然而，在这之后，电影突然转变成一出残酷的故事。

女孩偷了小熊的玩具后逃走，熊爸爸和熊妈妈不停地追赶女孩。女孩在雪山里四处逃窜。突然，猎人出现了，一枪击杀了熊爸爸和熊妈妈。之后，猎人给存活下来的小熊脖子上戴上锁链,在女孩的带领下来到三只熊的家,并且把房子洗劫一空,女孩则抢走所有的玩具,牵着小熊返回山脚去了。

我正想着这到底是怎么回事的时候,电影结束了。这不是黑色幽默,而完全是一部颠倒黑白的暗黑故事。

我并不清楚这到底是不是《金凤花姑娘和三只熊》的原作故事。[①] 即便原作真是如此,这样的描述方式也太过冷酷了,有点扫兴。假如说这部作品真的讽刺了什么,也因为这讽刺太过辛辣,导致余味实在糟糕。

这是1907年波特在创作《火车大劫案》之后的作品。我很想知道这部作品意图表现什么,孩子们看后反响又是怎样的。

好了,要说距今八十年前的电影票多少钱,据说是五美分。因为五美分硬币又被叫作nickel(镍币),所以当时的电影院也叫Nickelodeon(镍币影院)。所谓odeon,意思就是大众化的影剧院。

《火车大劫案》大受欢迎,自此美国电影冲入了所谓的"镍币影院时代"。

话说回来,正如各位所知,在日本电影的黎明期时,"默

[①] 波特的电影《泰迪熊》是将《金凤花姑娘和三只熊》的故事与罗斯福总统的"猎熊事件"相结合而成的。据说1902年,罗斯福总统在狩猎时拒绝射杀一头被助手活捉的小黑熊,此事件推动了毛绒玩具"泰迪熊"的走红。

片解说员"①非常威风,就像明星一样。我一直深信这是日本所独有的职业。我一直相信日本的默片解说员是世界电影史上的特殊例子。

然而,美国曾经也有默片解说员。美国的默片解说员好像并不会配合画面说演员的台词或者念旁白,他们自始至终都在解说电影。换言之,有点类似淀川先生、荻先生、水野先生②这样的电影解说员。

为什么存在这样的职业呢?因为电影一开始就是单纯的纪实抓拍——比如"从洗涤工厂出来的女人们""大象洗澡"——所以必须要解说这个抓拍发生在哪里、是怎么样的场景。

不久发展成了以特定事件为题材的新闻电影,这大概更需要做解说了吧。也就是说,他们相当于新闻解说。

然后发展成在电影中编入剧本。和默片解说员的解说不同,电影的参演演员们要亲自站在台上,做出和电影中相同的表演,也就是要同时放映电影和现场表演。

而这些经费当然是放映场馆来出。放映场馆从售票的销售额中减去这些人事费用,再把钱支付给发行电影的公司。

---

① 此处原文为"活動弁士",其他各处的"默片解说员"原文为"活弁"。因日本的默片解说员行当具有一定的特殊性,中文语境里提及时也常会保留"活动弁士""弁士"(弁读 biàn)的写法。日本导演周防正行 2019 年执导的影片《默片解说员》就围绕此职业的工作情况展开故事。
② 即淀川长治、荻昌弘和水野晴郎,均为日本著名的电影评论家。

真是个账目糊涂的时代啊。

最终，美国的默片解说员消失了。

他们的消失，并非像日本一样是因为有声片时代到来了。其消失理由更为单纯，不过是放映场馆为了削减人事费用，也就是计算利弊得失后的结果——不再需要他们了。

放映场馆削减现场表演的时间，增加放映场次，即便没有默片解说员的解说，客人们也渐渐开始明白电影的内容了，所以他们撤下了默片解说员。

不过，贴片放映的下周首映的电影预告毕竟是摘要内容，所以观众肯定看不懂其中的故事。这种时候，还是需要解说员的。

好像在很长一段时间里，因为地方巡回的电影放映缺少有声片的设备等，所以会有专门进行地方巡回的默片解说员跟着去。

然后，关于默片解说员在美国消失的时间，查尔斯·马瑟（Charles Musser）说："令人很意外，是在第二次世界大战爆发前后，就是在最近。"

马瑟先生制作过纪录片《镍币影院之前：埃德温·S. 波特的早期电影》(*Before the Nickelodeon: The Early Cinema of Edwin S. Porter*，1982)。这部可以说是介绍了埃德温·S. 波特的电影，很详细地解说了波特在电影史上所担当的角色。

所以，这部电影里也有"默片解说员"。饰演默片解说员的有米洛斯·福尔曼、路易·马勒（Louis Malle）、罗伯特·奥尔特曼（Robert Altman）等。听听他们的声音，倒也是别有趣味吧。

潜行者

说起苏联的科幻作品,我们都被灌输了固定的印象,总会想到某种套路模式。"文学应为共产主义社会的进步做贡献"这一定义,即便是科幻小说也不能幸免。这就是苏联的科幻小说很难获得国际性评价的理由。即便是业内最高权威叶夫列莫夫(Ivan Yefremov),在欧美各国也只有一个地方作家的地位。

其中,只有斯特鲁伽茨基(Strugatsky)兄弟出版了不少英文译本,和 S. 莱姆(Stanislaw Lem)共同被推举为共产主义阵营的代表科幻作家。原因在于,他们的小说主题都在严格的限制下触及了人性的本质,深度堪称思辨小说,在这点上他们是有共通之处的。塔可夫斯基(Andrei Tarkovsky)会把他们的作品陆续拍摄成电影,就一点也不奇怪了,毕竟塔可夫斯基风格独特,在苏联电影界中身处的流派有点局外人[①]性质。

[①] 原文为"アウトサイダー"(outsider),也可译作"思想独特的人"。

将《索拉里斯星》(*Solaris*)和《路边野餐》(*Roadside Picnic*)拍成电影[①]的时候,塔可夫斯基完成得轻而易举,这正体现了他的创造力。这两部电影既是莱姆、斯特鲁伽茨基的原著,同时也显然是塔可夫斯基的"思想",是他的"文学"。即作品的轮廓及想法忠实地引用了原著,但我们看到的却是塔可夫斯基的"思想"和"文学",即使其中产生了与原著毫无关系的变动,也完全不让人觉得矛盾或者不自然。因此,在《飞向太空》的最后一幕中,主角撤离后打算返回地球上的家,实际上是被索拉里斯星的海洋抓住了——这样令人不寒而栗的反转,即便和原著结局相距甚远,那也是塔可夫斯基对原著《索拉里斯星》的解释,以及由此衍生的原创产物,观众完全不会觉得失望。

那么,在《飞向太空》之后用心创作的《潜行者》中,塔可夫斯基又是如何将原著凝聚于他个人风格的起承转合中的呢?就此而言,这部电影中我最为认同、印象最深的是运用色彩做出的表达。正如各位所看到的,影片中"这边的世界"是黑白的,"区域"(the zone)则是彩色的。乍一看,本片有点像一个陈旧的模仿者,在模仿好莱坞或者欧洲出品的幻想电影中常用的手段。说实话,"区域"里的树林场景以彩色出现时,我心里惊讶了一下;而主角潜行者回到自己家里,

---

① 根据这两部科幻名著改编成的电影分别是《飞向太空》(*Solaris*, 1972) 和《潜行者》(*Stalker*, 1979)。

画面再变回黑白时，我又失望地抱怨这是怎么回事。我有些质疑：塔可夫斯基这样的人物，为什么现在还要使用古早年代的技术呢？不过，我的失望马上就烟消云散了。后面，他在"这边的世界"也使用了两个彩色镜头。这两个彩色镜头都捕捉到了潜行者的残障孩子。当然了，电影开头正在睡觉的孩子是黑白的，到酒馆来接主角的妻子也带着她。但是这些场景全是从主角潜行者的视角来描述的。与此相反，刚刚我举出的那两个镜头，都是从这名残障孩童的特写开始的，由此可知它们是孩子的主观视角。也就是说，只有"区域"和以孩子为主体所拍摄的部分是彩色的。

最后一幕中，随着孩子突兀而令人震惊的行为，我们明白了她是一个与"区域"关系密切的存在。因为她是潜行者与妻子（原著中好像是叫库塔的女性）生下的孩子，所以"区域"对潜行者的影响，或者说接种给潜行者的某种东西，自然也遗传给了孩子吧。在最终幕之前，有一个长镜头是妻子很刻意的独白（或者说是对观众说的）。她用感慨的语气表达现在很幸福、很满足。主角曾在"区域"的"房间"前大喊——对不幸的人来说"区域"才是信仰，而将这一行为与妻子的发言结合起来看，总觉得这孩子的设定有点像耶稣的诞生。或许可以解释为，孩子是被"区域"选中者所生下来的圣子。所以，我好像明白为什么孩子眼中的世界是彩色的了。

话说回来，身为主角的潜行者到底是什么来历呢？从画面上看，他的外表可谓是典型的受压迫的劳动人民，感觉是个拥有深刻信仰的朴素男人。然而，临近电影尾声的时候，其起居室的平淡出镜却让观众内心一紧。因为意外干净整洁的房间内有一排柜子，上面摆满了厚厚的书。这又是塔可夫斯基高超的讽刺，观众会开始觉得，这男人说不定是个教养很高的政治犯（曾经进过监狱）。于是也可以这样擅自解释，比如说他是社会没落时期衰落的知识阶层的崇拜者，"区域"则是他于理想之中描绘的崭新未来的幻影。然而，这种深入的解读对本片来说反而没有意义，观众还是沉醉在斯特鲁伽茨基兄弟的原作所带来的纯正科幻氛围里比较好吧。

很遗憾，原著小说《路边野餐》在日本还没有出全译本。共产主义阵营的科幻著作译者极为稀少，只有深见弹先生翻译了这部作品的前半部分（第一部），但由于太过繁忙，他最近才有翻译剩余部分的计划。因此，我并不了解这部原著与电影有多少交点，但至少就我看过的前半部译本而言，电影做出了非常大胆的改动，根据原著完全无法想象出是这样的设定。首先在原著中，主角潜行者名叫雷德里克·舒哈特，并且有一个了不起的头衔——外星文明国际研究所哈蒙特分部的实验助理，是一个更加有行动力的暴躁青年。他住在"区域"附近，偶尔会进入"区域"并明目张胆地拾取里面的东西带回家，是个无情又精明的男人。电影中有个绰号叫"山猪"的男人，但至少在原著的前半部分他是没有出现的，也没有"作家"和"教授"。不过，原著中有写到一些物品，比如"女巫的果冻"、装有蓝色内容物的"空罐"等。最重要的是，原著中进入"区域"的方法居然是乘坐被称作"飞行靴"①的未来飞车！

尽管原著和电影仿佛是两部拥有不同设定的独立作品，但电影对"区域"里的情景描绘明显有斯特鲁伽茨基的味道。读者们应该也能在其他解说中看到，电影里的所有"区域"好像都是外景拍摄的，而沼泽周边那荒凉又梦幻的氛围令人拍手叫绝，能让人联想到勒内·克莱芒（René Clément）或者迪维维耶的作品。如同女巫的手一样弯弯曲曲的树、如同恶灵张开了嘴一般的荒废房子等，如果这些都不是布景，我真佩服他们居然能发现如此理想的拍摄实体。原著中描写成"宛如纤维状头发的东西覆盖了一整片"的蜘蛛巢穴般的东西，在电影里也有。另外，明明"区域"内的人全都死光了，但影片却故意让人听到小鸟的声音，用画面来强调鱼、虫、狗等动物都安然地生活着，这实在是太完美了。"区域"外面仿佛处在雨季，湿漉漉的。"区域"也被水淹了，"房间"里也下起倾盆大雨。塔可夫斯基执着于展现这些关于水的画面，大概是为了把作为"古老生命之源"的大海和在海中孕育出的纯粹生命，与前半部分展现出来的肮脏丑陋的都市残骸做

---

① 原文为"フライング・オーバーシューズ"（Flying overshoes），中文版《路边野餐》（四川科学技术出版社，2013）里译作"飞行浮动舱"。

比较吧。

毫无疑问,"区域"是外星来客所带来的礼物。对于原著的这一前提①,塔可夫斯基好像也没有异议。有个场景是在"房间"前,突然有人给教授打来电话,一瞬间,我还以为这片"区域"是某种与军事机密有关的人造陷阱,不过是我杞人忧天了。在荒废仓库的一角,满身是泥的潜行者等人累得精疲力竭,而电影居然把此番情景比喻成"野餐"(原著标题《路边野餐》),塔可夫斯基真是个充满挖苦精神的人。

最后,我想思考一下电影中频繁出现在各处的黑狗有什么意义。在西欧,黑狗被视为恶魔的化身,歌德的《浮士德》中出现过,电影《凶兆》(*The Omen*,1976)等作品中也描绘过。在《潜行者》中,一行人刚刚到达"区域"时,就听见了远处的犬吠声。"是什么啊?""是不是进入'区域'的人?"男人们在沼泽地睡着时,黑狗突然出现在他们旁边,慢慢挨近。电影后半部分时,它们趴在风干的尸体旁边,总觉得很令人毛骨悚然。而最后,"潜行者"把黑狗带回了自己家。狗喝着牛奶,坐姿端正。接着下一个镜头就是那个让人震惊的小孩的场景。

这条狗和孩子、"潜行者"的家庭显然有着很深的关系。如果按照"黑狗→恶魔"这样的图式来看,这个孩子及其家

---

① 根据原著的描写,外星人造访地球后留下的高污染、高辐射的"区域"及各类物品,更像是他们"路边野餐"后丢弃的"垃圾"。

庭将来可能会迎来可怕的悲惨结局,或者遇到转机。又或许我应该说,这个悲惨结局或转机,可能是针对现在的人类的。如果这孩子是在新时代取代现在人类的"星孩"(star child),那么这条狗应该就是"区域"派来的忠诚的"监视者"。

(出自《潜行者》的上映场刊)

第三章

动画诸事

动画家族的割裂

本是血肉相连的亲子、兄弟,但如今的动画界却有几个割裂开的团体。

既有这样的团体——

"呃——喂喂,动画最佳奖事务局 H 先生,最佳奖的评选标准确定好了吗?"

"嗯,基本确定了。首先必须是去年一年内制作的动画。"

"这点我赞成,不过动画的种类呢?"

"首先是电视动画,其次是剧场版动画。"

"实验动画不放进来吗?"

"(斩钉截铁)不放。"

"已经在影院首映过的呢?"

"(严肃)不放!"

"可是其中也有获奖作品,也有面向孩子的作品。实验动画也不全是晦涩难懂的作品哦。"

"（提醒道）我已经决定这类作品全都不在评选范围内。"

"那在亲子电影活动中播放的未公映动画……"

"（不耐烦地）不放！首先，我打算限定在电视和影院公映的作品中。"

"可实验动画里也有不少好作品啊。"

"手冢先生，动画迷基本上是不会看这种作品的，虽然我理解你的心情……"

也有这样的团体——

"N先生，我想和你商量一下举办国际动画节的相关计划……这是日本第一次举办国际性的动画活动，对吧。所以我想搞一个盛大的节展，包含实验动画、CG动画还有剧场版动画在内……"

"剧场版动画？"

"这样才更热闹呀。"

"嗯——我不太同意哦。"

"为什么？"

"剧场版动画根本算不得艺术，国际动画节必须放映艺术作品才行。如果非要算在内的话，可以只放我们推荐的作品，但至少日本的不行。"

"可是N先生，不管是哪里的国际电影节都会放映剧场版动画啊。东京国际电影节上也放动画,那些全都是剧场版动画哦。"

"日本制作的剧场版动画都很无聊。内容和技术都很糟糕,而且完全没有艺术层面的高度!这可没法让国际电影协会的嘉宾们看。他们如果看了,会质疑我们动画节的质量……(越发激动起来)实验动画就够了。"

"那电视动画也……"

"(激昂地)那更荒谬!要是把那种东西放进动画节里,会被人质疑我们的审美。那根本不是动画!那种伪造品,应该全部排除在动画节之外。这是动画节举办的原则。"

另外,还有这样的对话——

"哎呀,弗雷德[①]计划在美国出一本关于日本动画的书,听说你也参与了,那事怎么样啦?"

"在慢慢做哦。"

"要做什么样的内容呢?我之前也拜托过你了,内容会做成对日本动画界的综合性介绍吧?"

"手冢先生,这个我们暂时不做了。只会介绍其中一部分动画。"

"什么样的?"

---

① 应指弗雷德里克·L.肖特(Frederik L. Schodt),他向美国翻译介绍了大量日本漫画,可参见本书"奇怪的外国人"一节。

"机器人动画。"

"比如说?"

"Robotech、Goldorak[①](以上是日本的机器人动画在那边的名字)、高达、伊迪安、魔神Z……"

"等、等一下,这些与其说是动画,不如说是玩具公司的机器人目录。为什么专门介绍这些东西啊?"

"现在美国虽然有很多痴迷日本动画的人,但他们基本上都是机器人动画迷哦。如果不做出让他们高兴的书,是卖不出去的……另外,日本在电子工程、机器人产业等方面很有名,所以机器人在日本动画中的出现让美国的普通读者很感兴趣。"

"话虽如此,可这只是动画的一部分吧。不是应该介绍一些人气经久不衰的动画吗?比如说《海螺小姐》或者《哆啦A梦》之类的。"

"是这样没错,但是美国人才不在乎日本人的生活故事……我打算试着把《宇宙战舰大和号》《银河铁道999》等作品加进来……"

"如此一来,美国人就会形成刻板印象,认为日本的动画都是这样。我希望能纳入种类更丰富的动画啊。"

"(稍做思考)毕竟日本现在的形象是电子工业大国……现阶段,还是集中在……机器人或者未来宇宙战争的作品

---

① *Robotech*,指的是《太空堡垒》(1985)。*Goldorak*,指的是《UFO魔神古兰戴萨》(1975—1977)。——译注

上……虽然这要让手冢先生失望了……"

"没关系，我明白了。明明还有更好的动画的……"

国际动画节在广岛举办，每天有三千名客人到来。

"居然还有这样的动画呀。我第一次看到！"一位妇女市民高兴地说道。

我在餐饮街突然偶遇人气动画制作人Y先生。在电视动画界，他是最受年轻粉丝欢迎的人之一。

我高兴地问他："你也是来广岛看动画节的吗！"

"欸，那是什么？"

他的语气听起来甚至像没听说过，所以我说："现在正在举行国际性的活动哦！你在广岛期间，请一定来看看！"

我鼓动他。

"我现在没什么空儿……而且我也不太感兴趣……"他回答。

最终，他没有出现在会场。

很遗憾，我还以为动画迷应该想挤出时间来看的……

某位专攻电视界的权威，针对实验动画的制作团体说过这样的话：

"他们制作的东西都像俳句一样，和那样的家伙交流也没用。"

某位实验动画的制作人对此回应道：

"如今的电视动画和剧场版动画，把日本的动画给毁了。罪魁祸首就是你，手冢先生。现在这些难以挽救的动画，质量如此糟糕，就是因为你做了《铁臂阿童木》。"

意大利的某位电影记者问过我这样的内容：

"意大利现在播放了很多日本制作的电视动画，和电影节展出的日本动画相比，二者简直像不同国家制作的呢。为什么质量会如此两极分化呢？"

大家原本是一家人，都诞生自同一个祖先"动画"，如今却这样割裂开来，实在让人悲伤。论其原因，大家各自只是在技术以及经营方式上不同而已。

从前，成人漫画的作者与儿童漫画的作者也是相互无视、毫不交流的。但随着日本漫画家协会的成立，大家见过面之后，壁垒就没有了，也会相互尊重对方了。

动画界也是如此，如果站在与世界竞争的立场，就应该求同存异，团结起来。

要是在某个国家，被问及并非自己领域的日本动画作品或者创作者时，却回答"我才不知道那种东西"，我觉得这样很可笑。

破旧的《圣经》

我很怀念西席·B.地密尔（Cecil B. DeMille）。首先是那部《十诫》（*The Ten Commandments*，1956），其次是《参孙和达莉拉》。

昭和三十年左右的《圣袍千秋》（*The Robe*，1953）是第一部使用了新技术西尼玛斯柯普（CinemaScope）银幕①的影片，值得纪念。还有出现了隆重葬礼的《金字塔血泪史》（*Land of the Pharaohs*，1955），更有诸如《暴君焚城录》、《壮士千秋》（*Barabbas*，1961）等作品……这类好莱坞制作的历史片在大亏本的《埃及艳后》（*Cleopatra*，1963）之时达到巅峰，而后就彻底凉了……但留下了两个遗产，即历史剧御用演员维克多·迈彻（Victor Mature）和威廉·惠勒（William Wyler）导演的名作《宾虚》（*Ben-Hur*，1959）。

在那之后就暂时未见过正宗的大场面历史片了。

---

① 此种银幕的常见宽高比为 2.35∶1。

我看了派拉蒙的最新作品《大卫王》(King David, 1985)。这真是一部久违的严肃历史片。

以前,亨利·金(Henry King)导演过一部名为《大卫与拔示巴》(David and Bathsheba, 1951)[①]的杰作(亨利·金这个人的电影总会让人中途酣睡,我对他的导演能力感到迷惑)。虽是以同一人物的同一史实为题材,但这部《大卫王》却特别棒。电影描绘了大卫王充满人情味的一生,他并非神灵附体,而是浑身毛病和弱点,喜欢女人,这很温暖。

士兵密集如飞虱,一直排列到远处——我很久没看到如此宏大的场景了。这一处让人觉得人员开支大概上涨了,也的确花了不少钱,非常棒。

去年,意大利国营电视台的制片人来了,还突然提出一件麻烦的工作。他让并非虔诚基督徒的手冢治虫,制作《圣经》的电视动画[②]。

这恐怕是梵蒂冈的阴谋吧。这无疑是个要让手冢治虫狼狈、发疯的计划,是上帝在惩罚手冢治虫不信世间有神佛。明知如此,我还是稀里糊涂地接下了这个工作。我要把《旧约圣经》制作成二十六集的连续剧,再由意大利发行到世界各地。

"要怎么制作呢?"

[①] 日文译名为《爱欲の十字路》(《爱欲的歧路》)。——原注
[②] 该作日文名为《手塚治虫の旧约圣书物语》,日语版播出于1997年。

"怎么做吗？任你怎么做都行，照你喜欢的来。都交给你了。"

说是都交给我，但这都是不着边际的话。我反复读了《圣经》后，便厌烦地丢到一边，过了很长一段时间后，对方又来了。

"还没有进展哦。"

"没关系，我有事情要交代给你。"

你看，来了吧。

合拍动画这活儿呢，基本上是出资方比较强势，特别是来自国外的动画企划，百分之百是日本根据对方的剧本和角色来负责原画、动画或者上色，就是个无关紧要的外包工作。想通了也就没什么了，但若是如此，身为创作者的手冢治虫可不情愿。我不干了。

"我们说好的可是任由我的喜好来制作哦。事到如今要提出要求的话，我就不做了。"

"你在误会什么……我确实说了，任你手冢治虫随意创作，这一方针没有变。我想要的是手冢这位创作者的作品。"

"真是多谢了。那么，你是来说什么的？"

"你不是基督徒所以大概不知道，当初《圣经》的教义，在各个教派里就是各行其是的。"

"是吗？"

"A教派的解释在B教派那里不通用。比如说意大利对

《圣经》的解释，和德国对《圣经》的解释就不一样。民族特性不同，解释也会不一样。美国对《圣经》的解释简直就不值一提。所以，美国电影中出现的《圣经》故事，其实是胡来的东西。"

"那么，我不能参考《十诫》或者《圣袍千秋》等电影的剧照来制作布景和衣服喽？"

"完全不行，完全不能参考。这么做有百害而无一利。"

我很失望。越来越受不了了。

"所以，我想和你说的是，趁着《圣经》动画化的机会，希望你的创作方式能让任何国家、任何教派的信徒都能接受。电视台希望尽可能售卖到各个国家。做出适合大众的《圣经》，这就是基本条件哦。"

"比如说要怎么做……"

"比如说伊甸园的故事。蛇让亚当和夏娃吃了苹果对吧，这个故事尽量不要用的好。"

"欸，这么有名的故事，为什么不用呢？"

"因为蛇的解释，在各个教派中有分歧。吃苹果倒是没什么关系，但那是智慧果这一学说，却极其模糊不清。"

"那么，上帝创造出天地和生命的《创世纪》故事呢？"

"不能让上帝出现在画面里！"制作人明确地说道。

"上帝的形象，是很久以后教派让画家和雕刻家创造的，在《圣经》故事的时代里，上帝即宇宙，是看不到的。米开朗琪罗、拉斐尔等人所描绘的上帝模样，是后世的崇敬对象，我希望不要随便使用。"

即便如此，意志消沉的我还是打起精神，给他看了已经完成的"诺亚方舟"故事中的诺亚老人及其儿子们的形象。

"嗯——这些形象的穿着打扮太整洁了。而且，样子看着像希腊人或罗马人。手冢啊，《圣经》的背景是在阿拉伯的沙漠地带，而且主角们全都是希伯来人，希伯来人可是游牧民族哦。游牧民族是一个漫游于沙漠，很难吃到蔬菜、喝到水的民族。他们瘦弱且脏污，身上穿的都是羊皮或者羊毛所编织的破布，房子也是羊皮做的帐篷。住在石砌的房子里，穿着棉布衣物的人，基本上都是异教徒哦。而且首先，诺亚他们生活的年代可是二十万年以前。"

"二十万年？！所以他们是石器时代的原始人吗！"

"没错，大洪水之后，文明终于萌生，有了泥砖，人们才建造出了巴比伦塔等物。总之，所谓的《圣经》故事，就是人类文明史。它罗列了各个漫长时代里各个独立的文明故事。手冢啊，任何人都认可的《圣经》故事，就是指描绘人类历史。我希望你能明白这一点。"

我悟了。也就是说，为了给人看，以前的《圣经》题材电影都做得太过美丽，内容上也有迎合观众的部分。我只要更真实地描绘"人类的黎明"就可以了。电视动画《圣经》的工作，好像能让我学习到不少有关动画市场国际化的内容。

三个阿道夫

曾在《周刊文春》连载的历史漫画《三个阿道夫》,讲述了从战前就住在神户的两个家庭横跨战时、战后的故事。这两个家庭分别是纳粹的外交官夫妇,以及经营面包店的犹太人夫妇。

两对夫妇各有一个儿子,他们的名字碰巧都叫阿道夫[①]。虽然纳粹施行犹太人迫害政策,但这两人的关系却非常好。

其实,犹太人只在欧洲本土的纳粹占领区遭受迫害,在日本,海外侨民之间在表面上也并没有太多纷争。日本虽为轴心国同盟,反倒倾向于保护犹太人,甚至有时会把犹太人集中到中国去,看起来想让他们建立国家,这很有意思。

不过呢,在日德国人中似乎有很多国家社会主义[②]者,我

---

① 标题《三个阿道夫》里的第三位阿道夫指阿道夫·希特勒。
② National Socialism,也叫民族社会主义,是一种主张民族共同体至上的社会主义的意识形态,其特征是极权主义、反犹主义等。

想他们肯定对犹太人有着很强烈的歧视意识。

这两个阿道夫中,德国人的儿子不久进入了希特勒青年团,在希特勒的著作《我的奋斗》的教育下,成了一名意志坚定的纳粹主义者;而身为犹太人的另一名阿道夫,则变为遭受迫害的一方,成了抵抗运动的战士。

两人从朋友化为仇敌。战后,则变成德国阿道夫怀着强烈的悔意,被犹太阿道夫步步紧逼。故事大致如上。

对日本人来说,犹太人的问题又是一个很难理解的世界里的事情,即便电影、小说等载体中展示了很多相关内容,大家最多也只会觉得"哦,就是这么回事啊",并不会产生很深的共鸣或同情。我之所以这么说,是因为最近与阿拉伯各国相比,以色列沦为了反派角色。一报道出以色列侵略黎巴嫩这样的新闻,我就会觉得双方半斤八两。

如果脱离国家权力这一立场来谈个人,日本也不该置身事外。日本人的歧视意识不仅仅针对亚洲人,对职业、身份,甚至是阿伊努人①的歧视都在日本国内疯狂蔓延。

虽说是纳粹党挑选了犹太人来进行迫害,但挑选的理由却十分随便,据说仅凭父母和祖先中有犹太教信徒,他们就认定这个人是犹太人,相当过分。犹太人中也有很多基督教教徒,实际上,纳粹党高官莱因哈德·海德里希(Reinhard

---

① 日本北方的一个原住民族群,是库页岛、北海道、千岛群岛、勘察加的原住民。

Heydrich)就是一名犹太人。

在电视电影《战争风云》(*The Winds of War*, 1983)中,这件事也被巧妙地用在了故事里。美国外交官悄悄让自己的犹太朋友拿着《圣经》出国。犹太朋友果然碰上了盘查,虽然盘查人员认定"你小子是犹太人吧!",但打开他的手提箱后却发现了《圣经》。于是,盘查处的军官勉强让他通过,观众松了一口气。

实际上,光看脸,是无法判断对方是不是犹太人的。所谓的犹太鼻,日本人也有。日本有很多人拥有犹太鼻,甚至传说青森县新乡村户来[①]的人是以前定居在那一带的犹太人的子孙。

有趣的是,有说法认为元首希特勒自己就有犹太人的血统。

有一本书上写着,希特勒曾经和亲信说过:"如果我父亲的出身曝光,我就去自杀。"

希特勒的父亲阿洛伊斯·希特勒(Alois Hitler)是一个私生子。阿洛伊斯的母亲是农户的女儿玛利亚·安娜·施克尔格鲁勃(Maria Anna Schicklgruber),但其父亲的身世却不甚明朗。

最近人们好像越发认为阿洛伊斯的父亲,即阿道夫·希特勒的祖父是犹太人弗兰肯伯格(Leopold Frankenberger)。这

---

① 户来(日语读音 herai)是新乡村下辖的地区。

如果是事实,希特勒在世时大概拼命掩藏过这一污点吧。这是我的作品《三个阿道夫》的主题之一。

在《三个阿道夫》中,有这样一个讽刺故事。某位犹太雕刻师把一份能证明"元首有犹太血统"的铁证文书,藏在五尊瓦格纳①石膏像中的一尊里,打算带出德国。众所周知,希特勒是狂热的瓦格纳爱好者,然而藏在瓦格纳人像中的秘密,却能从根本上推翻希特勒的地位和存在。于是,犹太人组织、纳粹党的盖世太保以及日本人——三方势力纠缠在一起,为此上演了一场争夺战。

纳粹党高声宣扬他们德国人本是雅利安人,雅利安人种才最为高尚,是人类的主人。

然而,雅利安人种这一表达实在含糊不清,最多指代从前入侵印度,并使用了雅利安语言的人,在人类学上这种说法就是个笑话。不过纳粹党却擅自定下了胡乱的标准——"金发高鼻梁,脸窄个头高,玫瑰色肌肤……"。

电影《苏菲的选择》(*Sophie's Choice*,1982)中,纳粹臭名昭著的奥斯维辛集中营的营长霍斯,一边奸笑着抚摸波兰女人苏菲的头发,一边说:"你真是长了一张雅利安人种的脸……"

---

① 理查德·瓦格纳(Richard Wagner),德国作曲家、指挥家,代表作有歌剧《尼伯龙根的指环》《漂泊的荷兰人》等。

这么一说，扮演苏菲的梅丽尔·斯特里普（Meryl Streep），其相貌还真符合刚才描述的雅利安人种的理想条件。

自从开始画《三个阿道夫》，我就不得不观看大量的有关纳粹和希特勒的电影。其中甚至有1944年纽伦堡党代会纪录片的录像带，该片是拍摄了《奥林匹亚》(*Olympia*，1938)的莱妮·里芬斯塔尔(Leni Riefenstahl)女士的作品①。

这样想来，希特勒这个人是个很好写成故事的人物，在电影中也经常登场。与其他同时代的领袖——罗斯福、丘吉尔、斯大林等人相比，他的出场更显频繁。

演绎希特勒的人也形形色色。曾经，二流演员卢瑟·艾德勒(Luther Adler)在好莱坞电影中饰演了希特勒②，结果被称为当代最佳的希特勒扮演者。在苏联制作的二战影片中出场的很像希特勒的演员太缺少精气神儿。前不久《战争风云》中饰演希特勒的演员，简直像蓄了胡子的瓦格纳。不管怎么说，我最喜欢的是《大独裁者》(*The Great Dictator*，1940)中的希特勒③，虽然他长得不像。

话说回来，在最近控诉纳粹党的电影中，我十分想推荐《苏菲的选择》。

虽然苏菲并非犹太人，而是一个波兰人，但她是一名基

---

① 可能指《信仰的胜利》(*Der Sieg des Glaubens*，1933)或《意志的胜利》(*Triumph des Willens*，1935)。此处的 1944 年疑为笔误。

② 犹太人卢瑟·艾德勒在 1951 年的两部电影中扮演了希特勒，分别是《魔脸》(*The Magic Face*)和《沙漠之狐》(*The Desert Fox: The Story of Rommel*)。此外，在老版电视剧《阴阳魔界》(*The Twilight Zone*，1960)第 2 季第 2 集"瓶中人"("The Man in the Bottle")里，艾德勒饰演的古董店店主向精灵许愿，满足其全部条件的阴差阳错之下也变身成了希特勒。

③ 由查理·卓别林饰演，该片获得 1941 年第 13 届奥斯卡金像奖五项提名，包括最佳影片、最佳男主角等。

督教教徒，且父亲是亲纳粹派的学者。然而对纳粹来说，波兰人也不过是垃圾或臭虫一般的存在。通过这个平凡母亲的悲惨人生，电影在哭诉巨大的国家权力如何轻易碾碎了个人的自由和生命（实际上，有观众在哭！）。

即便如此，凭借《克莱默夫妇》（*Kramer vs. Kramer*，1979）获得奥斯卡最佳女配角奖的梅丽尔·斯特里普，其实并不是我的菜。可是，她凭借演技成功征服了我。

就在我思索片名《苏菲的选择》到底是什么意思时，突然发现它指的是影片的高潮部分——苏菲和孩子们要被送进纳粹集中营时，纳粹告诉苏菲可以放过两个孩子中的一个，而她陷入了必须在爱子里做出选择的绝境。这个片名译成日语非常吃亏。

"《苏菲的选择》不错哦！去看看吧。"

即便我这样对朋友说，对方大概都会误以为是《苏菲的洗濯》①。

关于洗衣服的电影，看了恐怕也没什么用呀。

---

① 该片日文译名为《ソフィーの選択》，日语中"選択"（选择）与"洗濯"（洗衣服）的发音相同，都读作 senntaku。——译注

在萨格勒布电影节①当评委小记

最终我还是被安排当了评委。

而且是在遥远的南斯拉夫定期举办的国际动画节的评委。

本来呢,我就是个喜欢拿奖却不乐意评奖的人。仅在一念之间决定作品入围还是落选的命运,这个责任非常重大,而且最重要的是,太麻烦了。

因此,要去南斯拉夫那么远,我讨厌得不得了。毕竟听说要花费超过二十四小时的时间。至今为止我进行过时间最长的旅行,是去复活节岛,那时我一直乘坐交通工具,花了一天半的时间。然而,虽说是地中海附近,这次要去的却是社会主义阵营。并且,据说从切尔诺贝利流出来的带有辐射的水,流入了南斯拉夫。此外……

---

① 指萨格勒布国际动画电影节(Animafest Zagreb),1972年开始举办,是欧洲历史第二悠久(仅次于昂西)的动画节。与昂西、渥太华、广岛国际动画节一起被誉为世界四大动画电影节。

"手冢先生,在社会主义国家,你必须要做好行李会晚到的心理准备哦。有时会晚到整整两天半,所以随身带着换洗的内衣会比较保险。"

还有人这样吓唬我,我真是越来越不想去了。

即便如此,我还是出发了。

算上换乘的时间,路上我们花了二十八个小时,略去以上种种,我们总算到达了萨格勒布。

除我以外,评委还有南斯拉夫的约什科·马鲁希奇(Joško Marušić)、加拿大的伊休·帕提尔(Ishu Patel)、苏联的爱德华·纳扎罗夫(Eduard Nazarov)、瑞士的布鲁诺·埃德拉(Bruno Edera),共以上五人。

即便我写下名字,大部分人可能也不认识他们,但在动画界,他们都是知名人士。

刚到地方,大家就在电影节的办公室碰面了。

因为伊休·帕提尔嘴巴很能说,大家决定由他担任评审委员长。伊休·帕提尔出生于印度,是个面容精悍的男人,制作的动画也多为印度风格的寓言故事或冥想性质的内容。他现居加拿大。

公用语言为英语。糟糕,我想着是在南斯拉夫举办电影节,所以请了克罗地亚语的翻译来,没想到基本上用不着。

没办法,我只好用磕磕巴巴的英语来交谈。伊休和约什科能够流畅地讲话，布鲁诺则是结结巴巴的，纳扎罗夫是基本不说话（但是，他偶尔开口就会冒出超级奇怪的笑话，惹得大家捧腹大笑）。一到我那零碎散装的英语，大家就会安静下来，气氛变得很尴尬。即便如此，大家还是很有耐心地仔细听我讲话。

我虽然加入了相当多的笑话，但我不仅讲得磕巴，还是个日本人。日本人啊，怎么如此正经，如此没梗呢。连我自己都焦急起来了。

公开评审从每天晚上九点开始。所在会场叫作尼因斯基大会堂（Nijinsky Hall），是一个能容纳四千人的超大型公共礼堂。

南斯拉夫的人们很喜欢动画，会场被年轻人占满了。评委们在第一天会见记者，在礼堂的台上排成排让大家认识之后，就入座观众席中央的评委席了。

每天会放映十二三部动画。

纳扎罗夫每天都醉醺醺地进入礼堂，一坐下就开始呼呼大睡起来。

"手冢先生，纳扎罗夫要是开始睡觉了，你要把他戳醒哦。评委要是睡着了，就太不像样子了。"因为约什科这样说了，我就每隔十分钟戳他一下。

不过纳扎罗夫会睡着也并不能完全怪他。因为一直在放映无聊的、根本达不到评审水平的动画。甚至连约什科都开始昏昏欲睡了，有时候布鲁诺·埃德拉也会睡着。

可是观众们都很有耐心。无论怎样无聊的作品，他们都会看到最后，认真地鼓掌（当然，掌声还是有多寡之分的）。

日本唯一的展出作品，是篠冢勉的《风，一分四十秒》（这部作品去年在广岛动画节上获得了新人奖）。在这里获得的反应是热烈的鼓掌。

第二天的公开评审之前，动画节突然特别放映了我的《残片》（Broken Down Film，1985，另译《破胶片》）。按照安排，每天会介绍一位评委的作品。虽然我这样说有点王婆卖瓜，反正观众掌声如潮。

第三天放映的是中国的展出作品——著名的阿达[①]先生的《三十六个字》（1984）。这是一个把三十六个汉字拟人化的故事，是面向中国儿童的教育动画片。因为作品使用的是汉字这一特殊的素材，所以观众们很难感觉到亲切。不过我认为这是一部了不起的汉字教育电影，暗下决心要想办法推荐这部作品获奖。

第三天，动画节迎来了惯例的野餐活动。阿达先生也在，我和他打招呼。

"你的电影一定能得奖哦。"

---

① 原名徐景达，担任过《骄傲的将军》（1956）的美术师，参与执导过《哪吒闹海》（1979）、《三个和尚》（1980）、《超级肥皂》（1986）等作品。

"谢谢。"

有一位我没见过的动画人和阿达先生在一起。问了以后得知是北朝鲜，也就是朝鲜民主主义人民共和国的动画人。这个国家虽然也制作了好几部动画，但似乎和我们喜欢的动画有本质的不同，他们做的是带有很强政治宣传意图的特殊动画。

第四天，苏联动画中有两部特别优秀的作品。其中一部在广岛也放映过了，改编自科幻作家雷·布拉德伯里的小说《火星年代记》中的一个篇章，名为《细雨即将来临》(*There Will Come Soft Rains*, 1984)。这是一部深刻的反核动画，描述了核战争后，在尘埃飘落的城市中，只有机器人在照常行动。

另一部叫《狼和小牛》(*Wolf and Calf*, 1984)，是一部面向儿童的偶动画。动画中小牛等出场动物都说不出地惹人喜爱、充满魅力，是一个能催人泪下、充满人情味的故事。这两部作品肯定也会得奖。

我每天结结巴巴地加入讨论，心中焦躁不已，最后我干脆把对作品的评价画成漫画给评委们看。果不其然，大家看了漫画后都爆笑起来。我画了作品无聊到让纳扎罗夫呼呼大睡的场面，令众人哄堂大笑。

我本想让这些漫画在评审方面起点作用，但电影节办公室一位叫娜塔莎的女性说要留作纪念，就把画全部拿走了。终于到了最后一天的深夜，进入决定各个奖项的最后讨论。

我站起来，开始了推荐阿达先生《三十六个字》的长篇演讲（这时候的翻译工序是先翻译成克罗地亚语，再由其他翻译将其译成英语）。

"请不要把它看成汉字，而是当成象形文字来看。虽然西欧已经没有象形文字了，但是在东方，它却以汉字这一形式留存着！"

我唾沫横飞的演讲奏效了，《三十六个字》获得了教育部门奖项。《狼和小牛》获得了儿童部门奖项，《细雨即将来临》

则定为特别奖。

很遗憾的是,《风,一分四十秒》落选了。获得新人奖的是法国女导演[①]的冷硬派(hard boiled)作品《罪恶的探戈》(*Criminal Tango*,1985)。

及至拂晓,为了决定最佳奖,大家都滔滔不绝,然而,最终因为作品都半斤八两,或者说缺乏拥有突出印象的作品,大家决定最佳奖空缺。

"这样大家才会认为评委有权威。"伊休·帕提尔这样嘟囔道。

好了,我们离开评委室后,发生了一件事。

不知道从哪儿来的报刊记者潜入房间里,把废纸篓翻了个遍。对方把评委胡乱写的得奖候选记录、清单等废纸悄悄偷走了。

第二天,记者发布会即将到来之际,某报纸把获奖作品全部揭晓了。

"好过分的报刊记者啊!社会主义国家也有做这种事的人啊!"

"这个嘛,即便是在社会主义国家,媒体的取材战争也是很激烈的啊。"

[①] 获奖导演是佐尔法伊格·冯·克莱斯特(Solveig Von Kleist)。

那一天不知道是谁,好像还给我的翻译打来电话,对他刨根问底。

总之电影节结束了。

尼因斯基大会堂附近的公园里,夜莺在啼叫。

跳跃

想出《跳跃》(*Jumping*，1984)这个奇妙的短篇动画，已经是在四五年前了。

那时候，手冢制作公司正在制作《火鸟2772》这部长篇动画。其中有一个场景是画面上主角乘坐的汽车没完没了地追逐疾驰。由于视角、设计和动作都太过复杂，大家都胆怯得不敢对这一段出手。不过，出现了一位敢于挑战的勇敢动画人。

那就是小林准治这位老手。他是怎么做的呢？他制作了一个有汽车奔驰的微缩公路布景。因为是公路，所以布景非常长，占据了工作室的整条走廊。

而且小林先生还在这条公路布景的周边摆放了手工制作的高层建筑、大礼堂。然后他一边走一边从上方望着它，以设计构图。

这份惊人的努力取得了成果，这场疾驰戏成了电影最大的看点。

《火鸟2772》在以美国为首的多个国家都已经上映了,而看过这场戏后,观众们都拍手叫好。它堪称动画动态感染力(dynamism)的典范。

我十分钦佩他的制作技术,所以选了他作为《跳跃》的动画制作人员。

"是什么样的动画呢?"

他在不了解动画具体内容的情况下就答应了我,有点可怜。

"其实呢……"

虽然这部动画基本上不存在像样的梗概,但大致写来是这样的:少女(也可以是男孩子)放学回家时,蹦蹦跳跳地走在乡间道路上。接着,她越蹦越高,每一步都如同跳跃。她跳得很高,跃过奔驰而来的汽车、跃过民房的屋顶、跃过森林、跃过高楼、跃过大海,她的跳跃停不下来。

跳上高空后,她撞上了乌鸦,和喷气式飞机擦身而过,还飞进了雷云之中。坠落地面时,她砸穿了鸡舍的屋顶,冲散了正裸身享受日光浴的女子们,又掉进了池沼,撞到船只的烟囱,还坐到了鲸鱼的背上。

跳着跳着,前方出现了战争,少女不小心跳入了战场。

核爆炸就在眼前发生。少女想停止跳跃,却停不下来。就这样冲进了蘑菇云的正中央。

接下来是结尾,但我不能说。你可以理解为我是在嘲弄面对核战争时人类无下限的愚蠢,或理解为《小尼莫》(Little Nemo,1911)的手冢版,随便怎么解释都行。

故事情节诚然简单且平凡,但实际上,其中却包含着相当了不得的技术。这位主角一直没有出现在画面中,画面全都是以主角的视角来描绘的。也就是说,跳跃的画面全都仅以背景动画来描绘。

森林、房子、大厦、船、道路,此类内容全都以动态的画面呈现,即所谓的第一人称(主观)电影。

当然,在跳跃过程中,主角(也就是观众)的视线会经常变换角度,所以背景的角度也会随视线而一格格变化。中途,主角还在高楼大厦之间翻了个筋斗。此时背景的运动,还请大家自行想象。

"哇——"

小林先生发出了惊讶的声音,看起来却不是很吃惊。

"这些全都要做动画[①]吗?我能画原画,但是有画动画的人吗?"

"如果找不到的话,虽然我非常、非常过意不去,但是能请你连动画一起画了吗?"

---

① 原画与原画之间体现运动过程的画。——原注

小林先生还是一副不太吃惊的模样,发出了悲鸣:

"呜哇——"

没过多久,仅小林先生一人从其他的工作队伍中脱身出来,开始着手可怕的动画《跳跃》。他的第一步,是尝试将主角跳跃的路线画成一张巨幅图纸。

"又要制作微缩布景了吗?"

"哎呀,这回可做不了啊。毕竟这跳跃可是横跨了森林、城镇、大海、岛屿等地方。如此规模巨大的立体物件根本做不出来啊,所以只能根据想象画出来。"

于是,好几周甚至好几个月的时间里,小林先生都在桌前煞费苦心,一边反复摸索,一边推进原画工作。他似乎迟迟无法从小蹦小跳的画面推进到接下来的大跳跃场景。如果有人物出现在画面中,那还有点可画性;但这部作品即便画了几十上百张,也净是些道路、房子、电线杆在一点点移动,非常乏味,他的受挫感大概也越发强烈起来了吧。

我一去看他的进度,他果然就和我抱怨了。

"我才做到这里哦。"

"抱歉啊,你加油,加油。"我也只能如是说。

大概过去了一年半,令人吃惊的是,仅六分钟的跳跃图大致都画好了。真难为他能坚持下来啊。不仅如此,他还画了好几百张的动画,并用自己的 8mm 摄影机一张张地拍摄,测试了动态情况。

小林先生完成了几千张画，摄影的日子也终于到来了。摄影时小林先生一直在场。我看到了显影的胶片。

反复跳跃的部分很出色，但是落地之处稍微有些不自然。也难怪，毕竟从始至终都是依靠脑内想象画完的，我认为少许的不自然也在所难免。

但是小林先生却说："要不要重新画？"

再怎么说，全部重画也太让我过意不去了，我没法这样要求。

"要不去掉点落地之处的画吧，说不定能消除不自然的感觉。"

于是我们一张张地查看动画，抽走了几百张画，实在是很可惜。然后我们重新拍摄。

我们把拷贝胶片最先放给无关人士中的杂志记者看了。

"怎么样？"

应该很有趣吧？我这样想着，偷瞄记者的脸。

记者似乎有些困惑地说："这是在被谁追赶吗？"

"欸？"

"背后有人在追对吧？那是谁呢？"

"我真没预料到会是这样的感想啊。别管后面有没有人，我是在问你跳跃的画面本身怎么样？"

"唔——"记者像是有些为难地答道，"你问我怎么样，我很难回答啊。"

接着是放给所有其他的工作人员看了。看完后，大家都在叹气。

"这居然都能画出来啊。"大家异口同声道。

"先别说这个，内容怎么样？"

"唔——"

没人回答，不知大家是目瞪口呆还是不知所措。

同样的反应也出现在了成片《跳跃》拷贝胶片的试映会上，观众是优秀的动画创作者。

"……"

观影结束后，鸦雀无声。

过了一会儿，才啪叽啪叽地响起了一些客套的掌声。

"大家果然不明白这部动画的本质……"

我有点失落，摇了摇头。我觉得很对不起尽心尽力的小林先生。

然而事情出乎意料。这部《跳跃》在萨格勒布国际动画节上获得了"最高奖项"（Grand Prize）。我还想着，能拿一个不起眼的小奖，我就能得到一点安慰了。没想到居然是最高奖项……你能相信吗！

出席了动画节的木下莲三[①]夫妇从遥远的萨格勒布给我打

[①] 在国际动画协会（ASIFA）的支持下，木下莲三于1985年创办了广岛国际动画电影节，并担任第一届动画节的执行人。值得一提的是，在《跳跃》一片中，短暂出现了写有 ASIFA 的广告牌画面。

来了电话。

"恭喜啊。观众很喜欢那部电影,大家都笑了哦。"

"笑了吗!"

这样我就很满足了。他乡还有懂得这部动画的人存在。

我好久没感受到如此满足的心情了。不管怎么说,对创作者来说……没有比对方能领会作品传达的信息更令人高兴的回报了。

最高奖项的奖品是奖牌和一颗珍珠。

那颗珍珠,我看着就像高尔夫球一样大。

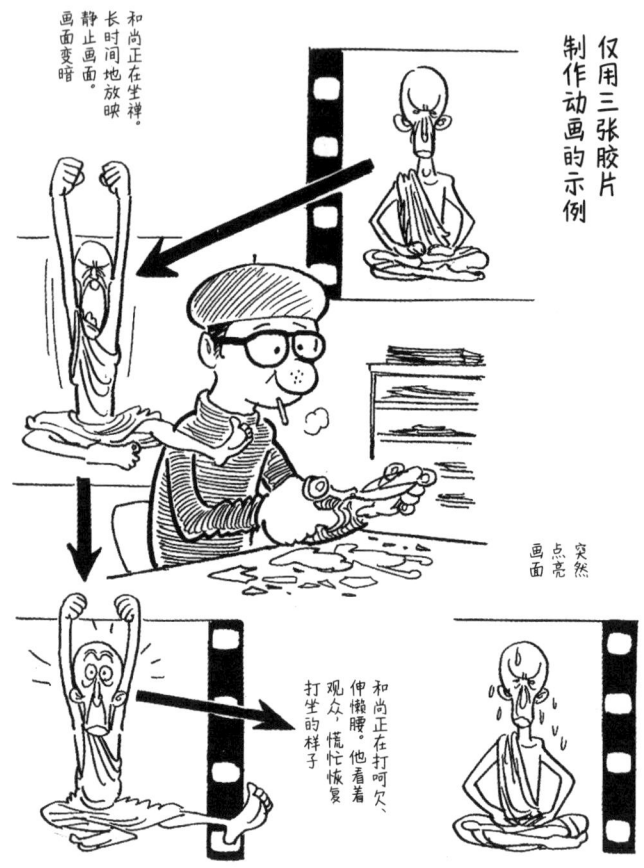

广岛国际动画节

广岛是个活动很多的地方城市,虽然说不清为什么。它背负着"核爆城市"这段宿命般的历史,自然有很多以和平与反战为主题的活动。但是另一方面,广岛想要摆脱这类灰暗的印象,努力宣传作为一个和平文化都市的形象。因此,广岛承办了一堆马拉松、花卉节之类的活动。我想市里要筹措事业活动的预算应该很不容易吧。

与此相反,我对广岛的印象却是黑帮和什锦烧。

我之所以对黑帮印象很深,实在要怪东映的电影。不过事实上,以前有段时间黑帮确实斗得很夸张,大白天的也有人开枪。

另外,还有什锦烧。对于在关西长大的我来说,什锦烧魅力无穷。广岛市内甚至有"什锦烧村",有聚集了二十家什锦烧店的地方。比起枫叶馒头①,为什么不把什锦烧作为知名

---

① 日本广岛的代表性特产,内里有红豆沙等馅料的枫叶形夹心糕点。

的土特产呢？如果在广岛车站的站台售卖什锦烧便当，明明会很不错的。

我接连带着外国人去什锦烧村，让他们尝尝什锦烧。好家伙，有个男人说他的国家也有这样的食物。是不是什锦烧的调料汁和沙司意外很像，所以味道很类似呢？

我敢断言，除了寿司和豆腐，下一个能在国外流行的日本味道，应该是什锦烧。

话说回来，在日本的地名中，广岛是知名度仅次于东京的城市，所以从这个意义上来说，在广岛举办动画节的尝试是很有效果的。就这样，广岛国际动画节开始筹备了。

然而，在日本看来，广岛仍然不过是一个地方城市。好不容易要举办第一个国际动画节了，官方的各家报纸和周刊杂志却一丁点儿报道也没有。这样还怎么宣传？因此，在东京、大阪，动画迷们甚至不知道有这件事。太懊恼了。太可惜了。所以，旅行社的计划也落了空，他们本想招揽众多的东京动画迷，做个动画之旅。

再加上举办时间是在夏天。年轻人夏天一般会去海边或山林里。人们并不喜欢在酷暑时期去安艺的宫岛，或者去吃枫叶馒头。毕竟广岛的八月份，气温会上升到 37 度以上。

就这样，动画节的揽客情况，看起来相当严峻。

动画节的六天时间里，如果能有一万人来，应该就算成功了吧。

说到从国外来的客人——"特邀嘉宾和媒体相关人士大约有七十名"。除此之外就只能指望普通的观光客了。

唯一的好消息是，在动画作品的投稿征集处，居然收到了451部作品。这个数字相当不得了。

然后，动画节开幕了。

我在火车上大口喝啤酒，然后摇摇晃晃地下车来到广岛。

突然我就酒醒了。居然有美女举着写有"欢迎来到广岛动画节"的标语牌，在站台迎接！

"哎呀，真是多谢啦！"

"我带您去会场。"

这是动画节的接待员。不止广岛车站，在机场也是每凑够几个人就会有一个美女陪同。

总之，其他国家的节庆活动上是没有这种服务的。

顺带一提，如果晚上的约会也有人陪同那就更好了。

我到达了会场。客满状态。礼堂能进一千七百人，但开幕式时，集会厅却被填得不留空隙。

感恩广岛市民的帮助！

啊啊！我直觉这是成功了。

开幕式上，我们无比尊敬的八十多岁的法国著名艺术家——创作了《通烟囱工人与牧羊女》(*La bergère et le*

ramoneur，1952）的保罗·格里莫（Paul Grimault）向大家打了招呼，第二天作品特辑放映后，他站上舞台时，观众掌声热烈，经久不息。我做梦也没想到他会真的来到日本，也无法想象我能观看到他的几乎所有作品。

暂且不提这个。看了这次动画节的作品后，最为吃惊的似乎是广岛市民这些普通参与者。这些带着孩子来观看的大叔大婶，原本大概认为放映活动只是一些电视动画的集合展映，却没想到获得了前所未有的动画体验。

我旁边这位在市政府上班的男人，每隔一分钟就"嗯，嗯"地感叹，还一直用拳头敲打膝盖。显然他陶醉在了动画之中。

"这是大人看的东西啊，给小孩子看好像有些可惜。"也有大婶这样说。

还有小学二年级左右的孩子评价说："能不能每个月都办这种活动呀，我没法再看电视上的动画啦。"

然而，如此的反响和评价等，在东京的大型报纸上，却没有一点报道。

第三四天时，广岛市方面安排外国客人乘船去游览宫岛。然后不出我所料，他们果然让外国客人吃了枫叶馒头。我是反对这种一条龙路线的。第二次之后的动画节，如果又安排客人参观宫岛、吃枫叶馒头，不就相当于在暴露广岛根本没什么名产吗？

再说了，他们难道觉得外国客人很喜欢吃豆沙馅儿吗？我认为不如在动画节会场的礼堂里，制作什锦烧来代替点心让客人吃会更好。更别妄想靠动画节的客人来提高枫叶馒头的销量了，最好还是放弃这种小家子气的想法吧。毕竟这里可是一座国际都市。

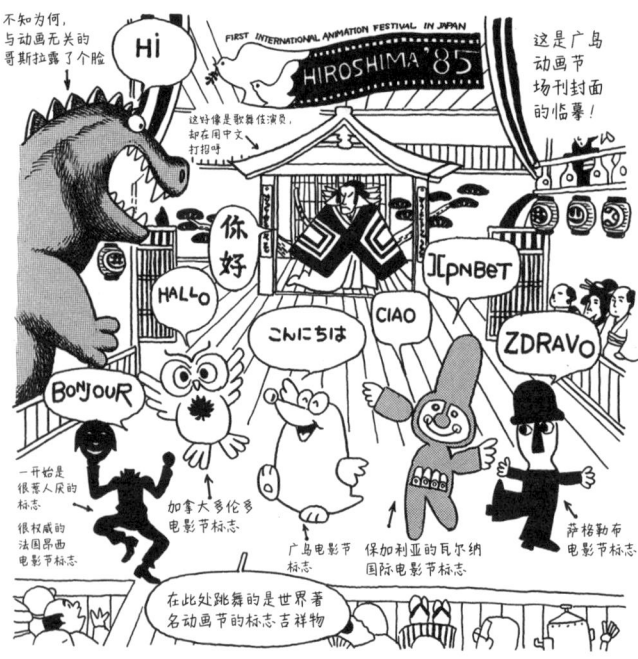

＊画面中的标志吉祥物说的都是"你好"之意。

《残片》与《森林传说》

我制作了一部长度约五分钟的动画,标题是《残片》。

片如其名,这确实是一部残破的动画。毕竟开头就出现了"手冢工作室 1885 年制作"[①]这样的文字。文字一出现,胶片就飞速滚动,再突然断片。

胶片终于再度接上,开始放映工作人员的字幕。没过多久,画面又中断了。

总算又开始放映了。当然了,画面满是黑白噪点以及瑕疵。

虽然画面中有声音,但是杂音沙沙作响,根本听不清楚。随后不久,画面一角出现一大团垃圾的影子,是垃圾挂在了电影放映机的镜头上。画面里的动画男不知如何是好,垃圾像个怪物一样立起来袭向男人,于是他用手枪射击它。

---

① 影片中的原文是"TEZUKA PRODUCTIONS FILM IN 1885"。

《残片》中的场景。虽然完全不符合想象，但这是两名主角

画面里的噪点越来越多，美女的脸上、身上都满是麻点。男主角像擦车子的挡风玻璃一样，只把女人脸周围的噪点给擦干净了。

画面就这样不断播放着观众看不懂的东西，先让大家看看这个胶片是多么古旧而垃圾，突然，画面就转变成彩色的了。上述男女开始在一个绚丽的舞台上跳华尔兹，此处是运用了紧贴型多层摄影的精致现代动画。

然而，这里也是转瞬即逝，画面再度回到残破不堪的垃圾胶片。男人与女人在寒酸的黑白动画中，十分悲伤地走向了分别。不过此处的胶片时而接倒，时而混入空白段（leader，正片之前的倒计时部分），全都杂乱无章。然后在剧终标识出来没多久，胶片啪的一下中断，就这样简单地谢幕了。

这既是献给黎明时期动画的挽歌，也是对它的戏仿，还是送给我二十三年前制作的首部电视动画《铁臂阿童木》的哀歌。我想将包含了怀旧与讽刺的这部作品献给动画的先驱们。

当然了，画面中的噪点也好、垃圾也罢，都是特殊效果，是故意制作出来的。为了给黑白线条添加复古的效果，我打算在显像处理上想办法。胶片突然断开，当然也是设计好的。

播放成片时，如果大家都能真心实意地抱怨"哇，竟敢放这么老的电影！"，我想就算十分成功了。

十年以来，我有一个执念很深、做梦都想完成的企划。刚好是在虫制作马上要倒闭时，这个企划冷不防地浮现在我脑海中。有一些退出了虫制作的单干户，一个能顶十个，我聚集起了四名这样的能干动画人，硬是要他们参与制作。但是，虫制作倒闭了，根本不是制作作品的时候。我不得不含泪解散了这些工作人员。

"真的非常遗憾。如果还有机会的话，我一定会再召集大家的，届时如果你们有空，还请不吝援手。那一天到来之前，再会。"我如是说，然后中止了这个企划。

《森林传说》

这部动画的名字叫《森林传说》[1]。若用一句话概括,这部动画是在戏仿动画的历史。

1908 年,法国的埃米尔·科尔(Émile Cohl)在黑色的背景之上,用像粉笔画出的白色线条做出了简单会动的连环画戏剧[2]。人们一般认为这就是动画的起源。

在此一年后,美国的温瑟·麦凯(Winsor McCay)尝试让画在图中的恐龙以动画的形式动起来,以此做出了杂耍电影[3]。这部电影叫作《恐龙葛蒂》(Gertie the Dinosaur,1914),是美国动画的起源。

---

[1] 原名为《森の伝说》,手冢治虫生前未制作完的动画电影。1987 年 12 月 18 日手冢完成"第一乐章"和"第四乐章"部分,1988 年 2 月 13 日上映。"第二乐章"由手冢治虫的儿子手冢真制作,于 2014 年 8 月 21 日公开。
[2] 指《幻影集》(Fantasmagorie),被称为世界上第一部抽象动画。
[3] 原文为"见世物映画"。

再然后，20世纪10年代，大家做出了各种各样的动画，观众对动画的要求也越来越高。但是，动画的线条依然是简单的简笔画，连其中的台词都是以对话框的形式出现，当时人们运用的就是这类幼稚的方法。当然，日本的动画也是相同的状况。

在动画中首次加入声音的是迪士尼。在《汽船威利》（*Steamboat Willie*，1928）里，迪士尼让米老鼠讲话，让船鸣响汽笛，让人物的动作与音乐相配合。

同一时期，弗莱舍兄弟在动画中加进了很多暴力、色情与都市感的内容，并引入了幻想的故事。其代表是大力水手和贝蒂娃娃。

随后，迪士尼给动画添加了色彩，还成功将其做成长片。

另一方面，欧洲也运用了各种素材来制作动画，比如剪影、针板[①]、人偶等。

然而，这些动画的开发，也由于第二次世界大战而停滞不前了。战后，除去部分实验动画，新的尝试都中断了。特别是在美国，制作在电视上播放的动画开始变得平常，那种细腻美丽的动画已然销声匿迹，它们被动作粗略、名叫"有

---

① 针幕动画或针板动画（pinscreen animation），由亚历山大·阿列克塞耶夫（Alexandre Alexeieff）和克莱尔·帕克（Claire Parker）在20世纪30年代初发明的一种动画技术：将数万个钢针像印刷网点一样紧密排列在特制金属板上，按动钢针改变表里两面露出的长度，用光照射此装置形成不同层次的阴影，再逐格拍摄成动画。

限动画"[①]的类型所取代。

以上就是大致的动画历史。

要说我为什么事到如今还要写这些事情，正是因为我想在《森林传说》中，尝试采用过去所有的动画制作手法来呈现这部作品。

故事首先从"不会动的图画"的连续镜头开始。

主角登场。他最开始是以类似埃米尔·科尔风格的、粉笔描绘出来的简单线条在运动。但是随着故事发展，主角的画风也在不断变化，有温瑟·麦凯风格、帕特·沙利文（Pat Sullivan）风格，最终变形成了弗莱舍兄弟风格的滑稽模样。

接下来，画面突然上了颜色，这里的主角已经是迪士尼风格了。接着，画面有了立体感，渐渐变化成长篇动画的精致画风。精益求精的画面呈现在眼前，使人联想起战前的动画黄金时期。

反派角色冷不防地出现了。他动作粗糙，是以汉纳-巴伯拉式画风描绘的。这名反派立刻以粗野的笔触推开迪士尼风格的主角。全动画形式的主角最终上气不接下气，被反派所侵蚀，几乎就要从画面中消失了。

不过，我不忍心让故事在这里结束，在结尾的高潮处，

[①] 有限动画（limited animation），区分于全动画（full animation），指通过特定技法控制画面背景和人物动作，简化工序、减少作画张数，从而提高效率、降低成本的动画。常见手法包括"一拍三"（一张画拍三格）、背景移动、动作重复、口动作法等。

我打算让全动画的主角向电视动画风格的反派发起痛快的反击,最终赢得胜利。

我设想着主角将是动物、小鸟、精灵等森林居民,电视动画风格的反派则是想要砍伐这片森林的人类或机器。

因此角色和画面的构成十分麻烦,但也很有做出来的价值,我坚信世界上的任何一名动画爱好者看过后,都能明白其中戏仿的意义。当然了,就算对于不了解动画历史的普通观众,这应该也是一个挺有意思的故事。

我谨以这部《森林传说》,献给我孩童时代所憧憬的、决定了我人生的、已故的华特·迪士尼。

创造动画的人,到底想在动画中追求什么呢?我想,对于这个问题,每个人都有不同的答案,人们根据自己的信念来做动画就可以了。

只不过,我个人的态度是这样的——

我希望动画能成为面向大众的信息(message)。我期望尽可能有更多的人理解我的主张。我不希望把动画做成部分狂热者,或者说收藏家的玩具和吉祥物。我认为不论制作电视动画、剧场版动画还是实验动画,全都是一样的。

而且,动画并非小说,也非哲学,更不是绘画,它拥有动画独有的特性,我相信那就是变形(metamorphose)。变形(变化、变样、变装)才是我一生无法停止追求的东西。

第四章

电影鉴赏备忘录

可怕而"悲伤"的电影

我观看了《变蝇人》(*The Fly*,1986)。

这个标题听起来像西武队的秋山①(现隶属于福冈软件银行鹰队)的牺牲高飞打②。一旦这样想,就会让我联想到自己喜欢吃的炸牡蛎或者炸虾。③

洋文标题虽然很流行,但如果事先未储备必要的知识,就搞不懂这是部什么电影。我觉得这个标题有点可惜。不照搬原标题,起名为《昆虫》(*The Insect*)或者《电子传送舱》(*The Telepod*)或许会更好。

总之,这是一部可怕的电影。恐怖电影最好是干脆利落一点,过程中尽情地吓人,但看完后能让人泰然自若地忘掉。

---

① 秋山幸二,日本著名棒球选手。
② sacrifice fly(简称 SF),也叫高飞牺牲打,棒球运动术语。
③ 该片日文译名《ザ・フライ》(读音 za furai)按电影英文原名音译,其与牺牲高飞打(犠牲フライ,读音 gisei furai)、炸牡蛎(カキフライ,读音 kakifurai)、炸虾(エビフライ,读音 ebifurai)的日文发音有相似处。——译注

《驱魔人》(The Exorcist, 1973)等片就是絮絮叨叨、缓缓地让人感到阴湿恐怖，给人留下种种"后遗症"，比如观影之后的好几日都会做噩梦、看到小女孩就感觉不舒服，等等。在这一点上，《德州电锯杀人狂》(The Texas Chain Saw Massacre, 1974)就非常棒，它是干脆利落的恐怖，看完后会让人忘得一干二净。

但是《变蝇人》的恐怖之处与以往的类型不一样，它是加料版的。看完后已经过去十多天了，但我还是无法忘怀这部电影的奇妙滋味。这部电影与其他的恐怖电影到底有什么不同之处呢？

我首先注意到的是，这部电影里出场的怪物（它原本是人类）在结尾处自杀了。准确来说，是它故意让人杀死了自己，它故意抓着霰弹枪的枪口，抵在自己的脑袋上，拜托对方杀死自己。至今为止，从未出现过这种类型的怪物。

因此我感受到一抹哀愁，觉得很可怜。恐怖电影的怪物，一般都是这种模式的坏蛋——不论是残忍的还是滑稽的，反正是人类的敌人，最终肯定会被主角杀死。但《变蝇人》中的怪物塞思原本是一名纯粹的年轻学者，由于自己的失误而变成了怪物。而且这和《化身博士》(Dr. Jekyll and Mr. Hyde)中单纯的活体实验还不一样，这位年轻学者因嫉妒自己的恋人去其他男人那里而喝酒，最终犯下了过错。所以，即使他变成怪物后做出了极尽怪诞的胡闹行为，观众心中也仍留有怜悯之情，或者说对他恨不起来，最后他故意让人杀死自己的那段情节到来时，让人更觉悲哀。

这种悲哀，与鲍里斯·卡洛夫（Boris Karloff）演的科学怪人的悲哀有一脉相通之处。

不过，《变蝇人》的加料之处，却好像不是这一方面。

众所周知，《变蝇人》是由朗格兰（George Langelaan）的科幻小说《蝇》（The Fly）改编而成。这名法国作家基本不太出名，《蝇》是他唯一的代表作，但在很久之前美国人就拿到了《蝇》这本小说的电影改编权，并由文森特·普莱斯（Vincent Price）主演，拍摄成了电影[①]。此版电影里男主角最后自杀的情节，也让人感觉到不可思议的悲伤。这次新版的导演是恐怖电影领头人大卫·柯南伯格（David Cronenberg），我想应该会是一部极尽恐怖与残酷的电影，但看过后还是感到很悲哀。柯南伯格导演在布鲁克斯电影公司（Brooksfilms）制作了本片，而说到梅尔·布鲁克斯（Mel Brooks）[②]，他可是给《象人》（The Elephant Man，1980）做制片的能人。

没错，《变蝇人》这部电影与《象人》的悲剧很相似，它们都描绘了畸形人的业障，因此才让人觉得很可悲。不，我

[①] 指1958年版《变蝇人》，著名恐怖片演员文森特·普莱斯饰演的是科学家男主角的兄弟。
[②] 美国知名全能型喜剧大师，自编自导自演过多部作品，以戏仿讽刺见长，代表作有《制片人》《灼热的马鞍》《新科学怪人》等。曾大力提携过与自己作品风格迥异的大卫·林奇（《象人》导演）。

总觉得也不是这个理由。

这位名为塞思的年轻学者在做基因重组和物质转移的实验。他因失误同时转移了苍蝇和自己的肉体,所以两种生物的基因融合后,变成了一种新的生物。与前述的文森特·普莱斯版不同,此处做了一种新的诠释——塞思并没有马上变成怪物。

他是在和恋人约会、做爱的过程中一点一点地变身。在此期间,他的牙齿掉落得凌乱不堪,耳朵也掉了,最后下巴也脱落了。除了这些让人生理性毛骨悚然的变化,塞思的脸也膨胀起来,样子刚好和核战争电影中出现的牺牲者很像。

看着他这副模样,我突然意识到,这不就是在讽刺玩弄核能的人类的终焉吗?

最终,塞思变成了苍蝇一般的模样,尽管如此,他仍然在抗争,执着地想要变回人类。他恳求恋人与他融合,这样他的模样就能变得比现在更接近人类了。这或许是对人类的一种讽刺——在核战争的最后,即使失去了身为人类的尊严与体面,人类也依然想活得像个人,他们紧紧抱住这个为时已晚的愿望。而这个请求被拒绝后,癫狂错乱的他与机械合体了。他以这副苍蝇、人类和机械混杂而成的身体慢慢出现。《星际旅行2》(*Star Trek II: The Wrath of Khan*,1982)中也有机械和人类的融合体出场,但变蝇人的模样更为可笑和悲哀。

这部电影的标题该改成《混合蝇人》(*Mix Fly*)才更好。

顺带一提，在我二十年前创作的《铁臂阿童木》中，也出现过类似这种物质转移传送机器的装置。那篇故事叫《透明巨人》。我记得讲述了这样一个事件：一位科学家想要分别对鱼、兔子、机器人和自己进行物质传送，但因目的地的接收器（？）被破坏了，致使被传送物质的分子在空中融合，但却无法变成固体，只能飘浮着。

由于没有固态化，所以他有时变成鱼的样子，有时变成机器人的样子，形态无法固定下来地一直变化着。可最后他终于成了实体，一种奇妙的生物诞生了，但他本人却觉得很羞耻，没法出现在人前，于是移居到了某个星球。因为在那颗星球上，他可以作为外星人生活下去。

我在《阿童木》中描绘的很多内容虽然后来都成了电影或小说，但这部《变蝇人》却不仅仅是一个虚构故事，它会是在不久的将来，失去控制的尖端科学必将面临的灾变（悲剧性结局）吧。这就是加的那个料。

完全恐怖

我拖稿严重,因而被大家称作手冢慢虫。

再加上我会打电话蒙骗人,把没完成的原稿说成已经完成了,所以又被叫作手冢骗虫。

而且,我以前居无定所,会把自己关起来画原稿,却又绝不让出版社知道我在哪里,因此获得了"云隐才藏"①这个外号。一旦我留宿在东京都的旅馆中,我的责编就会脸色大变,到处给旅馆打电话,所以连旅馆的人都会十分惊讶地说"又是那位手冢先生……",并给我贴上声名狼藉的标签。

于是只要我晃进旅馆,前台收银处就会摆出一副嫌弃的样子说:"敝店已经客满了。"

我缠着他们说,至少应该有一个房间吧。

他们就会干脆地拒绝道:"手冢先生您无法住宿,因为会

---

① 这个名字可能来自近代日本文学中的虚构忍者雾隐才藏。

有很多烦人的电话打来。"

这样的旅馆也开始多起来了（这是以前的事）。一旦像这样被列入黑名单，我就不能住东京都内的旅馆了。那么，我就藏到关西地区的旅馆里吧。

我扬扬得意，带着工作宅在偏远的京都五条的旅馆中。在这里我应该就能一个人待着了。

然而，那里最终也被责编探知到了。原因是我将完成的原稿寄送给某社，包裹上写着京都旅馆的地址。意外的是，B社的人偶然去了包裹的收件地址A社，然后在电梯里看到了A社员工拿着的包裹上所写的地址。人真的不能做坏事啊。

当京都五条那家便宜小客栈的拉门被一下子打开，责编突然露脸时，连我也被吓了一跳。

不用说，编辑一脸怒气冲冲。这是理所当然的。

我死心了吗？

怎么可能。我只会选择逃跑。我看准时机逃往大阪，决定在那里乘飞机逃到九州去。

为什么要选择去九州？并没有什么深奥的理由。我只是想要逃往东京的反方向而已。

另外，还有一些莫名的期待感。

当时，我一直在连载的《森林大帝》即将收尾。这部作品完结后，我决定开始一个新连载，名为《火鸟》。这部作品以日本的古代国家"邪马台国"为背景，主人公是卑弥呼女王，然后故事的背景在九州的阿苏。因此，我想先看一看阿苏这个地方。

综上所述，到达九州的我，不管工作就出发去阿苏了。

我所做的事情，该怎么说呢，连我自己都觉得太过偏离常识了——能写出这段回忆，也是由于这已经是三十多年前的事情了。对于追来的愤怒编辑们，我真的感到万分抱歉。想必大家都恨死我，对我怨入骨髓了吧。

总而言之，我出发去阿苏了。

这是距今三十多年前的事。我乘车花了一小时时间，一下子就从熊本市到达阿苏……这是不可能的。

以 Abt 系统齿轨而闻名的阿苏铁道是通往阿苏山的唯一路径。火车时而前进时而倒退，以一种令人焦急的方式爬过外轮山①。越过外轮山后，就是一条直路通往火山登山口。

不过当时正值隆冬，阿苏外轮山、中岳、根子岳、高岳等都被一片雪白所覆盖，看着就叫人直哆嗦。

天空一片深灰，仿若被抹上白色的群山鲜明地浮现出来，不断向眼前逼近。

怎么偏偏在这种季节来阿苏的火山口啊……随行的男子十分无语。

---

① 当火山口或破火山口中发生新的火山喷发，并在其中形成新的火山锥后，原来的火山口边缘便成为环绕新火山锥的山脊，称外轮山。——译注

说句实话，我一个人来还是挺害怕的，所以我硬拉着相熟的 M 先生一起来了。

从登山口又坐了一小时大巴，我们终于到达了火山口下的茶馆。我一看，发现不管哪间茶馆都门扉紧闭，没有丝毫人气儿。虽然也有猜到，但我想喝上一口热饮的期待就此落空了。

山顶一带被浑浊的气体所包围，简直无法远眺。风嗖嗖地刮刺着脸颊。

"我们还是放弃吧。"说着，M 先生不安地活动身体。

"不，难得来到了这里，不看一眼火山口就太亏了。"

"可是，就算看了也什么都看不到啊。"

"至少能看到点红色的东西吧。"

到了这个地步，我完全丧失了理智，只剩下固执了。我和 M 先生两个人开始攀登。与现在不同，当年既没有缆车，也没有完善的道路。再加上大雪冻结，道路溜滑，还看不见标识。

攀登到中段时，浓雾才刚刚升起，又突然出现了强暴风雪。完全辨不清东西南北。我们彻底进退维谷了。

不管往哪个方向走，都感觉隐藏着岩石的裂缝或断崖。就在我们进退两难的过程中，停留在山下茶馆的大巴车的发车时间一点一点地临近了。

如果大巴出发了，直到第二天早晨，都不会有来这里的班次。到了明早，我的身体已经变成冰块了吧。穷途末路。南无观音菩萨、南无阿弥陀佛、南无金刚明王。我两腿发软、面如土色，有生以来第一次感受到了死亡的恐怖（我明明在那场空袭中都能忘却死亡！[①]）。

我呼喊着身影朦胧的M先生。

"我可能会死在这里，所以，你帮我写下遗言。"我认真地说道。

"别开玩笑了啊。"M先生带着哭腔的声音响起。

"你的脚还能动，所以能赶上大巴出发。我动不了了，已经不行了。能帮忙把我的死讯告知东京各出版社吗？就说手冢因为做坏事，遭报应死掉了。"

"你在说什么啊？想想办法到下面去吧。"

"你别管我了。"我自暴自弃地说。

"现在我要说遗言了，你帮我写下来。首先，关于我的连载……我走后，必须得有人帮我接着画。这是个问题。"

都要死了，还管什么连载不连载的，但M先生知道我是认真的，所以他惊慌失色，完全不知所措。

"好了！没时间了，你快点写。"

[①] 参见《我是漫画家》"战争和漫画"一节（北京联合出版公司，2021，第35—38页）。

磨磨蹭蹭之间，脚下方的浓雾居然一下子变稀薄了，这也太幸运了。

下方远处的茶馆和大巴的影子映入眼帘。

突然间，我心中要死的想法消失无踪，分毫不剩。

这是何等奇迹，连我的脚也恢复了知觉，还倍儿硬朗。

我抓着M先生，步履蹒跚、跌跌撞撞地下到了大巴停靠点。

我的这场恐怖（？）体验，没过多久就在《森林大帝》的最终话中被真实地描绘了出来——在风雪肆虐的月亮山上，以主人公雷欧为首的出场角色几乎都死绝了。

然后……三十多年过去了。1986年的夏天，为了熊本县和雅马哈在阿苏山里面主办的大型野外活动，我要去做个事前考察。我被安排当该活动的策划人，所以不得不提前去考察。

而且还正值冬季。如果在这严寒中看到阿苏的白色山脉，我一定会因为那段恐怖的回忆而双腿发软吧，就像希区柯克的《爱德华大夫》(*Spellbound*，1945)[①]一样。

这场野外活动的名称是"火鸟"。

[①] 该片日文译名为《白い恐怖》(《白色恐怖》)，影片中的主角曾在高山滑雪场遭遇可怕事件，因某种情结对白色平面及其上的直线有莫名的恐惧和阴影。

《野战排》的新鲜之处

《野战排》这个标题，正确写法应该是プラトゥーン（Platoon）①，但用日语写出来却总让人联想到哲学家的名字或者钢笔②，所以我觉得有点吃亏。

我查了词典，此单词的意思好像是步兵小队、警察部队或者一个小队中的足球运动员。我第一次知道有这样的单词。

这部《野战排》，不必多说也知道是一部越战电影。

本来战争电影是肯定会有敌我双方的（当然了，斗争类型的电影都是这样）。而且越是简单的电影，越会把敌人描绘成面目可憎的可恶坏蛋。不论我方多么暴力，最终也会是正义的英雄。究其原因，是因为这样做更易懂有趣，看起来不

---

① 电影《野战排》(1986)，英文原名 *Platoon*（音标 [pləˈtuːn]；日语音译プラトゥーン，读音 puratu-n），实际的日文片名译为《プラトーン》（读音 purato-n）。——译注
② 该片名写法较像プラトン（读音 puraton），后者既指哲学家柏拉图（Plato），也是 Platon 钢笔的品牌名。

费劲儿。

然而,《野战排》却并非这类模式化的电影。

里面没有出现所谓的敌人(虽然有几个敌军,也就是越南兵出现,大家也会互相攻击,但他们只是单纯地露个面而已)。

出场的全是些我方人员——美军。而且还并非"我方即正义",他们是作为一个可怜、肮脏、难看、丑陋、怪诞的疯子集团出场的。

因此这是一部曝丑式电影,不,应该说是一部自我揭发的电影。

该电影的编剧兼导演奥利弗·斯通(Oliver Stone)是越南战争的亲历者。数不尽的军人在越南有同样的体验,他们将亲历的那些丑恶深埋心底,回到了祖国。大家都忌惮将那些事实宣之于口。美国人的自尊心让他们无法欣赏丑恶的暴露。然而,斯通导演却无法忍受这一点,将这些东西都揭露了出来——本片给人的感觉便是如此。

可以说,《野战排》是一部描述了某种"实验"的电影。

电影中没有出现司令部的大人物或者将军。《现代启示录》(*Apocalypse Now*,1979)中罗伯特·杜瓦尔(Robert Duvall)这样的战争老手、《光荣之路》(*Paths of Glory*,1957)中柯克·道格拉斯(Kirk Douglas)这样的资深指挥官、《长驱直入》(*Uncommon Valor*,1983)中吉恩·哈克曼(Gene Hackman)这样的战略家都没有出现。既没有诺曼底登陆这样华丽的登陆作战，也没有俄罗斯轮盘赌。

打个比方，我们随便抓一些老鼠，再把它们扔进"柬埔寨国境附近的山岳地带"这样一个玻璃箱中，那么它们会怎么样呢？会发狂而死，还是会开始同类相残呢？会有几只活下来呢？《野战排》仿佛就在做一场这样的实验。

这些胡乱抓来的"老鼠"中，既有曾经是大学生的小少爷，也有沉迷嗑药的黑人，还有七次死里逃生、自称拥有不死之身、为了战斗可以随意杀生或者杀死友军的人，更有在战争中保有一抹良心的人道主义者。

大家都突然被混作一堆，丢进一个残酷的战场。他们直面死亡，因恐惧与猜疑而变得自暴自弃。有不死之身、冷酷无情、杀人不眨眼的男人——巴恩斯，和不愿意做出无谓杀生的人道主义者——伊莱亚斯之间的相互憎恨。以及，迷茫于要站在哪一方的辍学大学生——克里斯——的内心挣扎。

对克里斯来说，巴恩斯和伊莱亚斯是处于两个极端的两种个性，就如同两本教科书，让他学习了第一次亲身体验到的战争究竟为何物。

最后，克里斯选择了伊莱亚斯这本教科书，并且杀死了另一方——冷酷无情的巴恩斯。

在那一场戏中，当克里斯拿着自动步枪对准巴恩斯，用憎恨的眼神盯着他时，观众们都会自问自答：

"克里斯会不会杀死巴恩斯呢？会不会原谅他？应该不会杀死他吧。因为这是美国电影，所以会有救赎情节吧。"

但是，克里斯却毫不犹豫地扣动了扳机。

"哎呀——还是开枪了嘛。"

观众肯定会一声叹息，再次震惊于这部电影残酷的描述方式。

克里斯身为一名有钱的少爷，却放弃了上大学，请愿去了越南，这个类型的年轻人是美国人所喜欢的。然而，即便他外表看起来还像个当地的士兵，内心却在不断动摇，并对人生和死亡进行了深入的思考。

如果聚焦在克里斯身上来观看这部电影，《野战排》应该也称得上一部优秀的青春电影吧。越南对他来说是一个巨大的伤痕，同时也是给他整个人生带来深刻影响的猛药。尤其是他因为强烈的憎恨而杀死了同为美国士兵的巴恩斯，这件事带给他的阴影大概不会消失吧。《野战排》既可以说是青春的悲剧，也可以说是一场命运大戏[①]。

这样一部能根据观众的观看方式而得出各种解读的电影，并不是那么常见的。正因如此，它才博得了美国各阶层人民的喝彩，若仅仅是一部新颖的战争电影，绝不可能受到如此热烈的欢迎。

---

① 原文为"運命劇"，指描写个人意志与命运的斗争，或是关于被命运左右的人生的小说、戏剧。

听说一开始全美只有六家影院放映这部电影，后来却以每天一百家影院的增长速度，很快就渗透了整个美国。

在日本，有些无人看好的电影会摇身变成热门作品，不过这似乎和作品质量没什么关系，只是偶然凑齐了有利条件，观众就会一下子涌来。它们有时是一部好电影，有时却是一部令人纳闷儿的拙劣之作。从这一点上来说，仅从六家影院开始走红的《野战排》，是毫无疑问的佳作。

而且，虽说这部电影有越共村室外布景的鸟瞰镜头，但怎么看也是一部小成本电影（六百万美元的制作费用确实很少），拍摄起来似乎相当费时、艰辛。即便如此，它仍然给观众呈现了如此宏大的哲学与问题。

另一方面，在日本电影里，如果是一部小成本电影，不知为何多是些局限在狭小四叠半房间中的小作品。我并不是要对布景的规格数量或者临时演员的人数等指手画脚，只是觉得大家从企划阶段开始就没什么野心。

近来，那种让人觉得"反正是小成本影片，所以观看之前期待感就很低"的电影好像在不断增多，如果不增加一些让人惊叹于小成本也能制作出如此大框架内容的电影，日本电影就没救了。

好想看《伊奥船长》!

那天夜晚,因为能见到 3D 版的迈克尔·杰克逊(Michael Jackson),所以我抛下了工作等一切事务,驱车赶往迪士尼乐园。就连我妻子和女儿也坐上车来了。

试映会的票只能让两个人观看,但女儿无论如何都要我们带她去,所以我再三央求迪士尼乐园的人,硬是让三个人都进去了。

理应是妻子拿着我出门穿的衣服,从家里直接来到我工作的地方,我在那儿换了衣服后出发去迪士尼乐园的。然而,妻子出门时却忘了拿我的衣服这一最重要的东西。

"你马上回去帮我拿啊!"

"但是这样会迟到很久。"

"笨蛋!我怎么能穿着这种皱巴巴的工作服去见迈克尔·杰克逊啊!好了,你快点回去拿我出门穿的衣服。"

由于这样的突发状况,当我的外出服终于送到时,已经临近试映会开场的时间了。

我拼了命地让车子开快点。上了高速公路，好惨，遇上了严重堵车。试映会早就开始了。

时间一分一秒地过去了，但还有好几辆大卡车连成一排，慢慢吞吞、磨磨蹭蹭地移动，我连脏话都说不出来了。

看来我最终无法见到 3D 的迈克尔·杰克逊了。

不必说也知道，这部电影就是《伊奥船长》(*Captain EO*，1986，另译《EO 船长》)。

盼星星盼月亮，这部十七分钟的 3D 电影老早就有很高评价，如今终于登陆迪士尼乐园了。我比起一般人更喜欢赶时髦，明明之后任何时候都能去迪士尼乐园观看，但我还是决定专门去试映会。然而……我们到达迪士尼乐园时，已经是电影开演的一小时后了。最终，我们白跑一趟，就吃个饭再回去吧。

哎呀，小野耕世在那边呢。他也板着一张脸。

"因为机器故障，所以电影没法放映哦。"他小声说道。

"欸，所以你也还没看吗？"

"我们被赶出来了。太没劲儿了，我正想直接回去的。"

居然会这样。神啊，救救我吧。

我飞奔去会场。

刚到入口处，我就听到广播了。

"故障已修复，现在可以观赏电影了。请各位观众有序排队。"

哦哦，神明救了我。

分散在附近的受邀者一下子涌了过来。

就这样，我得以见到了 3D 的迈克尔·杰克逊。

《伊奥船长》是由乔治·卢卡斯制片、弗朗西斯·科波拉导演、迈克尔·杰克逊主演的一部极尽奢华的短篇作品，这十七分钟足足花费了一部长篇作品的制作费。再加上是一部 3D 电影，放映这部作品的影厅也需要一些设备，激光、小灯泡等装置要和电影一起联动运作，所以只有这个剧场才能放映，再怎么样也没法做成一个录像带。

关于这部电影的感想，我实在有点一言难尽。

若要一句话概括，可以说这是迈克尔·杰克逊以《星球大战》为原材料，制作完成的一道"音乐录影带"风味的美食。这种级别的感想，谁都能说得出。

在烹饪节目或美食探访节目中，常会出现一些看起来脑袋空空的女孩子，她们吃吃喝喝，最后说一句"好好吃啊"之类的话。

肯定会说的。这不是理所当然的吗？为什么非要把这些言语匮乏的女孩子拉到一个美食节目中呢？我总是为此生气。

开着刺眼闪光灯的媒体记者们，在等候看完《伊奥船长》后陆续出来的客人们，并一个个询问感想。

"您看了觉得如何？"

"很厉害。"

人们只会这样说。他们只说得出这样的话。大家都很明白作品厉害，但这样没办法写成一篇报道吧。

无奈之下，摄像机和采访记者抓住了我。

"手冢先生，请说一点感想。"

"真厉害啊——"

一不留神，我也脱口而出了。

"关于这一点还请您说得具体一些。"

"哎呀，不论怎么说，就是很厉害呀。"

采访记者好像很没劲儿地对我说了声"非常感谢"，就离开了。他们也许觉得这样说了跟没说一样吧。

又有媒体记者过来了。

"手冢先生,您说很厉害,具体是哪里很厉害呢?"

这样一来,我就不得不回答得具体一些了。

"我认为这部作品已经超越了电影。"

"欸,是怎么个超越法儿呢?"

采访记者故意缠上了我。

"3D电影和影院的设备结合在一起了对吧。我认为这是新时代的新节目。另外……内容也是。"

"内容怎么了?"

对方紧咬我不放。

"那个……我认为至今为止的迪士尼风格和科幻还是有些性质上的不同的。虽然这样说不太好,但诸如《电子世界争霸战》(*TRON*,1982)、《黑洞》(*The Black Hole*,1979)等科幻电影都已经步入流行的后尘,总是缺乏新鲜感。关于这个呢,大概是因为迪士尼的秉性基本还是奇幻方向的吧。奇幻和科幻之间还是存在巨大屏障的。如今的科幻粉丝们,把《大魔域》(*The NeverEnding Story*,1984)乃至《伊渥克族:恩多之战》(*Ewoks: The Battle for Endor*,1985)都当成科幻作品,但我认为这是他们误会了。即便《伊奥船长》使用了《星球大战》这味原材料,它也只是一个奇幻故事。在这一点上作品是成功的。这样一想,就连《星球大战》也不算是科幻故事,而是奇幻故事。"

"原来如此。"

"卢卡斯、科波拉、迈克尔他们自不用说,参与本作的所有工作人员,大概都是视迪士尼为上帝的粉丝吧。他们熟知迪士尼的风格是什么,在此基础上很愉快地创作了本作,所以它明显就是迪士尼的东西哦。只不过,既然是在迪士尼乐园上映,我还是希望能有米老鼠出现啊。"

"是这样啊!那么,您觉得迈克尔·杰克逊如何呢?"

"很棒哦,果然2D影像中的惊险故事,仅仅是影像而已。3D这种触手可及的存在感,让人有一种亲身经历过的满足感。"

"那么,手冢先生您给出的结论是?"

"我很想制作《伊奥船长》的第二部呢。"

"那么我们就先问到这里。您辛苦了。"说完,媒体记者马上就离开了。

妻子和女儿正大口品尝着为受邀嘉宾提供的晚餐,心情非常好。明明我还得马上为《电影旬报》写《伊奥船长》的感想文章,她们却一点儿都不体谅我的心情。

双重误会①

法国这个地方对迪士尼电影的评价非常高。说实话，可能他们比美国本土更期待迪士尼的新动画。

巴黎市内有好几家专门放迪士尼电影的影院。在欧美（日本也正在变成这样），一家影院中有很多只有一两百个席位的小型影厅，并各自放映响应观众需求的电影，而巴黎的迪士尼影院也有这样的地方。当然了，那三四个影厅全都只放映迪士尼的作品。

我在巴黎有一天空闲时间，想着找个地方看一部新上映的法国电影，但是有人告诉我，附近的一家影院正在上映迪士尼的《妙妙探》(*The Great Mouse Detective*，1986)。这是迪士尼的最新作品。

---

① 标题原文为"ミスの二本立て"，其中"二本立て"既指两件事情同时进行，也指电影放映时一次连映两部作品。

当然了，这是美国版标题，法国版好像不是这个①。虽然我不太清楚，但至少知道这是一部老鼠版本的夏洛克·福尔摩斯的故事。

没有看过这部电影怎么能回日本！于是，我赶往了那家影院。入口处排满了带着小孩的人，其中混入了一位一把年纪的日本大叔，相当引人注目。我毫不在意地到窗口去排队了。

我看了旁边的时间安排表，哎呀！这家影院正在上映四部迪士尼的作品！有 A、B、C、D 四个影厅，购了票的客人三三两两地登上了不同的楼梯而去！（票价和票都是通用的。）

头疼了。《妙妙探》到底在哪个影厅放映？时间表和内容介绍全都是法语，完全找不到英文版。

"呃——新作品……"

我被卡住了。可恶，法语标题到底是什么啊。

没办法，我只好排到了人最多的队伍中，跟着队伍上了楼梯。我想新作品人气应该是最高的。

我进到了 A 影厅。可恶，这不是《小飞象》（*Dumbo*，1941）吗？

如果返回我就得重新买票，这样的话，不看就亏了。我

---

① 法国版片名为 *Basil, détective privé*（《私家侦探巴索》）。

把《小飞象》看完了，虽然是法语版，但内容我都知道。

结束后我一溜烟儿地再次去窗口，又买了一张票。

"这家影院的迪士尼新电影在几号影厅？"我用蹩脚的英语询问。

窗口工作人员的英语也蛮糟糕的。

"在右边楼梯上面。"

我冲上了楼梯，是 B 影厅。奔入里面一看，这是怎么回事！居然是《欢乐满人间》（*Mary Poppins*，1964）！

又得看完这一整部电影。我生气厌烦起来，中途我就出去了。我返回售票窗口，迎宾小姐已经记住了我的脸，一副奇怪的表情。

"迪士尼的新电影，你搞错了。老鼠版的夏洛克·福尔摩斯，明白吗？有探案故事的。"

迎宾小姐点着头指向第三座楼梯。

我愤愤不平地去了 C 影厅。那里放映的是《仙履奇缘》（*Cinderella*，1950）！

我没怎么看，怒气冲冲地回到了售票窗口。

"你胡说八道！"我大声怒斥。

迎宾小姐皱起了眉头。

"你不懂法语。电影都是法语，你没法欣赏。"

"我不是在问你这个！"

我用日语大声斥责。

"全都是法语哦。"

迎宾小姐再次提醒。

"我不听对话。我,欣赏画面。只是画面①!OK?"我叫喊道。

迎宾小姐招呼我过去。我跟过去,被带到影院里面一个类似办公室的地方。

一个貌似经理的男人用法语向我解释。男人翻找了一通抽屉,找出五六张剧照递给我。

"不!不!我不要照片,我想看电影。"

我拼命用法语腔念出夏洛克·福尔摩斯。对方好像终于听懂了,他点点头。

"哦,《巴索》。"他答道。

看来这好像是法语版的标题。

"这部电影是最后一场了,没有客人来看,所以放映终止了。"

他说了类似这样的话。

"但是如果您想看的话,您是客人,我们很乐意为您放映。"

于是我终于被人带到了D影厅。时隔七个小时,我一个人观看了《妙妙探》。只有一个客人他们也愿意播放胶片,感

---

① 原文为片假名"オンリー・ピクチャー"(Only picture)。

觉好亲切啊,可是我又觉得肚子有点饿。

我去了维也纳。那里正在举办日本周专场,我要在那里演讲关于日本动画界的内容。

我们在主办方的办公室里开始就演讲进行商讨。

"我们把手冢先生的简介放到场刊上了。"

"真是感谢。"

"不过,有个翻译错误。"

我有不好的预感。

"什么错误?"

"其实呢,我们写了手冢先生是电视动画的创始人。然而在将这段内容译成德文时,当地人却写成了《粉红豹》(*Pink Panther*)的创作者。"

"为、为什么会这样!"

"现在,维也纳电视台播放的动画《粉红豹》大受欢迎呢。不太了解动画的人们大概也已经误以为手冢先生创作了《粉红豹》。"

"这太过分了!请改过来啊。"

"场刊已经在市里大量上架,全部散发出去了。"他们居然这样说。

事情变得非常严重。我正想着要一个一个地对人们解释时,电视台的采访组来了。

"您是《粉红豹》的创作者,我们为此做了一个特别节目,请您简单讲几句。"他们说道。

后果来了哦。主办者慌忙解释说这是翻译错误。

"事到如今,这很让人为难啊。我们专门为此做了特别节目。"

工作人员束手无策地说道。

"请至少说成您和《粉红豹》有所关联吧。不然的话,直播节目就会开天窗啊。"

"可实际上并不是啊。"

"好为难啊。"

争论到最后,结果我被要求在节目中画粉红豹。

哎呀,真糟糕。演讲时大人带着孩子蜂拥而至。

"孩子说这是《粉红豹》动画的集会……"

"我们不聊《粉红豹》,非常抱歉。"

主办方汗淋淋地向带着孩子的客人解释着。

"不聊《粉红豹》?"

"好没劲儿啊——但是难得来都来了……"

也不能不管不顾地让这些客人回去。因此我结束和粉红豹毫无关系的演讲后,在讲坛的黑板上画了粉红豹,台下响起了热烈的欢呼喝彩。之后的事情相当麻烦,孩子们一下子聚集过来,我被迫签了一百张以上的粉红豹签绘……

老鼠对决

这个夏天，一部与老鼠相关的电影首映了，接着又首映了另一部。

当然，这两部都是长篇动画。七月下旬上的是史蒂文·斯皮尔伯格制片、唐·布卢特（Don Bluth）导演的《美国鼠谭》（*An American Tail*，1986），另一部是迪士尼的新作《妙妙探》（写这篇文章时日本的标题还未定①）。这两部作品都是关于老鼠的戏仿故事，某种程度上都是以成年人为观众层，反派角色的描述方式也总有些相似，想必会是一场颇有意思的对决吧。

提到欧美动画，它们总是十年如一日地让老鼠当主角，因为欧美在动画方面的保守性，或者说概念太过陈旧，所以只要听到是老鼠动画，就会让人觉得"啊，又是老一套"，没

---

① 后来日本版片名定为《オリビアちゃんの大冒険》（《小奥利维亚的大冒险》）。——原编注

法让人有强烈起劲儿的感受，很是吃亏。

这场对决，究竟哪一方会得胜呢？仿佛是巨人队和中日龙队①的对战，不过，试着比较一下两方的战斗力（？）也很有趣。

首先是斯皮尔伯格和迪士尼的名字。老字号迪士尼作为安全派的确很有分量，但是最近的两三部新作，有点感觉不到新鲜的能量，而这一点会给《妙妙探》带来些许不妙因素。

与此相对，提到斯皮尔伯格，不管怎么说都有着出类拔萃的名气和稳定度。尤其是这部动画在美国不仅有着高票房，还拥有高人气，怎么说这也是斯皮尔伯格的首部动画作品，这一宣传点在普通粉丝那里应该也有相当的吸引力吧。

话虽如此，不管是斯皮尔伯格还是迪士尼，充其量也只是个门面，事实上两部作品的导演都是近乎无名的年轻人（不过，好像《美国鼠谭》的剧本有斯皮尔伯格的亲自修正）。因此，从这两部作品中，能明白现在的年轻动画创作者想要如何改变美国动画，对此我很感兴趣。

那么，我们来聊聊内容。

迪士尼这边的作品《妙妙探》，完完全全是对夏洛克·福尔摩斯探案故事的戏仿。

---

① "巨人队"和"中日龙队"是两支日本职业棒球队。——译注

其原作是伊夫·泰特斯（Eve Titus）所著的《贝克街的巴索》（*Basil of Baker Street*），主人公是一只私家侦探老鼠，它居住的地方大家都很熟悉，是夏洛克·福尔摩斯位于贝克街的家中地板下。老鼠的名字叫巴索，它身边跟着叫作道森教授的搭档，是一只和华生教授很像的外科医生老鼠。这位道森和巴索第一次见面的戏很有趣，巴索一眼就猜出了道森曾经在阿富汗当过军医。一切以此开头，巴索是在彻底地戏仿福尔摩斯，这一点就很好玩了。那么，关键的人类福尔摩斯和华生是否会出场呢？他们只在一场戏中露了个剪影。

那位永恒的反派角色莫里亚蒂教授又如何呢？他当然也出场了，就是一只叫作瑞根教授的阴沟老鼠。其可怕又下流的相貌自然很卓绝［和《小飞侠》（*Peter Pan*，1953）中的海盗虎克很相似］，但更值得惊叹的是，他是由文森特·普莱斯配音的。

这位瑞根身为一只老鼠，却企图夺取英吉利王国，为此它闯入白金汉宫，想要暗杀女王，并偷偷替换成冒牌货。这一可怕的计划是个令人期待的看点，然而在高潮处，居然成了瑞根和巴索在大本钟里的对决。

啊！这简直和宫崎骏先生的《鲁邦三世：卡里奥斯特罗城》（1979）的设定一模一样！——观看的人会如此目瞪口呆吧。再怎么偶然，这个大高潮和后者也太像了。到底原著就是如此呢，还是编剧借鉴了《卡里奥斯特罗城》呢？关于这一点我并不清楚。好想问问宫崎先生看了以后会说什么。

不过,迪士尼公司制作大本钟内部场景时,实际上全部采用的是电脑动画制作技术。想必花了高额的制作费用吧。看到巨大的齿轮、弹簧等东西如实拍一般逼真地动了起来,我由衷地觉得只要有钱,这类机械动画的手绘果然还是敌不过电脑动画的制作技术。

其他的看点还有,巴索和道森变装后想要探寻瑞根手下的所在地,于是进入了一家廉价酒馆的场景。寒碜的舞台上,老鼠舞者唱着歌,跳着舞。那种风骚的性感、围着酒桌转的酒馆老板娘那充满中年韵味的情欲描写,都是历来的迪士尼动画中几乎未涉及过的。这部动画显然没有考虑儿童观众,明显是以成人福尔摩斯迷为对象创作的。此处让人感受到了新人导演的策略。

好了,接下来是斯皮尔伯格的《美国鼠谭》。

斯皮尔伯格的外祖父是俄国移民,《美国鼠谭》正是他纪念家世的故事。我怎么也没料到斯皮尔伯格居然有俄国血统。说起来,《指环王》(*The Lord of the Rings*,1978)动画版的导演拉尔夫·巴克希(Ralph Bakshi)也是有俄国血统的犹太人。巴克希也有一部优秀的成人动画《美国金曲》(*American Pop*,1981),其中涉及了自己的家世。

然而斯皮尔伯格借用了老鼠的样子,将俄国移民定居到

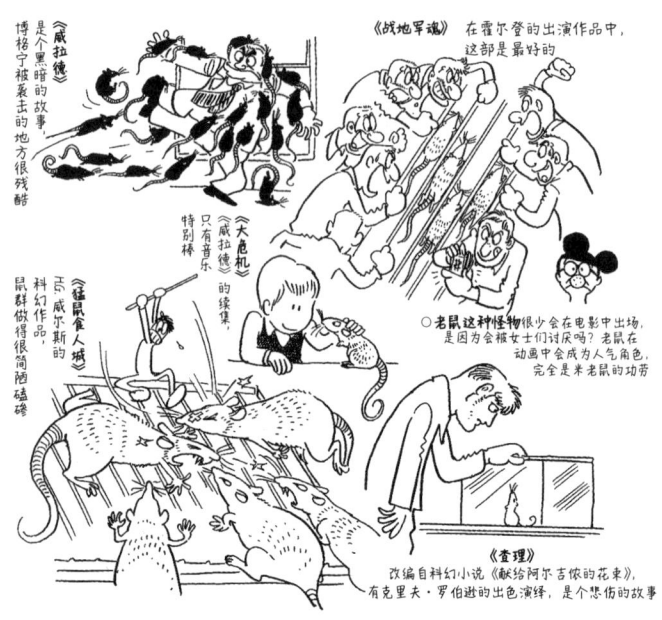

美国这个自由天地之前的经过,描绘成了斯皮尔伯格的色彩。虽然大家都知道他是个迪士尼的超级粉丝,但《美国鼠谭》中表现出来的氛围,或者说作品完成后的感觉很是怀旧,使人联想起《木偶奇遇记》(Pinocchio,1940)、《小飞象》这类迪士尼"黄金时代"的作品。这一点很有意思。迪士尼公司的年轻工作人员,竭力想打破以往的迪士尼风格,而斯皮尔伯格却有意打造出怀旧的迪士尼风格,这一对比确实相当有趣。

因此,有一个场景是坐在屋顶上的老鼠一边眺望着雾气弥漫的纽约哈德逊河，一边不停地歌唱，这样的场景我们在《小姐与流浪汉》(*Lady and the Tramp*, 1955)或者《仙履奇缘》等迪士尼作品中简直看腻了。对现今的孩子们来说，这种节奏或许有点缓慢，但斯皮尔伯格却偏偏要用。

故事的设定是被哥萨克猫袭击的俄国老鼠们要移民到"没有猫"的美国去，但它们在那里也会遭到猫的袭击。有一只伪装成老鼠的猫会出场，它相当于《妙妙探》中瑞根教授这样的反派角色。还出现了素食主义的猫，它们不吃肉，所以会帮助老鼠们，这个情节有点滑稽。不过，关键是导演唐・布卢特似乎不太擅长插科打诨或者搞笑，把力气都用在动作场面上了，但和迪士尼的《妙妙探》中满满的惊悚式搞笑相比，能让人有不同性质的感受吧。

好了，这场老鼠的战争会由哪一部作品取得票房的胜利呢？我认为不管是哪一部作品，虽然观众也会看技术层面的东西，但以现在的日本动画迷的极限水平来说，看起来势必会胜负难分。

男人的花期[1]

这次要聊的不是电影的话题。因为我刚从马德里看完斗牛表演回来,所以写一篇印象记录。

实际上,我对斗牛并不太感兴趣。

十五年前,我和漫画家朋友们一起去马德里时,大家就一起去看了,可我那时候的印象极其差劲儿。

要说为什么印象差劲儿,是因为我们的座位从一开始就一直遭受猛烈的西晒。我们汗流浃背、口干舌燥,在拥挤不堪的座位上动弹不得,虽说可以成为谈资,但老实说我不想再遭一次罪了。

因此这一次和妻子去西班牙,她说无论如何都要去看斗牛表演时,我感到十分无奈,不情不愿地在酒店前台拜托他

---

[1] 标题原文为"男の花道"。日语的"花道",在歌舞伎中指纵贯观众席到达舞台的演员出入的道路;在相扑场上指力士从准备室出入相扑台的通道;本文中应指斗牛士进出表演场地的通道。还可指一个人风华正茂、集瞩目与赞誉于一身的场面或时期,此时引退会令人分外惋惜。

们预约门票。

"那个啊,请尽可能帮我订晒不到太阳的座位哦。"

"客人您好,斗牛场向阳处的席位最便宜,背阴处的正面则是最好的席位。"

"那帮我订两张背阴处的座位。"

"由于今日是表演的最后一天,最受欢迎的明星斗牛士罗梅罗将会出场,所以我不知是否还有好的位子……"

这位叫作罗梅罗的人,如果放在相扑界里,大概相当于千代富士这样的超级巨星,不管是在出租车中还是在餐厅里,马德里的人们都在热烈地谈论他。斗牛比赛持续了二十多天,这场为最后一天增光添彩的赛事,观众极其多,据说黄牛的票价已经涨了十倍。

即便如此,酒店还是想办法帮我搞到了 A 席位。

"客人您的座位在正面,而且还是 VIP 席位……"

我还想着如果位置很差,就让妻子自己去,看来这个念头落空了。

现场确实非常拥挤,水泄不通,观众席连落脚的地方都没有。我们正对面的席位被西晒的阳光直接照射。托对面的福,我们这边非常阴凉。这次的位置非常好,与十五年前大为不同。

斗牛是从下午七点开始,晚上九点半结束。令人惊讶的是，过了九点半天还是亮的（因为是夏季时间）。在此期间会展开六场比赛。

顺便说一下，matador 一词指代所有的斗牛士。

前两天我问了一位见多识广的司机。

"你们都不说 toreador，是吗？"

"toreador 是比才（Georges Bizet）创造出的词，我们不用。那位埃斯卡米里奥[①]唱的歌节奏是'铛、嗒嗒、铛铛、嗒咔嗒咔嗒——'，而 matador 的发音和歌词放到一起，不太好唱对吧。所以为了唱起来方便，比才配合曲子擅自将单词改成了 to·rea·dor。"

"我才知道是这么回事。歌剧《卡门》在西班牙怎么样？"

"在西班牙，比才的《卡门》评价非常糟糕。"

所以，并非 toreador，而是一众 matador 进入了斗牛场。

接着，比赛从新人斗牛士开始了。果然是新人，非常笨拙，刺牛好几次都刺偏了。

"斗牛比赛的观众一点也不留情面哦。一旦出现差劲儿的斗牛士，他们就会毫不客气地扔坐垫（坐垫一个花二百五十日元买的，垫在每个观众屁股下面）。坐垫都会从四面八方朝着斗牛士飞过去，有时还会有警察出来保护斗牛士。不过对于一击杀死牛的斗牛士，他可以根据 VIP 席位观众给出的信

[①] 歌剧《卡门》中的斗牛士，在剧中唱了《斗牛士之歌》。——译注

号，得到一只牛耳朵。如果还是一场精彩的对战，更是能得到两只耳朵。再精彩一些的话，还能得到尾巴。"向导事先如此解说道。

就因为新人斗牛士太蹩脚，牛不管被刺了几次都没死，因此暴躁得厉害。它口吐鲜血，身体被染成一片赤红，终于倒下了。大家向被马拉下场的牛送去了热烈的掌声。

"对于奋战而死的牛，也能作为一名勇士而获得赞颂的掌声。"

"那么，牛能得到斗牛士的一只耳朵吗？"

"……"

第二位上场的斗牛士年轻帅气，不仅如此，他还拥有上一位斗牛士无法比拟的本事——他一击就刺穿了牛的心脏。

观众们一齐回头看向 VIP 席位并大喊大叫，他们大概在喊"给他耳朵"吧。但 VIP 席位却是鸦雀无声。观众们发出不满的起哄声。

帅气的斗牛士得胜后沿着赛场转了一圈。观众席不停地扔出诸如外套、手帕、项链、手包等物品，斗牛士则一个一个地捡起扔下来的东西，又恭敬地扔回观众席。玫瑰花也扔下来了，斗牛士会拿着花继续前行，非常浪漫。

每决出一次胜负，全体观众都会起立。我妻子也越来越沉迷其中。

"我也燃起来了。"

妻子明明很讨厌血,当电视上有血出现时,她都会把脸扭到一旁,今天到底怎么回事。

观众的目标人物罗梅罗出现了,欢呼声铺天盖地。他刺杀了牛之后,全场都挥动起了手帕,仿佛无数的花朵迎风晃动,非常漂亮。VIP席位有人(据说是这个斗牛比赛的老板)站起来,送去了信号。罗梅罗得到了牛的一只耳朵,高举着它迈开了步子。

这是最后一场比赛。方才的差劲儿先生开始面无表情地退场了。

可怕的喝倒彩声响起,转眼间坐垫就从观众席开始落下来了。有五六个貌似特别警察的人从出口那边冲进来,包围住差劲儿先生，并立起盾牌。

坐垫朝着那些盾牌雨点般地飞去，斗牛士以狼狈不堪的姿态从出口处逃离了。

在此后方，年轻帅气的斗牛士骑在粉丝肩上，得意扬扬地离场而去。此种明暗对比实在极端，我看到了竞赛的世界有多残酷。

简直像在表现新锐漫画家的风光与老弱漫画家的命运，这是令我印象最为深刻的地方。

前进,老爸!

这次我犹豫过要不要写这篇文章。

说实话,看了《前进,神军!》(1987)之后,我受到了颇为强烈的冲击,连话都说不出来。

不过老爸过世已经一年了,我就想不如下个决心说出来吧。

老爸明明是个娇生惯养的小少爷,任性且自私,不仅如此,还资质平凡。但不知为何,只有外表尤其惹人喜爱,终生如此。

我这老爸受到征召,作为一名负责会计的少尉去了战地,一去就是八年。他明明既不会算盘,也不懂运算,我不明白他为什么会是会计。总之,不论他从属于哪里,好像都一如既往地讨长官和部下的喜欢。

还真有这种类型的人存在呢。

最后两年他在菲律宾内陆,听说他和部下一起在山中四处逃窜。最后他待在马尼拉的收容所里。

然后，昭和二十二年（1947年），他非常突然地退伍归来了。他站在玄关，憔悴不堪，胡子拉碴且身形瘦弱，模样仿佛幽灵一般。

不知为何，我还来不及高兴就一阵毛骨悚然。他有点阴气逼人。

老爸在起居室吃过茶泡饭，喝了茶后说："好了，都过来。我要给大家说说，我是经历了何等艰辛才回来的。"

他让正要出门上学的我们坐成一排。然后，他开始诉说在菲律宾的漫漫潜逃之旅。

实话实说，我既不感动，也不同情他，我只希望快点冷场然后去学校。不仅因为老爸的故事毫无起伏、苍白无聊，还因为他作为一名军官，被部下吹捧奉承，好像生活过得挺不错的。似乎食物都由部下去置办，先让老爸尽情地享用，剩下的再由部下分食。

我很反感这一点。这算什么啊，我甚至想让老爸了解了解我们在日本国内的糟糕生活呢。

然而，听老爸讲着讲着，我开始明白菲律宾山里的生活也相当糟糕。据说他的部下逃跑的逃跑，饿死的饿死，一直在减少。

他们误入了位于深山里的当地人的村子，在那里休息了片刻。

我有些害怕写下之后的发展。但我还是得继续讲述。

部下去到老爸那里，说："队长，我弄到了猪肉，您要尝尝吗？"

"村里有猪吗？"

"是野猪。我想让队长先品尝。"

"——那时候，我是真的好久没吃那么饱了。"老爸如此说道。

队伍又漫无目的地在山中逃窜。他们再次来到一个小村庄。

在那里，部下又对老爸说："我们又搞到野猪肉了。"

老爸高兴地吃了。

每次都是老爸优先品尝。不论在哪个村子，他们都吃到了猪肉。

"那一次我也吃得好饱啊。一到关键时刻，我那些部下就会顺利地帮我搞到猪肉啊。"

我们是按最低粮食标准生活的，大米每天只定量供应二合一石①，所以对我们来说，提到猪肉就能令我们口齿生津。

老爸他说不定是在讲一件非常恐怖的事情。

但是他什么也不知道。

——如今，我只想祈求事实并非如此。我只希望那真的是野猪。

---

① 原文如此，疑为作者笔误。从 1941 年起，日本开始实行粮食配给制度，成人每天的口粮分量为二合一勺（约 330 克）。

现实比小说更离奇——纪录片《前进，神军！》仿佛在印证这句话。

坦白说，我对主角奥崎谦三①这个男人有些吃不消。因为他表现出来的并不是"让我做"，而是"我想做"，或者说，他揭露真相的模样太过在意摄影机，看起来表演痕迹太重。

不过，那些被他纠缠的诸多出场人物困扰坦白时的表情、人性，则给人带来了超越著名演员之演技的震撼。确凿无疑的真相被逐渐揭露出来，这一过程真是段完成度很高的悬疑故事。然后，最终到达的真相令人震惊。

就连我在看的时候，都会瞬间回忆起四十年前老爸所说的话。

随着这一真相越发接近核心，我脑海中不时浮现出老爸那一天的脸，这使我如坐针毡。

在太平洋战争中，最悲惨的事情，恐怕是这类啃食同类的行为被常识化了吧。

即便在好些小说中，我们知道有吃人肉充饥的事情存在，却一直保持着某种安心感或者说距离感，认为那些都是印刷文字中的世界。

---

① 奥崎谦三是其日本作战联队在新几内亚战场上少数几位活下来的士兵之一，回到日本后，以激烈持久的方式声讨天皇在"二战"中的罪行（曾用自制弹弓射击天皇），坚持追查两位日本士兵被杀害、吃掉的真相，用枪击伤了下令杀人又拒绝认罪的军官之子，因杀人未遂被判入狱12年。

然而影像的真实感，一下子缩短了其中的距离，将恐怖与绝望拉回到现实。

那些血浆片或残酷电影的露骨程度，在这部仿佛将人击垮般的纪录片《前进，神军！》的黑暗面前，根本就不像样子了吧。

在对影片的意识形态或主题性质进行评判之前，我对描绘出人类如此之愚蠢且悲惨的企划，以及以导演为首的工作人员，打从心底里表示敬意。

老爸已经看不到这部电影了。

但是我不禁觉得，这就像一部代替了老爸遗言的电影。

第五章

单行本未收录随笔

为旧好莱坞干杯!

看到这个标题①,会哈哈一笑,觉得好像听过这种句式的人,就是四五十岁这一代的大叔。

战后不久,有一份刊名为《东京时报》的晚报,这份报纸的一个著名随笔专栏是由佐藤八郎老师写的。专栏标题是《看一看、听一听、试一试》,而我正是借用了此标题的命名方式。

为什么会和我有关系呢?因为通过这个随笔专栏,关于本人作品的书评第一次上了中央的报纸。

书评是关于《森林大帝》的,八郎老师非常温柔地称赞了它的第一版单行本。

当时,这样的报纸可以说鲜少登载漫画的书评。因此,我和主编都哇哇乱叫,欣喜若狂。

---

① 杂志连载时的标题为《看一看、拍一拍、放一放》。——原编注

我开这个连载，用以敬献亡故的八郎老师。

这也算是对中年人表达敬意，所以我们先从为旧日美好的好莱坞干杯开始吧。

如今，只要是在看电影，就会发现即便有米高梅（MGM）、派拉蒙、华纳等众多电影公司，它们也基本等同于没有各自公司的特色。毕竟它们大部分作品都是从独立制作人那里收购的。

在过去，米高梅厚重，派拉蒙明快，华纳则是都市风浪漫，稍微差一点的环球公司是离奇古怪的内容居多，这些公司都曾有着诸如此类的招牌风格。

也有共和影业（Republic Pictures Corporation）这样的公司，制作的大多是二流的动作片，只有约翰·福特（John Ford）和约翰·韦恩（John Wayne）很不可思议地位列一流水平。而且这家公司经常制作双色工艺（Cinecolor）的彩色电影，用的并不是特艺彩色（Technicolor）的三原色，而是红和蓝这两种颜色。

自然，画面中只有红色、蓝色、紫色和褐色，没有黄色或者绿色。突然展现西部草原的画面时，那就是一片蓝色。

二流公司很有二流公司的样子，为了节省费用而去掉一个颜色，并且将错就错、堂堂正正地展示给大家看，这种行为很有骨气，我还挺高兴的。而且看着看着就看习惯了，会开始觉得"啊，这还蛮与众不同的，挺有意思啊"。我还会模仿这个做法，把漫画的颜色画成双色工艺风格。在《冒险王》

上连载的《冒险狂时代》本来应该上四种颜色的,我却故意不涂黄色和绿色。

当然了,因为色彩不够,主编就有些闹情绪地说:"我说你啊,如果没有绿色颜料的话,我去帮你买啊。"

我就敷衍他说:"不,这样就行。这样很有味道。"

在那个时代,这种做法还挺新潮的。

除此之外,还有像鹰狮电影公司(Eagle-Lion Films)这样的三流公司。这些家伙什么时候消失的呢?说起来,好莱坞大道的正中央还留有卓别林的摄影棚,这让我很开心。不过现在,这个摄影棚被一家唱片公司买下后,又被辗转售卖给一些新涌现出来的集团。

但摄影棚一直保持原样,只要进入其中,就能感受到在当时来说精益求精的音响效果。不愧是卓别林不计钱财构建起来的一方天地,直至现在那里也被当成一间录音棚,物尽其用。

卓别林曾经一屁股坐下的那个房间就位于大门旁边,现在也还留存着。类似瞭望台的塔也还在,据说卓别林摄影棚的旗帜曾在此处飘扬。就在这里,他拍摄了自己全盛时期的诸多影片,例如《马戏团》(*The Circus*,1928)、《城市之光》(*City Lights*,1931)、《淘金记》(*The Gold Rush*,1925)等。

"卓别林的鞋印"这东西则要往里走,在总公司前面的楼梯上。虽然工作人员告诉我"就是这里哦,这里",但其实我并不是很清楚具体在哪儿。总之，只要预约就会让你看，我希望好莱坞的观光点一定要把这里列进去。

话说回来，曾经的国际大公司里如今活得最安稳的，不用说也知道，是副业经营电影村的环球公司。东映太秦电影村就是参照环球影城做出来的。

二十多年前，只要经过环球影城这一片，勉强能看到一些写着"电影摄影棚大公开，欢迎前来观赏布景"的寒碜招牌，报纸上甚至会说出一些挖苦的话，比如"电影业最终凋零，已经到了以参观摄影棚来赚取钱财的时代了！"——现在看看是如何。夸张点说，如今的环球影城已然成为能与迪士尼乐园比肩的洛杉矶著名景点了。

一踏入这里，就可以看见希区柯克《惊魂记》中的宅邸、《十诫》中海面裂开的机关，甚至还能看到大白鲨。

当然，相应的电影也受欢迎起来。电视电影也蜂拥而至，比如那部《侦探科杰克》（*Kojak*，1973）。

在起用了斯皮尔伯格、《大白鲨》（*Jaws*，1975）取得了空前的人气之后，宣传部部长一脸不甘心地说："卢卡斯带了《星球大战》来哦。虽然这笔买卖很划算，但我的上司却说这部作品大概不会受欢迎，最后让福斯电影公司拿到手了！"

和环球公司相比，剩下的大公司都已然没有了昔日的风貌。

派拉蒙公司那扇像"天堂之门"的摄影棚大门依然"健在",它象征着曾经的黄金时代。很多电影都使用过这个摄影棚呢。然而摄影棚有一半早已属于德西露制片公司,剩下的一半基本上也只制作电视电影了。

更加可怜的是华纳制片公司,已经没有人叫它华纳了,它成了金尼公司旗下的华纳传播公司,摄影棚也被叫成伯班克摄影棚了。如果乘坐直升机从空中鸟瞰,能看到摄影棚屋顶还残留着些许"华纳"的文字,简直悲哀到让人落泪。摄影棚租给了独立制片人,所以比较闲的时候,大道上空荡荡的,杂草丛生。

米高梅公司也在那部臭名远扬的《埃及艳后》差点儿翻车①之后,削减了不少自身的包袱。

曾经,整个城市都靠米高梅的经济效益生活。可是如今到摄影棚后面转一圈,就会发现基本上场地都被拆分成住宅用地在出售。那里建了很多民房,多到即便有人说"这里曾经是摄影棚哦",也难以让人相信。

就算日本的大片厂现在还能靠独立制片人勉强糊口,但等到影碟变得很便宜的那一天时,究竟会怎么样呢?大人物们有没有考虑过这个问题呢?

二十世纪福斯公司也出售了广阔的地皮,自从世纪城的

---

① 应指1963年伊丽莎白·泰勒主演的《埃及艳后》,该片由二十世纪福斯公司耗巨资制片但票房惨败,差点儿导致福斯公司破产,此处米高梅疑为笔误。

城区建成，那里林立起像新宿副中心区一样的高层建筑后，时间已经过去好久了。

穿过该摄影棚的大门之后，立即映入眼帘的是已经荒废的纽约街区的室外旧布景，这个布景属于歌舞片《我爱红娘》（*Hello, Dolly!*，1969），拆掉它需要不菲的费用。

在布景的深处，能看到实物大小的二十世纪初纽约高架铁路的车站布景。可是布景后方矗立着一座巨大的超现代大楼，时代的违和感非同一般。在拍摄《我爱红娘》的时候，摄影机是怎么摆设才不把这座大楼拍进来的呢？

仔细一看，一旁的纽约街道很巧妙地融入了真实的办公建筑。然而我并不知晓，以为那是纸糊的道具就踢了一脚，这才发现里面是钢筋混凝土。哎呀，好痛啊。

布景旁边的堤坝上有路灯和石阶。这些不是布景，是实物，但我总觉得好像见过这番景象。对了，我在各种各样的电视电影中见过这个地方！《警界双雄》（*Starsky And Hutch*，1975—1979）、《麦克劳德》（*McCloud*，1970—1977）、《神探科伦坡》（*Columbo*，1971—1978）……还有《无敌浩克》（*The Incredible Hulk*，1977—1982）都使用过这个地方。它正好适合当打斗场面的外景，希望人们能一直用到就好……

然后，我在这座石阶上摆好姿势，让人帮我拍照。不过，由于我的肚子太凸出了，很难看，于是只拍了上半身。

某次选拔

"好了,我们开始最终评选吧。在前几天的选拔中留下来的有东宝东和公司、日本先驱公司、法国电影社①、东映公司、CIC公司、哥伦比亚公司、联美公司、华纳公司。"

荻昌弘先生环视着大家说道。

"我们要像往年那样,从这里面决定最佳奖和特别奖。首先呢,有的公司引进了好电影,有的则因为宣传出色而使作品大受欢迎,请大家就这方面做出选择。先请每位评选委员推举出候选公司。"

于是,淀川长治先生以一如既往的和蔼表情首先开口了。

"今年呢,东宝东和相当出众啊,毕竟继五月的《象人》

---

① 原文为"フランス映画社",成立于1968年的日本电影发行公司。社长是柴田骏,副社长是其妻子川喜多和子(川喜多长政之女)。从70年代起,开展向日本介绍海外优秀电影的BOW(Best Of the World)系列,引进了戈达尔、西奥·安哲罗普洛斯、吉姆·贾木许等导演的影片。此外还参与日本导演(如大岛渚等)作品的海外发行。

(*The Elephant Man*,1980)大受欢迎之后,《炮弹飞车》(*The Cannonball Run*,1981)、《无尽的爱》(*Endless Love*,1981),还有《上帝也疯狂》(*The Gods Must Be Crazy*,1980)都很对市场的口味呢。

"《秋日奏鸣曲》(*Autumn Sonata*,1978)也很不错,近日来,东和公司取得了很大的胜利,最佳奖毫无疑问是东宝东和公司的。

"接下来是特别奖,我推荐引进了《铁皮鼓》的法国电影社,《铁皮鼓》只在昴宿(subaru)影院上映,却能持续上映四个月的时间,那种类型的电影居然能有如此高的人气——观影人数是138 505人,票房收入是186 859 450日元……非常了不起啊。"

同排座位上的《电影旬报》的黑井和男、电影评论家河野基比古、《读卖新闻报》的美滨、《产经体育报》的神山等人一致点头。

在外国电影引进发行协会(简称外配协)①的会议室里,这样的评选,每年一次。他们会调查在一年时间里,哪家公司引进了怎样的电影,又有哪些作品大受欢迎,然后颁奖给让外国好片大获成功的公司。

---

① 原文全称为"外国映画輸入配給協会",故简称为"外配協"。

如果只在意什么作品受欢迎,那么看看数字就能知道。即便是非常不起眼的电影,如果发行公司能为好片招来不少客人,那就是宣传的功劳。比如说去年彼得·塞勒斯(Peter Sellers)主演的《富贵逼人来》(*Being There*,1979)得奖了,其中既有塞勒斯离世(1980年)的原因,也因为电影的宣传做得不错,所以该片意外地成功了。

因此,即便本应该大热的电影大受欢迎了,也不等于能拿奖。这就是一个为发行公司的努力而设置的奖项。

"我也和淀川先生一样,认为最佳奖是《象人》,特别奖是《铁皮鼓》……"

"我也一样。另外还有《从海底出击》(*Das Boot*,1981)。"

大家异口同声。

"法国电影社让最近进步明显的德国电影获得如此大的成功,还有引进了《从海底出击》的日本先驱公司,最佳奖我想推荐这两家公司……

"的确,《象人》非常受欢迎,我也明白发行公司的功绩……但就内容而言,某些地方有点将人道主义强加于人……这虽然是一部好电影……我的意见是,将这部影片评为特别奖。"

这是在下。

"没错,我也认为《象人》这部作品的内容本身并没有到

达很高的高度，"某位先生说，"可是不管怎么说，它是如此符合市场口味啊。仅仅东京就有九十万人观影，票房收入达到十二亿日元哦！另外宣传也非常到位，在国外，他们把象人真实面貌的剧照大肆展示给人们看。但是在日本，发行公司只公开了戴着面具的脸，真容始终保持神秘呢。谁都会想看看面具下面的样子啊！"

确实如此，在下也是因为想一睹象人的真容而去了影院呢。

"不过我确实没想到《上帝也疯狂》能获得这样的成绩啊。"

"哎呀，我和孩子去看了哦。然后发现座无虚席，孩子们叽叽喳喳的非常开心，虽说无聊是真的无聊，但近段时间也很难看见那样纯粹逗笑的影片了。"

"最近的影片已经不需要靠明星了呢。"

"还真是。"

"《金色池塘》(*On Golden Pond*，1981)、《加里波利》(*Gallipoli*，1981)这些电影一眨眼就要首映了，好不安啊，太赶了，都没办法做宣传。近来，有正经明星参演的看着有'爆相'的电影，不是都扑了吗？为什么要这样一个接一个地早早首映呢？太可惜了啊。"

"《上帝也疯狂》啊，真亏它在二八月[①]淡季也能大热啊。"

"现在不是已经没有二八月淡季这种说法了吗？"

"就算是八月份上映，该大热的作品还是会大热。"

"东和就是在正月上映《炮弹飞车》的吧。这部就成功了，真是乘势而为了。"

"《炮弹飞车》也很受孩子们欢迎哦。它能成功也是因为

---

① 原文为"ニッパチ"，汉字写作"二八"，是日文俗语，指一年中的二月和八月是销售额下降的淡季、闲散期。

孩子多啊，小孩子基本都喜欢车子哦。看来电影也必须要把孩子作为受众了啊。"

"德国电影开始回到从前的水平了呢。"

"《从海底出击》大获成功。不仅仅是东京和大阪，在地方城市也大受欢迎。五周时间里就有四十万人观影。就靠那种舞台剧一般的故事，真是了不起啊。接下来，法国电影会渐渐被德国电影比下去吧。"

"好了，我们回归正题。那么，最佳奖给东宝东和，特别奖给法国电影社和日本先驱公司，没问题吧?"

"可以。"

在前期那么不被看好的电影，也会摇身变为大受欢迎的作品。能这样摇身一变，存在各种原因。当然了，如果是好电影，人们口口相传的力量也是很大的，但好的宣传还是更为奏效。相反地，人们应该会来看的电影却扑街了，怎么说呢，与其说它们失去了摇身一变的机会，不如说完全是宣传部门的责任。所以当然应该有这么一个奖项，来赞赏宣传部门的努力。

话虽如此，近段时间外国动画的成绩有点不行啊，外国动画能不能火爆到干掉日本国产动画啊，宣传部门，拜托你们了哦。

与让-雅克·阿诺导演会面记

这个冬天我去巴黎时,法国的朋友对我说:"什么?你要去参观学生街?这种事根本无关紧要,去看'火之战'吧!学生街入口的影院正在上映哦!"于是,我也没多想就在拉丁区的电影院看了"火之战"——《人类创世》①。电影院满座,并且长期上映。

这部电影的导演要来日本,我无论如何都想去见他。我有件事想问他:在维克多·迈彻主演的《公元前一百万年》(*One Million B.C.*,1940)中光明正大地出现了假恐龙,而《人类创世》中却没有出现定格拍摄的特摄怪兽,其意图是什么。

在东映和集英社的好意帮助下,我终于要在银座的酒馆和他见面了。我的办公室在高田马场,虽然我已经坐上了车,

---

① 法语片名为 *La Guerre du feu*(1981),直译即中文片名《火之战》,日文译名为《人類創世》。下文提及时按日文译名处理。

但路上却拥堵得不像话！在比约定时间晚了一小时后，我终于不得不在中途跳下车，改乘地铁！

在此期间，让-雅克·阿诺（Jean-Jacques Annaud）先生没有喝酒，一直很有耐心地静静等着我。虽说提起我，就是个会拖稿的、在各界都绝对没有信用度的人，但因这次迟到，我的失信度就是国际级别的了。

"……在东京啊……"，我一边不停擦汗，一边对阿诺解释，"五号和十号被合称为繁忙五十日，因为刚好碰上收款或者支付的日子，马路会异常拥挤。所以我才……"

"没关系。既然今天是繁忙五十日，那今天谈话的报酬就要今天付给我哦。"阿诺开玩笑说道。

我终于平静下来端详起了阿诺的脸，看着像我儿子那般大，应该是打扮得年轻吧。他是个可以当演员的美男子。

"听说你在拍广告？"

"没错。广告很能赚钱，而且我已经是广告片界公认的权威了。我把那些钱在电影处女作《高歌胜利》（*Black and White in Color*，1976，另译《黑人为白人作战》）上面花光了。毕竟拍广告一点意思也没有。之前我还自费在报纸上刊登了一则'绝对不拍广告'的广告。"

"好奇怪的广告啊！"

"然后啊，我以非洲为背景拍摄了上述那部电影，聚集的基本上都是些外行人。比如那些群众演员，全是些出生以来头一次见到摄影机的家伙。"

"恕我冒昧，看了那部《高歌胜利》后，我的感觉是：嗯，广告风格的构图好多呀！"

"是这样的。可能因为我是一名广告创作者，所以无论如何都会比较重视单独的场景。说白了，我是以独立的感觉来整合每一个段落。"

"哈哈，你知道《百战宝枪》（*Winchester '73*，1950）的导演安东尼·曼（Anthony Mann）吗？"

"不知道……"

"他的作品都是这样的，每个段落的细节都是独立的，非常有趣。像是《格伦·米勒传》（*The Glenn Miller Story*，1954）等……你喜欢什么样的导演呢？"

"黑泽明非常厉害！"

"不用因为在日本就给我们捧场呀。"

"不，我是真心的。我被《德尔苏·乌扎拉》（1975）的精湛所吸引，甚至让我生出了拍《人类创世》的念头。片中大自然与人类的矛盾……渺小人类的伟大之处……《影武者》（1980）也很精彩。"

"你觉得《幕府将军》（*Shogun*，1980）如何？"

"哎呀……实在是……"，阿诺皱眉说道，"非常糟糕！"

"你喜欢库布里克（Stanley Kubrick）吗？"

"喜欢是喜欢的,但还不到想见他的程度,而且听说他是个怪人。"

"在库布里克的《2001太空漫游》中,开场就有猿人出现,你如何看待这部分和《人类创世》的关联?"

"是有人说过这样的话,但我并没有特别意识到这一点。不过,我喜欢原始人和现代人的比较与文明论,下次想尝试创作以农耕时代的古代人为主人公的作品。"

"如果是这样,我有个好想法。能不能把香榭丽舍大道、歌剧院大街上大摇大摆、爱看热闹的日本游客比拟成原始人,以此来戏仿文明论呢?"

"啊哈哈,这想法不错。不过,其实我最开始拍摄的宣传电影,是受日本的委托。"

"你拍了游客?"

"不,那是为联合国教科文组织(UNESCO)拍的电影。"

"话说回来,"我提出了那个问题,"你看过维克多·迈彻的《公元前一百万年》作为参考吗?"

"呃——我好像是看过。我看的是有拉蔻儿·薇芝(Raquel Welch)的那版。"

"那是《恐龙100万年》[①]!"

[①] 1940年版电影 *One Million B.C.*,日文译名为《纪元前百万年》(《公元前一百万年》);1966年版电影 *One Million Years B.C.*,日文译名为《恐竜100万年》(《恐龙100万年》)。两片的中文译名皆为《公元前一百万年》。——译注

"讲述原始人的作品有两部是吧。这两部我都看了,不过我觉得还好吧。我的作品是以现实科学根据为基础的,所以,我故意避开了那种华丽的特殊摄影。比如《人类创世》里的时代,那时狗还没有被人类饲养哦,因此野狼才会满不在乎地袭击人类的住处。"

"哦哦,那些是野狼啊,我还以为是爱斯基摩犬呢。"

"那些是狼哦。还有,主角们碰触对方时,不是用手掌,而是用手背,这是猿猴的做法。使用手掌是很久以后的事了。"

"做爱也是这种情况呢。一开始是像其他野兽那样,让女人趴着,男人从后面进入,但到了尾声,他们就互相看着对方的脸来做了。有些人看得很害羞呢。他们在洞穴里拾起分权的树枝拼命说明那个场景,于是大家都一脸惊奇地听着。"我这样说道,可别说是阿诺了,就连旁边的女性都笑得前仰后合。

"手冢先生你好奇怪呀。那是在解释长毛象哦,那个树枝是在形容长毛象的象牙!"那位女性这样说道。啊啊,是吗?看来是我误会了。

不过做爱的场面实在是很真实,很有说服力。明白点说,这已经真实到会不好意思带孩子去看了。然而这并不是面向成年人的电影。

"不是《艾曼纽》(*Emmanuelle*，1974)[①]这种类型的，对吧。"

"当然不是啊。在法国，这部作品可是教师作为教材放给学生看的。"

"比如会巧妙地用繁茂的草木做遮挡……那些遮挡处如果用什么白色的东西来模糊，转瞬间就会变成成人向的作品呢……话说回来，主角爱上的那个其他种族的女人，她是克鲁马农人吧？"

"嗯。那个男主角也是克鲁马农人哦。克鲁马农人也是有各种各样的部族的。"

"是吗？所以说最开始袭击主角他们住处的原始人，是尼安德特人吧？他们属于德国系对吧？"

"没错，德国人的祖先！如果能让他们游行就好了。一、二！希特勒万岁！[②]"

阿诺很搞笑地举起了手。真是个爽朗的人。

回去的时候，我把自己的书送给阿诺，一边在书上签"送给阿诺先生"，一边说："在日本，你的名字意味着敏感纤细。"

[①] 一部在上映当时来说开放大胆的法国经典情色电影。其主演西尔维娅·克里斯蒂（Sylvia Kristel）曾在一次访谈中谈及本片的影响："……它适时出现……变成了巴黎的一座纪念碑。来这游玩的日本人被塞进巴士，然后被带去看埃菲尔铁塔、凯旋门和《艾曼纽》。"

[②] 此处原文为"アイン・ツアイ！ハイル・ヒットラー！"，指德语"Eins, Zwei! Heil Hitler!"。

"欸?"

"阿诺这个发音①呢,在日本就是'呃——、那个——'的意思哦。"

我一边走一边向他说明,然后他就故意很腼腆地说:"阿诺、阿诺……如果来巴黎的话,请顺便来找我哦。"

---

① 指日文"あの"(ano)。

369

在洛杉矶观看《电子世界争霸战》

时隔两年,我又去了洛杉矶。为了观看迪士尼的《电子世界争霸战》,以及参加圣迭戈的动漫展(San Diego Comic-Con,漫画大会)。

首先是《电子世界争霸战》。上映规模非常之大,一个区域内居然有五六家影院正在上映《电子世界争霸战》,哎呀,好厉害的倾家荡产式作战啊。不仅仅是在洛杉矶,在圣迭戈那样的中部城市也是一样。

这样做的话不就让客人分散开了吗?——如果是日本就会有这样的顾虑,但是欧美的电影院并不会填鸭式地硬塞观众,他们的原则是不搞站票,所以会错开开场时间,每隔三十分钟放映一场,基本都是满场。不,不仅如此,年轻人们蜂拥而至,据说第三四天时就赚了五百万美元(十二亿日元),必然是大受欢迎的。内容呢,虽然像没有特色的电视游戏的动画版,但不管怎么样,CG 画面非常厉害,光画面精彩这一点就足够享受了。虽然电视游戏在日本已经退热,但如今在美国儿童之间,日本制作的电视游戏却十分火爆(有一部叫作《吃豆人》的游戏对吧。我是有点孤陋寡闻了,它火到汉纳-巴伯拉动画公司以"吃豆人"作为主人公,制作了一系列动画)。虽然电影想讨好这些小鬼头的企图显而易见,但它原封不动地引入了NASA的电脑模拟运算技术,光这一点就足够令大人也感到震惊。

在导演史蒂文·利斯伯杰(Steven Lisberger)先生的日本记者招待会上,大林宣彦导演、中子真治先生、小野耕世先生等人也一起来了。为了看《电子世界争霸战》,大林导演甚至丢下电视剧的拍摄来到了美国。

"呀——好年轻啊,就是他用了好几十亿日元来制作的吗?而且居然是第二部作品了。"

"美国真好啊——只要企划够好,马上就能慷慨地拿出几十个亿。而且还是给一个三十一岁的小伙子!"

自称非常喜欢库布里克(接着又补充说也喜欢黑泽明先生)的这位青年,我听他讲话,才知道他似乎面对日本人时感到相当自卑。"日本拥有几千年的历史和文明,与其相比,我们只有区区两百年……"他叹息道。

这种对于日本的敬畏,或者说憧憬,在这个年代的美国电影人里蔓延得挺广的,类似的话我在各处都听到过。

想一想就发现这一辈都是战后出生的。不论是日本被美

国占领,还是战败国日本曾经那悲惨的状况,他们都不知道。他们会尊敬日本,仅仅因为日本的尖端科学在美国之上,而且是美国人喜欢的寿司、豆腐等食物的宗家,又是一个武道和禅道历史悠久的国家吧。

当然,即便在我的本职——漫画领域,美国也正一点一点地受到影响。看了美国新人漫画家的漫画后,就会发现有很多日本科幻剧画风格的脸孔登场,多到我们都觉得奇怪。他们的分镜完全在参考日本的漫画周刊杂志，比如弗兰克·米勒（Frank Miller）[1]这名创作者，他如今是美国西海岸最具人气的年轻漫画作者，但是其作品中那些没有台词的连续镜头、视角的灵活运用等，显示其正是日本漫画的优秀学生。尤其是他还说过"喜欢《带子雄狼》""小池一夫先生是我的老师！"等话。

另外，这次有部叫《精灵征途》的漫画要制作成长篇动画，它像阿拉蕾一样，人气在这一两年时间里蹭蹭地往上涨，作者是美国东海岸的希望之星，但实不相瞒，她（一名可爱的女性）是看了我的《西游记》后才立志成为漫画家的，现在则是水木杏子小姐的漫画《小甜甜》的粉丝。

总之，日本渗入了他们的所有领域。我来举个例子吧，在我去过的办公室里，到处都装饰有日本电视动画里的巨大机器人的面具以及海报。

IBM事件[2]在日本的确引起了轩然大波，也可能会成为美国反日的原因，但只看年轻人的圈子，大家都有点事不关己的感觉。话虽如此，驻美日本人及旅美日本游客展示出一副

---

[1] 代表漫画作品有《蝙蝠侠：黑暗骑士归来》《罪恶之城》等，创作后者时吸收了日本漫画大师小池一夫名作《带子雄狼》的特色。此外也参与电影导演、编剧工作。

[2] 即"IBM产业间谍事件"。1982年，6名日本日立制作所和三菱电机的雇员，因窃取美国IBM公司的核心技术机密而被美国联邦调查局（FBI）逮捕。此案被称为"20世纪最大的产业间谍事件""新珍珠港事件"。

骄傲自大的态度，那一点也不可取。日本热潮大概会由于日本人当前的态度而立刻退去吧。

有点脱离正题了。《电子世界争霸战》的剧终标识之后，演职员表便循例在银幕上不断滚动。看着滚动的字幕，我吃了一惊，汉字一个接一个地出现，居然是中国人的名字，甚至有上百人！十分奇怪。为什么写成汉字而不是英语？这些家伙到底是何方神圣？

以下是导演的说明："在电脑的世界中出场的人物全都是合成的。他们在全黑的背景里穿着白衣服，运用高反差（high contrast）拍摄后再进行合成。在电影里，这身衣服上的电脑风格的细腻纹路，全都是手绘的。先把一格格胶片用转描机（rotoscope）进行投影，随后将赛璐珞胶片放在投影上面，以正常的手绘方式描画纹路。也就是说，这部《电子世界争霸战》把最先进的技术和旧时的手工活儿结合在了一起。"

总之，这部电影中的手绘转描与上色的工作量巨大，因此，采用特殊摄影的导演想要调动洛杉矶的动画工作室，然而对方开口说了一个十分夸张的高价。听说导演没辙了，决定外包给日本、韩国，或者中国台湾地区，他飞往这三个地方，到处进行交涉。结果是决定交给台湾地区来做，理由其实很简单，那里的工作人员会说英语，仅此而已。

然而，美国的动画联盟震怒了。众所周知，在美国，不管是原画师、上色师还是导演，大家都有各自的工会。为什么要把工作外包给国外！！他们十分愤怒，没办法，制作方只好捐钱给动画联盟，哄着他们。

于是，如此数量庞大的上色工作，台湾人居然在四个月内就完成了。据说，他们是一个镜头由一个人全权负责，以这样一种合理的做法完成了任务。

所以，最终他们以在美国需花费上色预算的四分之一就搞定了电影中的上色作业。而这家承包上色的工作室，则是给手冢制作公司出品的《火鸟2772》做过上色的工作室。

在负责CG技术的Triple-I[①]（其实是一家计算机公司）里，他们展示了工作人员制作的电脑动画CF广告给我看。

里面出现了一个在玩抓沙包游戏的穿无尾礼服的男人。

这里完全没有使用真人的照片或者类似的素材，是一个仅凭关键信息就创造出来的、完全架空的人类形象。

从蓝色的瞳孔到睫毛，每个角落都完美无缺、栩栩如生的男人形象在活动。

尽管如此，却没有丝毫的生命感，总觉得是一个令人毛骨悚然的冰冷人体，非常令人讨厌！如果能做出人工智能机器人，就是这种感觉吧！我的阿童木，如果做出实体，让他动起来的话，是否也会变成这样一种令人讨厌的怪物呢？

---

① 全称为Information International, Inc.。

参观迪士尼乐园内部

东京迪士尼乐园终于要开业了。几年前,这个计划一下提出又一下搁浅的时候,美国的迪士尼粉丝们非常反对,全都聚集起来叫着"为什么非得在日本建啊,可恶!",不过东京迪士尼还是在反对声中建成了。但据相关人士说,比起洛杉矶的迪士尼乐园,它更接近佛罗里达的华特迪士尼世界度假区(Walt Disney World Resort)。迪士尼乐园和迪士尼世界的特点和氛围都有些微妙的区别。直截了当地说,迪士尼乐园是迪士尼老大在世时开业的,但迪士尼世界则是迪士尼去世后才完成的,经营方针与他毫无关系。通俗点说,迪士尼世界这边更接近普通的游乐场。当然,这与日本的游乐场规模有根本上的不同。

好了,迪士尼乐园有山有谷有森林,乍一看实在是个悠闲宁静的公园,但实际上,这大概是个聪明的策略。

掀开绿草如茵、林木欣荣的地面后,会出现如同埃及遗迹一般的混凝土地面。本以为这是地面，结果却是屋顶，下方还埋有一条地下街道。这条地下街的规模，其实相当于一座三层大楼，而迪士尼乐园充其量只是这座地下建筑的屋顶花园。

虽然迪士尼乐园的工作人员超过一千人，但那些人是什么时候，在哪里休息、换装、吃饭、上厕所的，却没有一个客人注意得到。首先，这些工作人员绝对不会去地面上的餐厅、咖啡屋和厕所等地方，大家都在地下的员工宿舍。比如在食堂里，把米老鼠人偶缝到一半的人和操作机器人的技师们混在一起，吃着自助午饭。甚至连浴室、理发店之类的地方都配备齐全，还有卖书的。当然，普通客人是肯定进不来这里的。

在长长的巨大走廊里，空调的线路管道、能令人偶动起来的排管布线等都蜿蜒起伏地遍布各处。尤其是人偶馆——鬼屋、海盗船、乡村熊俱乐部、米老鼠交响乐等项目的地下，简直可以比肩大型工厂的管道线路分布。

然后，控制室里摆着好几百台电脑，能够完全掌控园区内及其周边情况、客人的动静、人偶的状态等。当然，这样的地方，客人恐怕也是没法接近的。

接着在最底层——有一条卡车专用地下通道，每天要运出几百吨的垃圾。

这样写下来，我立刻回想起某部电影。没错，就是迈

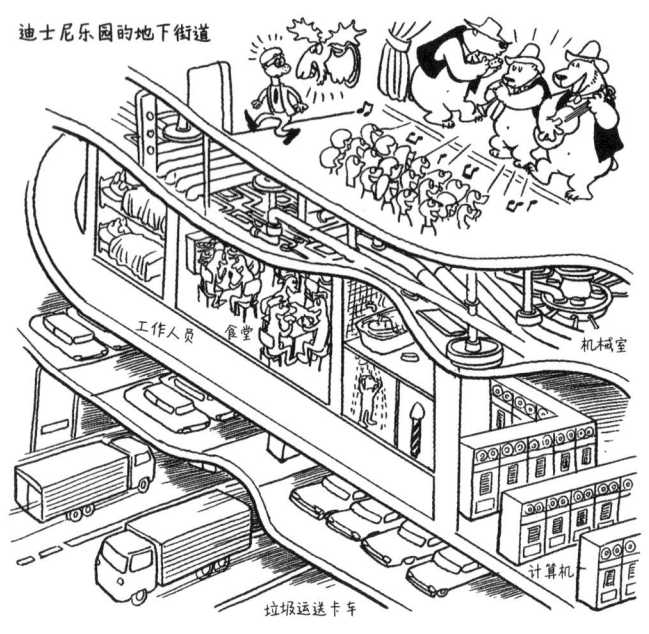

克尔·克莱顿（Michael Crichton）的《西部世界》（*Westworld*，1973）！另外还有《未来世界》（*Futureworld*，1976）的那个画面。

可以看出，这两部电影有些地方很明显完全是以迪士尼乐园为原型的。

电影与迪士尼乐园的不同之处在于有没有制造机器人，因为在科幻故事中这是允许的，而在迪士尼乐园中，地面上的牧歌式和平全都是地下这个巨大工厂的产物，是人造物。

这个设计和电影完全相同。

也就是说，迪士尼乐园是巨大的戏法，是魔术。地面上的部分是舞台，不会让客人们知道其中的门道和机关。地下的大型工厂是魔术的关窍所在，所以即便是报刊媒体记者，也绝对不会向他们透露。

所以说迪士尼是一个了不起的魔术师。说起来，动画也算是一种魔术，没有比参观动画工作室更为扫兴的事情了。在有点邋遢的房间里，大家只是拼命地画画、上色、摄影，仅此而已。然而如果观看在影院放映的作品，转瞬间就会沉醉于其宇宙规模的故事中。

不止动画，普通的电影也算是一种魔术。

比如说布景，几乎填满了摄影机的景框，展示了宛如实物的房间或者景色，但在景框的一米之外却是不值一看的、库房一样的地方。特别是特殊摄影技术，它无疑是魔术的奥妙所在，若揭开其中门道，大多是一些令人感叹"怎会如此……"的滑头之物。

上个月《黑水晶》(*The Dark Crystal*，1982)的记者招待会上，导演吉姆·亨森（Jim Henson）和制片人加里·库尔茨出现了。

"迪士尼的发声机械动画人偶（能让人偶活动的迪士尼专利技术）和《黑水晶》中的人偶动作有什么不同吗？"我

问道。

"迪士尼乐园的人偶只是根据程序在不断重复同样的动作。观看的客人不是换了一批就是单纯路过,所以才没有人注意到动作的重复。可是《黑水晶》、《布偶秀》(*The Muppet Show*,1976—1981)中的人偶,全都是手动操作的,所以不仅不会存在同样的动作,在表演上也更为自由。"

"这么说,完全没用到一丁点儿电脑技术咯?"

"完全没有。全都是手动操作。"

"那不是和日本的文乐①相同吗?"

"没错!和文乐完全一样。有在中间支撑人偶的人,还有在一旁操控部分动作的助手,我们的做法和文乐是一样的。"

照这么说,《黑水晶》里的人偶们,动作也太栩栩如生了。好像之前有宣传说……真的使用了发声机械动画人偶……总之,这么看来全非如此了。

"既然能让人偶的动作如此细致,不如制作出库珀和梦露的精密人偶,再让两人共同出演一部故事片,如何?"

我如此一说,对方就答道:"这太过逼真了,不符合我的喜好。"

---

① 又称人形净琉璃,日本古典舞台艺术形式之一,是一种演员们(人形遣い)三人分工操作人偶,义太夫负责说唱叙事,并伴以三味线演奏的表演。其中"人形"指人偶,"净琉璃"指在三味线伴奏下的戏曲说唱。

我能知道禁止外人入内的迪士尼乐园的内部情况,是因为我有幸参演大林宣彦导演的宣传电影。由于白天时客人肯定络绎不绝,所以我们是从半夜到黎明,在悄无声息的迪士尼乐园中完成人偶拍摄的。我就这样偶然见到了魔术的机关。

与白天的栩栩如生不同,在夜晚世界中"生命"停止的人偶们,总让人觉得十分恐怖。如果摄影师不在,只有我一个人的话,我肯定会双腿颤抖、浑身僵硬吧。再说了,比起动物静止的恐怖,静物突然动起来的恐怖更令人感到几百倍的害怕。海盗人偶露出牙齿,停在了将笑未笑的时候,如果突然笑起来,我一定会吓得尖叫吧。所以我从小就非常讨厌晚上从地藏菩萨的石像前经过,我有一种控制不住的想法,总觉得那东西好像要动……

奇怪的外国人

"我不是亲日派,我是知日派的。"

弗雷德(Frederik Schodt,弗雷德里克·肖特)总是这样说。他会一边摇晃着他那两米高的北欧型身材,一边以颇为文雅的流利日语,毫不留情地脱口说出对日本的批评。

这类美国人大多会有一位日本太太,话虽如此,他却并非受到日本太太的影响,他是一名黄金单身汉(当然,他有一位金发女友)。他毕业于国际基督教大学,在东京和名古屋等地住了九年,若去某处拜访,被问到要喝咖啡还是果汁时,他会说:"不,请给我茶。"

他是如此融入日本的生活。

目前他居住在旧金山,十分了解嬉皮士(Hippie)地区的人,朋友也很多。他给我介绍了一个叫黑熊(Black Bear)的书店老板,看起来一副海盗长相,出生于嬉皮士地区。还有一个嬉皮士地区的玩具店老板,据说是日本机器人拼装玩具的超级粉丝。

因为他自己曾经也是一个嬉皮士。

旧金山是嬉皮士的发源地,二十年前我去的时候,嬉皮士才慢慢开始流行,那时候大家还在说披头族(Beatnik)。弗雷德的老爸是个外交官,曾赴任法国、新西兰等地,刚好在冲绳返还①那时候,他老爸来日本协助签署文件。

由于在那样有地位、讲规矩的家庭中生活,且那时候的反体制氛围也有所助力,于是他离家出走,并走进了嬉皮士的生活。

因此直到现在,他还很爱看嬉皮士聚居区的杂志,憧憬被大自然包围的生活,非常喜欢先锋派漫画。

"那时候的嬉皮士啊,凭借现场表演、绿色食物之类的东西大赚了一笔,然后大家都买了房子,把自己纳入市民群体中。你看,这一带的房子都是十九世纪建造的高级建筑物哦。他们把自己装进这样的房子里,变成了小资产阶级。真是群令人无语的家伙!"

就这样,他一边开车给我介绍金门这边成排的房屋,一边嘟哝着发牢骚。用他的话来说,立在附近山丘上的短波广播的大天线会扩散超短波,所以住在金门一侧斜坡的人脑子都不正常。

---

① 1971年6月17日,美日签订《冲绳返还协定》。

"当然,也包括我。"他撇嘴一笑说道。

作为他不正常的证据,在日本生活时,他沉迷于漫画,尤其是剧画,并且开始一本一本地翻译,已然成为一名超一流的日本漫画评论家了。

然后他这次终于要正式出书了,由讲谈社国际部出版,书名为《漫画!漫画!:日本漫画的世界》[1]。合计四百多页,豪华精装。当然,这是面向美国人的书。

不过这书好像非常受欢迎,就连帝国酒店的外文书部门都购入了十五本,并且眨眼之间就没了。

看过这本书就会发现,书中通过日本漫画,非常出色地介绍了日本人的国民性、个性以及思考方式,美国正处于想要了解日本人的热潮中,对当下的美国人来说,这本书的内容刚刚好。

当然,从小黄书中露骨的性器描写,到身首异处、鲜血滴溅的残忍剧画,书中都有所介绍。这一点对于我们来说会有点吃不消,心里会大吃一惊,但标题上又在讴歌"武士"[2],所以还是很有日本人风格的。

关于戛纳电影节对《战场上的快乐圣诞》(*Merry Christmas,*

---

[1] 原名为 *Manga! Manga!: The World of Japanese Comics*,前言由手冢治虫撰写,首次出版于1983年。
[2] 应指该书的"The Spirit of Japan"(日本精神)一章,其中有一节题为"Samurai Sports"(武士运动)。

Mr. Lawrence，1983）的评价，大岛渚导演这样说：

"虽然也有人说，这是不是把日本人描写得太坏了，但在外国电影中，只要描写日军，就一定会是这种形象，所以我觉得就这样吧，也没什么不可以。"

确实如此。一旦日本漫画的"阴暗面（？）"被正式介绍，我就会想：哎呀，在外人看来，日本漫画就是这种东西啊。

弗雷德的住址是 xxxxxxxxxxSAN FRANCISCO CALIFORNIA U.S.A.。[①]

想跟他讨论漫画的人可以写信，当然，用日文也 OK。[②]

艾德呢，性格非常奇怪，会称呼自己为"艾德先生"，在自己的名字后面加先生（さん）两字。

他明明已经在日本住了十六年，但还是只能说即便跟他客套都夸不出口的散装日语。

"你，看懂、这个、5 哦，我，周六，信哦，OK，等，事务所。"他会这样说话。

需要经过相当的训练，才能明白这句话说的是"你说 5 号周六去事务所，你的信我看懂了，我在事务所等你。"

或许因为这样的语言障碍，艾德他总跟别人不对盘，所

[①] 本文连载时，弗雷德先生当时的住址被刊登出来，但因其已搬家，故此处做缺字处理。——原编注

[②] 现在能够阅览弗雷德先生的个人主页：http://www.jai2.com/。——原编注

以被敬而远之。

他与一直共事的 F 先生也分道扬镳了（为此他蒙受了一百万日元的损失），我本来以为他和 S 公司还是其他公司签了合同，结果却是因为吵架不干了。

艾德原来的工作是电影制片人，在来日本之前，他好像很长一段时间都在好莱坞做一些特殊摄影的工作。令人吃惊的是，他在好莱坞时期的人脉颇广，比如说到乔治·帕尔，他就会说"哦哦，乔治啊，那家伙……"，以零碎磕巴的日语开始讲他的回忆故事。这并非胡说八道或者装模作样，通过他讲的内容，我能知道他真的和这些人有来往，而且实际上，国外认识艾德的人似乎还挺多的，和他在一起时，会有电影人亲密地打招呼道"哟，艾德！"，可真是个名人。

因此，如果有他出现在电影人会议之类的地方，即便没被点名，他也会开始讲话，不安分地从位子上站起来，到处走来走去。

"艾德，会议中你不要晃来晃去的！"会议主持就会这样斥责他。

总而言之，他正是纯真本真。这样的性格，在成年人钩心斗角耍手段的电影界中，或许有点不太好混。

艾德从国籍上讲是法籍德裔以色列人，但在美国工作，在日本居住，他就是这样一个复杂的外国人。他会说七国语言（居然连韩语都会说！但大概像日语这样只会讲只言片语吧），每年有四五次会去国外的什么地方。因此，他好像总是很贫穷。

和我有来往也是因为电视动画（当然是面向国外的作品）。

他动画方面的知识与评价确实有理有据，我对他造诣之深感到非常佩服。关于日本电视动画的知识，我服输。特别是在科幻作品的比拼中，我更是跟不上他的步伐。

"但是，日本，妖精尾巴，这个，古老的，故事，好（这里指TBS的《日本古代传说》）。这个、模仿、没有、展示、原创、其他的机器人、全部、展示、一样（也就是在说大同小异的科幻动画实在太多了）。"

这当然是他在这个春天把《幻魔大战》（1983）、《宇宙战舰大和号》（1974）和《宇宙先锋》（1983）都看过以后的评价，就是说在日本的这类动画中非常缺乏哲学性。

"007、当然、哲学、没有、这个、剧本、高潮、好、这个、动画、高潮、不行！"

在美国、欧洲等地的商业动画停滞不前的现在，一边期待日本动画，同时又最感到迫不及待的，说不定就是这位艾德。

《战场上的快乐圣诞》中，在俘虏收容所的日本人和联盟军俘虏斡旋时，劳伦斯中校担任了二者间的翻译，其设定是一个驻日英国大使馆出身、非常熟知日本的奇怪外国人，因此，双方都在问他"你到底是哪一边的！"。可是，拥有这种立场的人才正是现今日本所需要的。像"奇怪的外国人"这样的媒体用语，我希望能够成为被坚决抵制的禁用说法！

昂西电影节

昂西（Annecy，另译安纳西）电影节，知道的人自不必说，它是历史最为悠久的国际动画电影节。[①]在这里获得最佳奖，意味着甚至能与在威尼斯电影节、戛纳电影节获奖相匹敌，作为国际动画人的身份首先就能收获众人认可。

世界上有二十几个动画电影节（日本一个也没有！！[②]算什么动画天国啊，放到国际上根本说不通），本来就爱凑热闹的动画人都聚集到电影节来了。有熟面孔也有新面孔，还有来自印度、中国、韩国的人。日本也组团前往，六年前我们有十几个人去了昂西，有八个人去了加拿大的渥太华国际动画节。可是今年去昂西的只有久里洋二[③]、木下莲三和我三个

[①] 全称为 Annecy International Animated Film Festival，创立于1960年，被誉为"动画界奥斯卡""动画界戛纳"。
[②] 本文写于1985年日本的广岛国际动画电影节创立之前。
[③] 日本知名动画制作者、设计师、绘本画家。代表作有《人类动物园》《爱》《杀人狂时代》等，常以活泼的情色和幽默感描绘男女关系。

人。关于参展作品的传闻有不少,但最终只有本刊"阿卓的旬报漫画馆"专栏的作者古川卓[①]先生一人参展。

我的作品《跳跃》(之前在本专栏介绍过)最终没有赶上。

为什么我没作品参展,但还是去了呢?那是因为该电影节的事务局在即将开幕时,突然跟我说"我们想办一个手冢动画的特别放映会"。

"你们想要哪些作品?"

"我们想放映《一千零一夜》(1969)和《埃及艳后》(1970,另译《克娄巴特拉计划》)。"

"欸?先不说《一千零一夜》,但《埃及艳后》是我最烂的作品。"

"没事,请给我们寄过来吧。"

就这样,最终定下来的方案是放映《一千零一夜》《埃及艳后》和《火鸟2772》,另外还会放映《铁臂阿童木》和《海底快车》(1979)的录像带。

我第一次乘坐法国密特朗(François Mitterrand)总统推荐的高速列车。绿皮车只有三排座位,然而中途冷气突然断了。

[①] 原文为"古川タク",本名为古川肇郁,似无通用中文译名,此处将"タク"译为常见的对应汉字"卓"。日本动画协会(JAA)第三代会长(2010年起正式担任),任天堂现任社长古川俊太郎的父亲。

拜其所赐，怕热的我仿佛身处桑拿房的热气中，已然蔫儿菜了。

在昂西电影节会场，我遇见了一个熟人——布鲁诺·埃德拉先生，他是个有头有脸的人物。

"您为什么一个劲儿地选我的情色动画呢？"我问他。

"哎呀，我们都认为手冢先生是情色动画（erotic anime）的大师哦。"

"欸欸？！如果要这样，那我更想推荐久里洋二啊。"

"手冢先生，您也知道，电影节上展出的作品中，有一大半都是以某种形式将情色作为主题。

"有暴力性的情色，也有单纯的情欲。可是，我们并不认为那些是在用动画来表现情色的本质。并非描写了性或者色情，它就是情色了，动画所追求的真正情色，是要能让人认可，觉得应该是这个样子，而我几乎没看到过这样的作品。可是手冢先生的作品中就有这些，所以我们都一致评价您是国际性的情色动画创作者。"

"欸——！"话题变得有点惊悚起来了。我一直制作面向孩童的健康作品，居然说本儿童漫画专家是情色创作者，这是何等荒唐！

"可是，《埃及艳后》是我的拙劣之作……"

"不，虽然不知道您是怎么想的，但对我们来说那是最棒的作品。手冢先生，下次电影节我担任主持，要办一场以

‘动画的情色'为主题的座谈会，我希望您也能参加，给大家演讲一番。"

"您想让在下讲些什么啊？再说了，这种东西根本没有什么理论不理论的……"

"没错。根本不需要理论，您只要给我们讲讲平时创作时的心境就可以了。而且现在粗俗的情色动画太多了，势头还收不住。您动画中人物的妖娆举止，不是从变形中得来的吗？"

"说起来，我一画变形就会觉得性感。"

"请您就说说这样的东西，我们说好了哦……"

我最终还是被当成了一名情色动画创作者。

昂西既是昂西湖畔的观光地，也是一座古城，远处有瑞士阿尔卑斯山，甚至能看到勃朗峰的山顶，是一片风光明媚的土地。湖水中有很多鱼，从大鱼到像西太公鱼那样的都有，实在是十分美味。久里先生他们甚至说出"动画什么的无所谓了，我们每天吃鱼、游泳吧！"这样的话。久里先生一个人吵吵闹闹的，满嘴的玩笑话，但那些玩笑都是些肯定没法翻译成法语的冷笑话，令翻译慌张又为难。

木下莲三先生刚从波兰的克拉科夫电影节回来。他好像真心受不了波兰的食物，就算上街也到处都在排队，所以基本上什么也买不到。

"所以,我把拉面等日本食物放进纸箱里带过去,然后省吃俭用的……"

虽然没有食物,但波兰的大众非常喜欢电影和戏剧,去到哪里都是满座。不管是美国电影还是日本电影,都不停地在放映。一进入剧院,就会看到有人在表演台词不断的像是先锋戏剧的东西,他们指着木下先生和其他嘉宾,给他们挨个儿编名字,然后开始十分热烈地即兴表演,但因为都是波兰语,所以他完全听不明白。

不知是不是对食物心怀遗憾,自从来了昂西,木下先生就如饥似渴地对着肉食和奶酪大快朵颐,甚至过了半夜他还在狼吞虎咽地吃。

从晚上八点到凌晨两点左右,在法国是吃晚餐、喝酒、谈笑的时间。昂西的古巷子里,人们拉出椅子,一边喝着红酒一边没完没了地聊天。这是人间天堂。不过也因为我没有被截稿日和编辑追着跑,所以很开心。

动画的选拔在四天内进行,放映活动则是包括评审在内的全员都要参加。如果觉得有趣,大家就会热烈鼓掌,掌声特别多的作品,其作者会被拉上舞台;相反,无趣的作品大家会"哔哔"地吹起口哨、喝倒彩。

如果是特别没意思的作品,大家反而会鼓起掌来,如果这部没劲儿的作品还格外又臭又长,大家就会开始离场,或

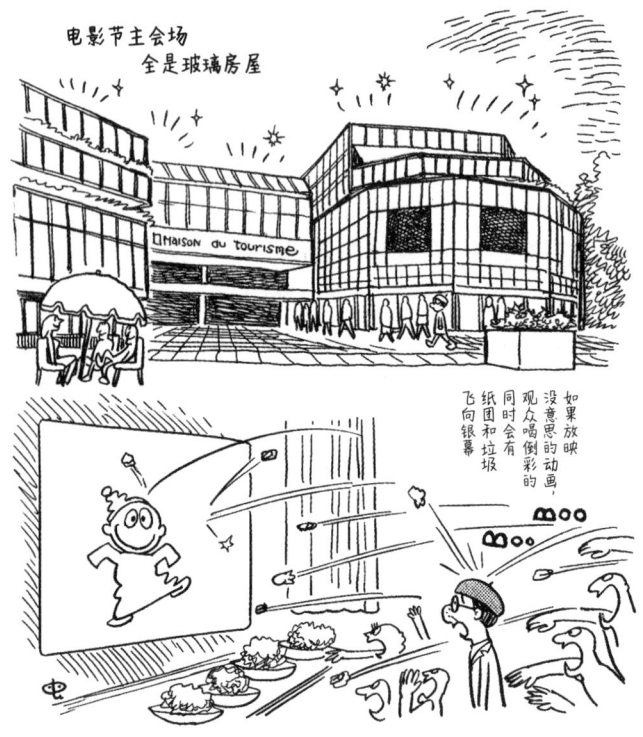

者拿东西砸银幕。毕竟是一群动画鉴赏达人在看,所以批评会很严厉。这和戛纳、威尼斯电影节的会场是一样的。

得最佳奖的是捷克的一部实验性质的作品《对话的维度》(*Možnosti dialogu*,1982),这部作品与其说怪诞,不如说充满了气壮山河、不落俗套的破坏精神。总之从作品中能看到费尽心血、令人震惊的技术。

我的电影放映持续了两天,在主会场和其他剧院这两个地方进行,其中《火鸟2772》果然很受好评,重放了两次,结束时已经拂晓。这部不幸的电影虽然在日本受到冷落,但在国外却广受好评,至今为止已经卖往十多个国家,不管到哪里都得到称赞。大部分动画都是在日本国内大热,在国外却卖不出去,在这样的现状中,虽然有点自吹自擂,但《火鸟2772》仍在奋斗。

在红树林的河水中

我去西表岛转了一圈回来。

我去的时候,日本本土遭受台风的直接袭击,简直是暴风骤雨,但因为西表岛持续干旱,所以我一直期盼台风快点来。

为防万一,我稍微温习了一下当地的情况,发现那座岛和石垣岛、宫古岛都被包括在西南诸岛里,纬度则是比起台湾北端更接近南边。因此从这一点来看,比起冲绳本岛,西表岛的自然风景和台湾更像,完全属于亚热带。

由于新闻媒体写了很多西表山猫之类的独特风情,所以我以为这里已被彻底开发成游览胜地,岂能料到整个岛连五百人都没有。其中还有一人即一村的情况,这还是从日本远渡而来的独身者。

他们有很气派的学校,甚至让人错以为是度假旅馆,然而有个学校只有四个学生,并且还为他们配备了八个老师。

明明没有比这更优越的授课条件了,学生们居然还有不满。

他们说,上课的时候完全没法偷懒,也没法静下心来。

因此这次就从其他岛屿上转入了三名学生,然后这里就成了一所七人的大规模学校。导游这样说,惹我们发笑。

这里完全是个人口过于稀少的地方,所以他们很欢迎移民。"不管多大的土地都能低价租到,这位客人要看看吗?"在当地,会有人这样搓着手招呼外地人。

毕竟这里百分之七十都是国有森林,属于国家公园。在这些国有森林中,有一片孤零零的私有森林。那里被本土的某个企业买下,并考虑建一个度假酒店。但是他们了解到根据法规,这里属于自然保护地带,所以不能建酒店,现在就放任它荒废了。

有整个村庄因疟疾而灭绝后的遗迹;有曾经住过旧时官员,现在已经成为腐朽废村的遗迹;有满是茂密热带树林的山岳、磅礴的瀑布、有孔虫①的壳堆起来的海滨沙滩。这里是一个秘境。

没错,从海岸眺望山岳的感觉,和《金刚》(*King Kong*,1933)中的岛屿很像。接着如果沿着河道逆流而上,徐缓的河流便会在上游处如同手指一样分汊,仿佛被遮盖住一般,渐渐消失在红树林之中……我好像在哪里见到过这幅景

---

① 有孔虫是一种古老的原生动物,有一般成分是碳酸钙的石灰质外壳。死后遗壳下沉,形成有孔虫软泥,堆积海底后可形成岩石。

致……对了！是《现代启示录》中越南的河流！只不过这里充盈着和平与寂静！

红树林并不是指单棵树木，而是红树科①树木的植物群落。河的两岸除了红树就是红树。它们的根系像章鱼腿一样弯曲延伸，并浸泡于水中，有无数的呼吸根伸上水面。木榄树的根形状像针，而秋茄树的根结则形如宇宙植物，致使周围一片都没有下脚之地。我在画《森林大帝》或者丛林的时候，画中的水边只有草地，原来这是内陆人的想象。今后我也要多多地画一些这样的景观。

听说这样的岸边会突然出现西表山猫，有时它们还会游泳渡河。

河里有鲨鱼，它们是从河流入口处游上来的，还会突袭在河面一带游动的针鱼。针鱼转眼间就跳出了水面，在我以为它们会唰唰地来回跳跃个五六回时，它们居然让尾巴像螺旋桨那样震动，然后以直立状态在水面上快速行进——如此场面就在我的眼前展开。

在西表岛隔壁的石垣岛酒店里，我发现了一个形迹可疑的外国人团体。从这伙人的谈吐来看，我感觉他们可能是电影的外景团队。

---

① 红树科有 16 属 120 种，组成红树林的有红树属、木榄属、秋茄树属、角果木属等。

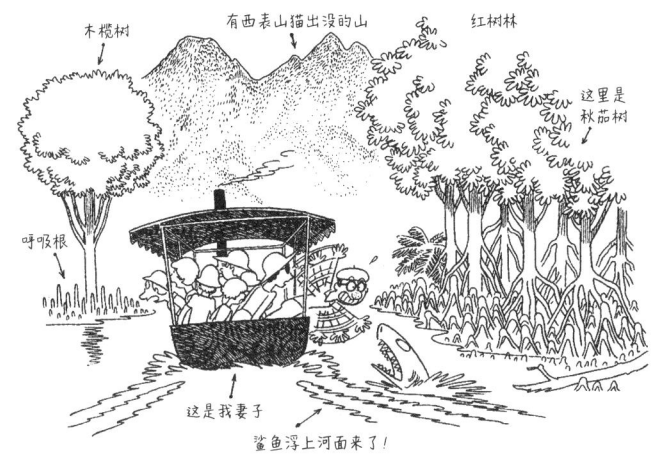

果不其然，他们是香港电影的勘景队。有一个白人女性，很明显是女主角。又有两个工作人员不知为何是加拿大人。还有一个长着胡子的秃头白人（导演？），再有就是一个中国人，会一些零零碎碎的日语，说自己叫阿汉①。

"那个长胡子的是谁？"

"他叫 Him 哦。"

"Him？"

"他名字就这样。"

"欸，is he him？"

我这样一说，大家都笑了，他似乎经常被开这样的玩笑。

---

① 原文为片假名"ハン"（Han），此处取音译。

"你们来这种偏僻的小岛干吗?"

"这次的电影外景地我们想用这里。"

"为什么不用东南亚或者台湾,而是选择西表岛呢?"

"其他地方都被污染了。这样的话拍出来的热带风景就毫无艺术性了。"

"是什么电影?"

"是一部冒险电影。"

除此之外,他们便没有再对我说明什么了。

的确,西表岛还没有过多的人为介入。如果要拍摄热带秘境,这里是绝佳之处,能拍到十分美丽的场景。即便决定了外景地,他们和环境厅的交涉肯定也不容易吧,但撇开这个不谈,工作人员为了更深入地了解情况,专门来看西表岛,这就令我十分钦佩了。比起这些事,我更想知道为什么日本电影在拍摄国际化场面时,总是要去国外取景呢?我觉得很可惜。只要去探寻,日本也有如此丰富的自然环境。我们并不是只有《楢山节考》(1983)片中那样阴郁苦闷的大自然。

喜好老派风格

铃木御水——现在的年轻人大概对这个名字很陌生,但他是从前给热血冒险小说画插画的人。可以说他是与《少年肯尼亚》的作者山川惣治先生同时代的著名插画家。特别是他的丛林猛兽图受到公认的好评。

大象朝着探险队横冲直撞而来,同一时间,一只有一人围抱那么大的豹子朝着一个戴着老派探险帽的英国猎人扑去——描绘这样的场景时,无人能出其右。而且明明是工笔画,他居然全部按原来的尺寸来画原稿。

观看《泰山王子》时,我直接感觉:啊!这就是铃木御水!丛林中有大瀑布飞流直下、圆木小屋安置于大树枝干上,这样的氛围简直就是铃木御水的工笔画啊。老派而高级,有令人惊叹的神秘趣味。

我问过发行公司的人,得知石上三登志先生对这部影片高度赞扬。没错没错,曾经爱看《少年俱乐部》的人,或者喜欢哈格德（H. Rider Haggard）的《所罗门王宝藏》（*King Solomon's Mines*）、道尔（Arthur Conan Doyle）的《失落的世界》（*The Lost World*）等作品的人，就一定会着迷于这部作品。[来访日本的休·赫德森（Hugh Hudson）导演好像也表示，（在自己的作品里）比起《烈火战车》（*Chariots of Fire*，1981）更喜欢这部。]

看过这部电影后，我才知道韦斯穆勒的泰山根本不对版，好莱坞大幅歪曲了泰山的形象。《泰山王子》全片格调高雅、厚重严肃、古典气派。或许有人会说这部电影太过朴素，所以第一印象不好，但我却对它的沉闷和古旧喜欢得不得了。尤其是在雾气缭绕的河面上，一副殖民地老大模样的英国人乘着落伍的蒸汽船逆流而来，其中那位不正眼看人、使劲儿开猎枪的可恨上尉就尤其棒。很老派（antique），实在是棒！

提到经典（classic），据传闻弗里茨·朗（Fritz Lang）在德国拍摄的那部《大都会》（*Metropolis*，1927）要重新剪辑，还要配上新的音乐，在美国上映。

包含日本在内，古旧的东西都特别活跃。从金田一系列到怪人二十面相、月光假面、金刚、飞侠哥顿再到超人，这是对古典名作的重新评价，抑或仅仅是世纪末的复古现象？

于是，国际笔会的世界大会在东京举办，其中有一个"文学与影像"的分会，井上厦先生在会上这样说道：

"这是我的独断和偏见。"他事先这样开头。

"不管是何种新颖表现、何种表达的革命,若只是胡乱地为了创新而创新,观众(读者)就会被不安所支配,无法平静。

"因此我认为,只有将日常性作为基调,作品才能让人看下去(读下去)。若要问我日常性从哪里得来,我觉得是面向过去。

"过去的东西温暖、亲近、令人怀念。于我来说,它们就是蓝天之下的广场、村里的氏神①、饭团、蚊香……

"在这些怀旧之情的基础上,再进行新的冒险。这样才能让对方安心,产生共鸣,不是吗?"

我不知道同声传译能给外国人翻译到什么程度,但国外作家都笑眯眯地在听,所以他们应该都认可吧。

其实我也非常感同身受。就日本来说,提到现在的二十岁至四十岁左右的人所抱持的恋旧情怀,指的就是从大正到昭和②初期的东西。

夜市的乙炔灯、庙会上的灯笼、棉花糖以及摔炮的气味、蚊帐和线香烟花、纸戏剧(连环画剧)中打梆子的声音、弹珠游戏和波子汽水中的弹珠、铁皮做的过家家游戏套装、玻璃瓶中的糖球、高钙饼干的四方罐子……

---

① 在日本,氏神指住在同一地域、聚落里的人共同祭祀的神道神祇。信仰同一氏神的信徒被称为氏子,而祭祀氏神的神社则叫氏社。
② 日本大正时代是 1912 年至 1926 年,昭和时代是 1926 年至 1989 年。

这些正是泷田裕、柘植义春的世界。松本零士的《银河铁道999》正因为是蒸汽火车才恰到好处，若是新干线，大概就不会如此受欢迎了吧。

也就是说，若要描绘日本人的感情，大正、昭和初期的东西是最受欢迎的。

而美国人、英国人、法国人的感情，应该同样存在于他们的某段过去。电影《骗中骗》（*The Sting*，1973）里的老派趣味就是其中一个例子吧。《江湖龙虎》（*Borsalino*，1970）如此，《福尔摩斯秘史》（*The Private Life of Sherlock Holmes*，1970）尤甚。

《泰山王子》也成功撩动了英国影迷的感情吧。故事怀旧地展现了殖民地时期大英帝国短暂的威严。

就连音乐，他们也使用了当时的大作曲家埃尔加（Edward Elgar）的作品。在非洲密林的帐篷里，甚至以满是瑕疵的唱片奏响了埃尔加的曲子。就是如此讲究。

然而此类感情，对日本人来说大概不是很好懂。不过我意外地把它与铃木御水的画作联系了起来，因此不断地回忆起诸如南洋一郎、《少年俱乐部》、五十钱硬币、附赠的组装玩具、漫画《黑野狗》、漫画《冒险弹吉》、讲谈社的绘本、小巷里的书屋等事物。我在另一个维度喜欢上了《泰山王子》。

感觉年轻人会斥责我："你在胡言乱语个什么劲儿啊？"

不认识铃木御水的一代人,在看了这部电影中出现的类人猿(我以为是大猩猩,但好像休·赫德森说这是黑猩猩)之后,如果至少能够吃上一惊,我想就足够有价值了。以上这些暂且不提,休·赫德森导演绝对没有让这部电影以老派趣味的怀旧风格结束。

最终,作为主人公的年轻的格雷斯托克伯爵,放弃了名誉、地位与财产,一无所有地回到非洲去了……为了当泰

---

① 此处应指电影《人猿星球》。——译注
② 原文为"モーロック"(Morlock),此处画的应是电影《时空大挪移》中生活于地下的穴居人种的形象。

山。这一举动给了他的监护人当头一喝。要知道,这位监护人相当于大英帝国光荣与尊严的化身。

此处蕴含着导演的哲学。话说回来,若提及日本的电影公司,他们翻拍从前的东西时既不新颖也没有现代性,仅仅是在怀念而已,怪不得都没法大热。

动画《巴奇》之诞生

哎呀,电视动画这种东西实在是一种无聊的商品。

虽然这样说,但这次我又不知悔改地和电视特别动画节目一起做事了。

标题是《巴奇》(1984)[1]。主人公是……算了,请大家看一下此处登载的剧照[2]。

主题是……哎,这个先放一边。在我亲自接一部动画时,在最开始的阶段,根据我感兴趣的程度就能预想到完成的作品是何种水平。从这一点来说,我对这部《巴奇》就很来劲儿。即便把杂志的工作丢到一边,我也要努力做好它,就是这样的状态。一旦我有了干劲儿,就会一首接一首地哼唱电影配乐,连续熬夜也不会厌烦。这种好状态逐渐出现了。

---
[1] 日文全名为《大自然の魔獣バギ》(《大自然的魔兽巴奇》),以下简称为《巴奇》。
[2] 杂志连载时此处登载有剧照。——原编注

出现干劲儿之前的过程最为艰难。大致的计划书、时间表和日程安排都能做出来,那能不能立刻进入琐碎的细节呢?答案是否定的。我没有一口气往前冲的热情。虽然脑袋里会闪现模糊的故事展开,但却无法唤起激情。在这种状态下开始创作的作品,十之八九会成为一部拙劣之作。

于是,我开始了无情又反复的摸索。

经纪人突然说"我们待会儿去旅行哦",然后马上就去买票了。

"要去哪里啊?至少告诉我目的地和旅馆在哪里啊,不然我会很头疼的。"

"那些还不知道啊。总之两三天是回不来的。"

然后我们跳上了国营铁路列车,开始没有目的地的旅行。虽然我能明白经纪人先生的焦虑不安,但这样做根本没有用。若是要推敲作品的构思,我倒是能够做一个计划安排,但为了抓住工作的"热情"而采取行动,则令人痛苦。

这次我们先留宿大阪,然后又突然飞往九州,接着停留在别府,又突然想去汤布院,于是住在了汤布院温泉(这里只是举办汤布院电影节的温泉,我们单纯因为这个理由而留宿此处),结果却没有涌现出一丁点儿热情,我们就这样返回了。我突然想吃地中海菜,想着吃到了就能产生创作激情,于是出了门,就这样窝进了东京都内的酒店。

"有没有带木板套窗的日式房间呢?"

前台的人微笑道："有外国人经常入住的纯日式房间。"

于是,我进到这样的房间,关上木板套窗,让整个空间一片黑暗,一个人翻来覆去做起了瑜伽,抱着脑袋和屁股赤身裸体地打坐起来。然而心情还是很空虚。

我骑着自行车漫无目的地行驶在小金井街道。路上买了热乎乎的盒饭,在不知名的公园角落里吃起来,接着又在广场上来回晃荡。这样打发时间非常愚蠢,所以我不会和经纪人说。

写东西这事呢,并不像平常建造大楼,在混凝土基石上慢慢加固下去就成,而是一旦得到一点灵感,就能像焰火礼花点燃一样,转瞬间楼阁就噼里啪啦地建成了。

那样的灵光一闪就是从一点小小的契机中燃起来的。很长一段时间里,我在《巴奇》身上所追求的某些东西,猛地一下就燃起来了,而契机就在最近。

我参加试映会的情况有两种,一种是经纪人公开拜托我去,还有一种是我偷偷丢下工作跑去看。这虽然是一部近乎小品的电影,但不知为何我很在意,所以就偷偷去了,而我也很庆幸自己去了。这部电影就是《美人鱼》(*Splash*,1984)。

这是迪士尼制作公司的子公司——试金石电影公司(Touchstone Pictures)的第一部作品,是一部加入了适当的情色以及轻喜剧元素的奇幻电影。[提到美人鱼,以前有一部威廉·鲍威尔(William Powell)主演的喜剧作品,叫作《彼伯先生与美人鱼》(*Mr. Peabody and the Mermaid*，1948)。而这部《美人鱼》与它异曲同工，都讲述了上陆的美人鱼和人类男性相恋的故事。]

描绘情色部分时，影片有时会让镜头拍到裸露的上半身，并含蓄而浪漫地一笔带过。看到这样的场面，我就会想"啊，这是五十年代的幻想喜剧"，并涌起一股奇妙的怀念之情，脑海中还会浮现诸如亨利·科斯特（Henry Koster）、弗兰克·卡普拉（Frank Capra）、梅尔文·勒罗伊（Mervyn LeRoy）、沃尔特·朗（Walter Lang）、弗兰克·塔许林（Frank Tashlin）等人来。那些发糖的好莱坞作品如此甜蜜，虚构性恰到好处。《美人鱼》毫无疑问是一部正统的好莱坞浪漫喜剧片。[《上错天堂投错胎》(*Heaven Can Wait*，1978）是1941年版《太虚道人》(*Here Comes Mr. Jordan*）的翻拍，我认为只有这部影片是唯一继承了好莱坞浪漫喜剧片风格的电影，因此《美人鱼》排第二。]一看到这部电影里的人鱼，忽地，如同火柴点上了火，我对《巴奇》的激情燃烧起来了。

简而言之，"巴奇"是一只诞生自遗传基因重组技术实验的动物，人们在美洲狮的卵子里编入了人类的遗传基因，于是才有了这只雌性生物。

它的身体是野兽，但却拥有人类的智慧和情绪，是一种极度危险的魔兽。

然而，它却像《福星小子》中的拉姆那样，爱上了一个平凡又孤独的男子。

能对制作这部《巴奇》产生激情，多亏了《美人鱼》。并不是说《美人鱼》是一部多么伟大的杰作，但至少它让我有了干劲儿，觉得"可恶，这样的话我也能做好"。

请各位不要错过《巴奇》，8月19日上午10点开始播出。另外，如果大家也能观看《美人鱼》，了解到手冢也会有各种迷茫，那便是我的光荣。

"这就是巴黎"峰会

第二届日法文化峰会在法国举办。[①]

按照以往惯例,我的工作一拖再拖,所以我错开了两天时间自己出发了。不对,这次是和妻子一起。我妻子是第一次去国外旅行。我们的银婚式[②]已经过去许久,现在我们终于要来一场满月[③]国外旅行了。

"到达巴黎以后,别和我走散啊。"我一副了不起的样子说,可到了戴高乐机场,我却发现情况不对。

这里的氛围和我往返过好几次的到达大厅不一样。即便如此,我还是和到达的旅客一起成群结队地走着,然后有人让我们上了大巴,最终到达的地方是法国国内航线的换乘

[①] 举办于1985年,手冢治虫在会上做了题为"漫画作为共同语言"的演讲。
[②] 在日本,结婚25周年纪念被称为银婚式。——译注
[③] 满月(full moon)车票,是日本JR(日本铁路公司)面向两人年龄合计88岁以上的中老年夫妇发行的特别车票,可免费乘坐JR的大部分绿色电车。此处手冢为表示自己与妻子的年龄用了"满月"的说法。——译注

大楼。

"这是怎么回事?入境审查在哪里啊?"我惊慌失措地说。

十分沉着冷静的妻子斜眼看我,然后说道:"不如问问别人?"

向法国人问路是完全没用的,他们根本不会管你要去哪里。试着问过以后,对方果然回答"不知道"。

"我要去某某地,其他的事情就……"

妻子越发冷静了,说:"不如我们返回原来的地方吧。"

没办法,我们只好乘坐大巴返回到飞机降落的地方去了,结果发现入境审查处就在那里。

我们去了取行李的大厅,因为已经过去很长时间,所以一个人也没有。自然,我们的行李箱也不知被拿到哪里去,总之是不见了。

"不好,这下麻烦了。"我擦着汗走来走去。

然而妻子却说:"在这里哦。"她找到了马上要被拿走的行李箱。

我们狼狈不堪地到了外面。一直等着的接机人说:"啊,我知道了。只有法国航空的到达大厅不一样哦。手冢先生您一直乘坐的是日航或者其他航空公司的飞机,对吧?法国航空以外的飞机都统一在另一个大厅。"

还真如对方所言,所以我们才如此仓皇失措。我汗如雨下,但说到我妻子,她却一脸泰然自若地说什么"哎呀,我看到法国的巡逻警察了",然后四处张望,十分高兴。

日法峰会前半段的会场在阿尔克和塞南(Arc-et-Senans),是一个距离巴黎三百千米的乡下村子。我还说为什么要把峰会定在这种偏僻又不方便的乡下呢,去了以后终于明白了,因为这里有两百年前的制盐工厂的遗址。

在路易几世的时候①,这个村子的附近突然冒出岩盐。政府非常吃惊,把这一片的树木全都砍倒,挖空中间,做成管子,再连接起来把盐水运送到工厂里,开始搞起了制盐业。据说这里有一段时期热闹非凡。

那座工厂完完整整地作为遗迹留存了下来,成为一个供住宿的地方。在当时来说,应该是一座颇为时髦、独一无二的建筑物吧。墙上有个装饰物,其设计居然是盐从管道里流出来的样子。

我们就是被送到那里入住的。虽说很与众不同,但我从没见过这么奇怪的酒店。虽然各个房间都有锁,但房间大门却绝对不上锁。一天二十四小时都大门敞开。

钥匙放在入口旁边一面十分引人注目的墙壁上,上面还写着"离开时请把钥匙挂上来"。这简直就是在说,任何人都能随便用我的钥匙。

---

① 阿尔克和塞南的皇家盐场建设于1775年路易十六统治时期,于1779年投入使用,1982年被联合国教科文组织列为世界遗产。

"半夜有小偷进到房间来偷东西怎么办?"

"没有那么讲究的小偷哦。如果要偷,他们会大白天来偷的。"

"女性独自一人在房间里被袭击怎么办?!"

"到时候就请你们赶过去,勇敢地战斗吧。"

我不知道这是不是玩笑话,但这就是法国的乡下。

这类两个世纪以前的现代且科学(?)的设施是由法国人

建造的，好像法国政府想把这一点展现给日本人看。

与前半段相反，峰会的后半段氛围突变。

从凯旋门出发，经过香榭丽舍大道一直向西而行，有一片区域叫拉德芳斯（La Défense）。听说这里在不久前，还是所谓的贫民街、贫民窟。

密特朗政府把这些人赶出这片区域，并很快建起了一个超级现代的都市。设计师是有名的科瓦尔斯基（Piotr Kowalski）。此处别说有巴黎大街的氛围了，什么氛围也谈不上。这里的风景如同新宿副中心区与巴西利亚相加后再除以二。需抬头仰望的摩天大楼高高矗立，一座座都十分强调自己独特的艺术性，总感觉很不协调，没有统一的美感。宽倒是挺宽广的，但完全没法令人涌起感动，没法令人觉得"啊，这里就是艺术之都的尽头啊"。

据说，他们没有稳定的预算，因此需要从各处筹集资金，凑一部分就建一座。整个区域按照构想全部建完，不知道要花几十年。

其中有一座未完工的建筑物，而峰会的后半段就是在那里举行的。天花板上露出各种管道，自然也没有空调，西晒的阳光透过窗户猛烈地照射进来。

就连法国人都忍不住说："在这种简陋的地方举办峰会，真是抱歉啊……"

午饭也只是简单的快餐,还有阿拉伯菜(法国有很多阿拉伯人,他们饱受歧视)。

"好难吃啊,这是什么菜啊?"

"这个叫作古斯古斯面(couscous)[1]。"

"古斯古斯面?那这个不明物呢,叫哈哈大笑[2]吗!"

他们的服务就是如此寒碜。在吃饭和开会时,开始有人缺席。去旧街区吃东西要比在这里好很多。成员之一的筱山纪信先生也在中途不见了。

我接受了某个电视台的采访。

"您和法国有何缘分呢?"

有人这样问,我就想着奉承一下。

"毕竟我家在宝冢剧院那边,那里有一个少女歌剧团,她们会模仿丽都夜总会或者女神游乐厅的状态,我就是在那里记住法国香颂(chanson)[3]的。我看着勒内·克莱尔(René Clair)、迪维维耶导演的电影长大,再加上我出席法国的国际漫画节时见到了文化部部长朗[4]……"

我就这样不断诉说着对法国的痴迷。

---

[1] 一种用蒸粗麦粉制成的外形有点类似小米的面食,是北非摩洛哥、突尼斯一带以及意大利南部撒丁岛、西西里岛等地的一种特产。其日语发音(クスクス)有"嘻嘻窃笑"之意。——译注
[2] 原文为"ゲラゲラ"。
[3] 法国通俗歌曲和情爱流行歌曲的泛称。——译注
[4] 贾克·朗(Jack Mathieu Émile Lang),法国政治家,曾担任法国文化部部长以及教育部部长。

结果对方却说:"没有时间了,开头的部分会剪掉,请您把最后一句话再说一遍。"

看样子法国的媒体只对当下的信息感兴趣。

青春的挽歌

"伯连纳(Yul Brynner)死了。"

"欸,果然啊。前段时间我还在电视上看到,在《国王与我》(*The King and I*, 1956)的闭幕表演上,伯连纳回应了观众热烈的掌声呢,到底还是……"

"威尔斯也死了。"

"真的吗?可每次周刊杂志的英语会话磁带的广告上,他还很醒目地出现啊。"

"浦山桐郎先生也不在了。"

"怎么会这样,前些日子我才看了《梦千代日记》(1985)啊!"

"总有一天,洛克·赫德森也会……"

"是啊,看他那感染艾滋后的脸色,估计也没多久了啊。"

这段时间全都是此类对话。他们全都是我青春的一部分。

我的这些青春,正在一点点地消逝而去,宛如拼图在一块块地剥落。

伯连纳的光头形象出现在《国王与我》《十诫》中时，他在整个日本的人气非常高啊。

我第一次在少年杂志《明星》（好怀念的名字！）上连载漫画《抹布和宝石》（《雑巾と宝石》）时，有一个场面是作为主角的美男演员剃了个和尚头，然后大叫"伯连纳头！"。

那时候，这个梗是搞笑通用的呢。不过很快就过时了，在单行本中，我把台词改成了"赫鲁晓夫头！"，用上了新的红人。

之后伯连纳来日本，说过"我身上混着日本人的血"，还有传闻说伯连纳的亲戚住在横滨还是什么地方，所以他虽然不是那么有名的演员，但却一跃成为最受日本人喜欢的明星之一了。其实在《真假公主》（*Anastasia*，1956）、《大海贼》（*The Buccaneer*，1958）、《豪勇七蛟龙》（*The Magnificent Seven*，1960）等作品中，伯连纳都受益于共演者的表演，本人并没有令人动容和惊叹的演技，但他却很有存在感，真是一位不可思议的演员。不管怎么说，《国王与我》是他最好的一次表演，同时也是他唯一一次展现出来的优秀演技。在看电视上的重播时，到了结尾处，我会感慨"啊，这位国王因为癌症死了啊！"[①]，他在其中的演技优秀到我会将他当成国王来看。合掌。

---

① 尤·伯连纳 1985 年死于肺癌，他在《国王与我》中饰演的国王角色最终也去世了。

奥逊·威尔斯呢，不管怎么说，最有代表性的场景是《第三人》中哈利·莱姆从漆黑里突然出现，貌似害羞地咧嘴一笑。我们还十分积极地模仿过这个笑法。比如说，明明已经过了截稿日，我却还在玩消失，而编辑部到处在找我。我偷偷摸摸去看个电影，出来的时候被手冢陪跑小分队找到了。于是，我就故意藏在隐蔽处，只露出个头，然后咧嘴一笑。在我喝得酩酊大醉被逮到时，也会逃到柜台后面只露出个脸，然后咧嘴一笑。执导《第三人》的卡罗尔·里德。这位导演和黑泽明导演一样被神化，我们翘首盼望着里德导演什么时候会再度起用威尔斯。然而，事与愿违，威尔斯再也没有在里德的电影里出现过。合掌。

偶尔电视上播放奥斯卡颁奖典礼或者明星表演时，会有满头白发、一脸皱纹的往昔明星出现在画面中，我每每都再次叹息道"啊啊，已经过去这么多年了吗？"，同时也会意识到自己的年纪。而且我还会不由得想，这位明星不久后也将与世长辞，这便是他的最后一场表演了啊。约翰·韦恩是这样，詹姆斯·梅森（James Mason）也是这样。

理查德·威德马克（Richard Widmark）先生。您在《死吻》（*Kiss of Death*，1947）、《无名街道》（*The Street with No Name*，1948）中以冷酷残忍的黑帮形象出场，刷新了战前卡格尼等人塑造的天真反派形象，尤其是《锦绣人生》（*O. Henry's Full House*，1952，日本译名《人生模樣》）第二个故事里的恶徒混混，简直是一绝。本职工作是大学教授一经揭露，马上就转变成一个好人，无趣了起来。我并不拥戴西部牛仔剧中的那种好人。我想现在您可以慢慢瞑目了。合掌。

以理查德·威德马克为原型的角色
臭鼬草井
出自《铁臂阿童木》（昭和三十年）

以《国王与我》中的尤·伯连纳
为原型的国王
出自《绿色珍珠》[①]（昭和三十三年）

以《古堡藏龙》中的厍姆斯·梅森
为原型的角色 梅森
出自《娜比丝女王》（昭和二十九年）

从《煤气灯下》的查尔斯·博耶身上
获得灵感的角色
姆修·安倍尔
出自《不思议之旅》（昭和二十五年）

① 该篇章后更名为《孔雀贝》，收录于《缎带骑士别卷》中。

柯克·道格拉斯先生。以《夺得锦标归》（*Champion*，1949）而华丽出道的您，实在无法匹敌《洛奇》（*Rocky*，1976）中的史泰龙（Sylvester Stallone）。您将男人可怕的执念表现得淋漓尽致，甚至让女性观众特别厌恶您，比如说《侦探故事》（*Detective Story*，1951）中那位不正常的刑警，您演的恶人就强悍程度来说无与伦比。然而，自从您儿子（迈克尔·道格拉斯）在您的护航下也成了演员，您甚至会出现在科幻电影或者超自然电影中后，您昔日的魅力就已经没了。您随时都可以前往天国。合掌。

欧内斯特·博格宁（Ernest Borgnine）先生。没有比您更丑陋、目中无人、油腻、和蔼可亲的著名配角了。您有一副前无古人后无来者的面相。在《乱世忠魂》（*From Here to Eternity*，1953）、《黑岩喋血记》（*Bad Day at Black Rock*，1955）[①]等影片中，您的气势简直要盖过主角。多亏了您的出人头地，像尼赫迈亚·佩尔索夫（Nehemiah Persoff）、内维尔·布兰德（Neville Brand）这样的另类演员才得以登场。随着年纪的增长，您那如同痛风的熊一般的可怜样儿也开始引人注目，然后您目光中那异样的光辉消失了。就算您出现在画面中，也已经是可有可无的了。请您想开点，瞑目吧。合掌。

---

① 该片日文译名为《日本人の勲章》。

加里·格兰特（Cary Grant）先生。可以说我的青春是与您同在的。《仁慈天使》(*The Bishop's Wife*, 1947)，您在其中的演绎体现了您作为一名喜剧演员的真正本领，另外，也可谓是"手冢人文主义"（讨厌的说法）类型作品的原点。另一方面，您在《深闺疑云》中让人看到的隐约透着惊悚感的眼神，到底是生来如此呢？还是演技呢？我有些糊涂。但不论怎么样，在此之后您就从初期的奶油小生蜕变成了滑稽风格，令世界为之赞叹。格利高里·派克（Gregory Peck）先生随着变老变丑，他的恶人形象开始深入人心，而您却想要始终贯彻超然的大好人形象，优美地迎接终点。但愿您能不破坏在我们心中的形象，从雷尼尔山登上天际，如同《仁慈天使》中那样①。

琼·阿利森（June Allyson）、弗朗索瓦·阿努尔（Françoise Arnoul）、多丽丝·戴（Doris Day）、奥利维娅·德哈维兰（Olivia de Havilland）、金吉·罗杰斯（Ginger Rogers）、丽塔·海华丝（Rita Hayworth）、让娜·莫罗（Jeanne Moreau）、弗吉尼亚·梅奥（Virginia Mayo）、莫琳·奥哈拉（Maureen O'Hara）、简·西蒙斯（Jean Simmons）、特雷莎·怀特（Teresa Wright）、洛蕾塔·扬（Loretta Young）……这些女性曾是我青春的象征，在我的印象中依然很年轻，然而年轻人却连她们的名字都不

---

① 加里·格兰特在《仁慈天使》中饰演天使达德利。

知道。某一天,她们的讣报会突然出现,连年龄也被记录下来。怀念感将被现实残酷地摁倒,而我的梦又消失了一个。这便是电影的宿命。

编选说明

以手冢治虫在电影杂志《电影旬报》上连载的《看一看、拍一拍、放一放》(从1982年3月下旬刊至1987年8月下旬刊,共计刊登六十回)专栏内容为基础,编有一本栏目同名单行本。本书以该单行本及其增补修订珍藏版内容为原稿,进行了重新编辑。

最早的单行本是以连载迎来五十回为契机,于1987年1月出版发行的;增补修订珍藏版则是在手冢去世后,追加了专栏连载五十回以后剩余的内容、过去在《电影旬报》刊登过的对谈、三方会谈还有相关报道后,于1995年11月出版发行的。

起初,本书只打算将在增补修订珍藏版中刊登的连载内容,以及集结成单行本时追加收录的《桃太郎:海之神兵》和《潜行者》上映场刊中的手冢文章做成文库本,但在确认相关刊登杂志的过程中,我们明确得知另有十四回的连载原稿未收录在上述的两册书中，故而在本书卷末设置了一章，补录了这些内容（但如后述所表，其中有两回内容在集结成单行本时被编入了其他回数的内容中，因此这两回最初的原稿内容还未登载过）。连载时，除去某几回外，几乎每回都画有插画，我们把还留存有原稿的画都重新扫描了一遍，另外也在卷末附上了索引[①]。

手冢在将连载漫画集结成单行本时，会进行大幅度的编辑，这早就十分闻名了。与漫画作品相同，通过纸质媒体发表的作品，他也进行了各种各样的修改。若举例本书的修改，比如第五章所收文章《为旧好莱坞干杯！》（本书第349页），其实是连载第一回上的内容，但全篇并未收录于单行本中。不过，连载第一回的开头部分则挪用到本书第一章所收文章《一介平凡的影迷》（本书第128页）里。另外，连载时《手冢真个人情况》和《〈妖怪天国〉空腹参演记》这两篇文章的刊登相隔了一段时间，故而在单行本中将其整合成一篇，即《〈妖怪天国〉参演记》（本书第12页）。再有，《电影孤独》（本书第46页）的后半部分，则是接续了随后写到的"电影的外景拍摄"那一回的内容，是重新组合过的。此外还能看到各回篇章里加的小标题的变更、对文中表达所做的大量修改。若是专业的文字工作者姑且不论，但手冢治虫同时担负

---

① 本中文版处理为作品名、人名的译名对照表。

着漫画连载的工作，更要制作动画、上节目，还要参加各处的演讲会，他对单行本的修订就是在如此繁忙的工作中进行的，只能以神迹来形容。而且像本书中的这些电影评论，都是他面临着好几个截稿日时，必须瞒过编辑的眼睛，挤时间去试映会或影院观看才能写出来的，他到底是如何管理如此争分夺秒的日程安排的呢？

虽然距离本书发表时已经过去超过四分之一个世纪，但手冢那充满对电影无尽热爱与憧憬的文章，时至今日也未曾褪色，通过重新通读，甚至还能感受到新鲜的感动，我想这样的读者肯定不在少数。各位不妨试试读完本书后，一手拿着书，一边按顺序鉴赏一番文中介绍过的作品。你们应该会震惊于手冢那敏锐的洞察力。

文中省略敬称

滨田高志（本书策划编辑）
2016 年 7 月

译名对照表

(译名对照表包括作品名对照表和人名对照表,分别按中译名的汉语拼音排序,右列名为原语种名称。)

作品名对照表

A

阿拉伯的劳伦斯	Lawrence of Arabia
埃及艳后(动画)	クレオパトラ
埃及艳后(真人)	Cleopatra
爱德华大夫	Spellbound
爱丽丝梦游仙境	Alice in Wonderland
艾曼纽	Emmanuelle
爱情神话	Fellini Satyricon
奥菲斯	Orphée
奥林匹亚	Olympia
傲世军魂	The Lives of a Bengal Lancer

B

巴奇	大自然の魔獣バギ
白雪公主和七个小矮人	Snow White and the Seven Dwarfs
百战宝枪	Winchester '73
暴君焚城录	Quo Vadis

背背小怪	おんぶおばけ
北京 55 日	55 Days at Peking
本·凯西	Ben Casey
彼伯先生与美人鱼	Mr.Peabody and the Mermaid
变蝇人	The Fly
宾虚	Ben-Hur

C

残片	おんぼろフィルム
长枪权三	鑓の権三
长驱直入	Uncommon Valor
朝向天空	Skyward
吵闹鬼	Poltergeist
城市之光	City Lights
赤胆屠龙	Rio Bravo
重返奥兹国	Return to Oz
虫先生进城记	Mr.Bug Goes to Town
丑小鸭	The Ugly Duckling
穿制服的女孩	Mädchen in Uniform（德语）
椿三十郎	椿三十郎
从海底出击	Das Boot（德语）

D

大白鲨	Jaws
大地震	Earthquake
大都会	Metropolis

大独裁者	The Great Dictator
大海贼	The Buccaneer
大力水手	Popeye the Sailor
大魔域	The NeverEnding Story
大巧局	Family Plot
大王的尾巴	王様のしっぽ
大卫王	King David
大卫与拔示巴	David and Bathsheba
盗日者	太陽を盗んだ男
德尔苏·乌扎拉	デルス・ウザーラ / Дерсу Узала（俄语）
德州电锯杀人狂	The Texas Chain Saw Massacre
地球浩劫	Meteor
地球停转之日	The Day the Earth Stood Still
第三类接触	Close Encounters of the Third Kind
第三人	The Third Man
电子世界争霸战	TRON
东京物语	東京物語
对话的维度	Možnosti dialogu（捷克语）
多罗罗	どろろ
夺得锦标归	Champion
夺魂索	Rope

F

法国贩毒网	The French Connection
飞蛾扑火	Moth And The Flame
飞天万能车	Chitty Chitty Bang Bang

飞侠哥顿	Flash Gordon
飞向太空	Солярис（俄语）
飞越疯人院	One Flew Over the Cuckoo's Nest
风流夜合花	Under Capricorn
风，一分四十秒	風、一分四十秒
福尔摩斯秘史	The Private Life of Sherlock Holmes
福星小子	うる星やつら
富贵逼人来	Being There

G

甘地传	Gandhi
高歌胜利	Black and White in Color
哥斯拉	ゴジラ
格伦·米勒传	The Glenn Miller Story
公民凯恩	Citizen Kane
公元前一百万年	One Million B.C.
公元前一百万年	One Million Years B.C.
孤凤奇缘	Lili
古庙战茄声	Gunga Din
古屋传奇	The Legend of Hell House
古早奇谈	珍説むかしむかし
怪人	The Thing From Another World
怪尸案	The Trouble with Harry
关山飞渡	Stagecoach
光荣之路	Paths of Glory
国会舞曲	Der Kongreß tanzt（德语）

国际走私团	国際密輸団
国王与我	The King and I

H

海滨	On the Beach
海底快车	海底超特急マリンエクスプレス
汉娜姐妹	Hannah and Her Sisters
豪勇七蛟龙	The Magnificent Seven
浩劫后	The Day After
黑洞	The Black Hole
黑水晶	The Dark Crystal
黑水仙	Black Narcissus
黑岩喋血记	Bad Day at Black Rock
狠将奇兵	Streets of Fire
红胡子	赤ひげ
红菱艳	The Red Shoes
后窗	Rear Window
蝴蝶梦	Rebecca
糊涂交响曲	Silly Symphonies
华氏451度	Fahrenheit 451
欢乐满人间	Mary Poppins
幻魔大战	幻魔大戦
幻想曲	Fantasia
回到未来	Back to the Future
绘图人	The Illustrated Man
火车大劫案	The Great Train Robbery

火鸟 2772	火の鳥 2772
火星年代记	The Martian Chronicles
霍夫曼的故事	The Tales of Hoffmann
霍华德怪鸭	Howard the Duck

J

加里波利	Gallipoli
江湖龙虎	Borsalino
金刚	King Kong
金刚大战哥斯拉	キングコング対ゴジラ
金色池塘	On Golden Pond
金字塔血泪史	Land of the Pharaohs
锦绣人生	O. Henry's Full House
惊魂记	Psycho
惊异传奇	Amazing Stories
九霄云外	Outland
巨人传	Giant
决斗	Duel

K

开罗紫玫瑰	The Purple Rose of Cairo
克莱默夫妇	Kramer vs. Kramer
恐龙葛蒂	Gertie the Dinosaur
狂凶记	Frenzy

L

狼和小牛	Волк и теленок（俄语）
狼人传说	バンパイヤ
老磨坊	The Old Mill
烈火战车	Chariots of Fire
鲁邦三世：卡里奥斯特罗城	ルパン三世 カリオストロの城
陆上行舟	Fitzcarraldo
乱	乱
乱世佳人	Gone with the Wind
乱世忠魂	From Here to Eternity
洛奇	Rocky
洛奇 4	Rocky IV
绿色食品	Soylent Green
绿野仙踪	The Wizard of Oz

M

码头风云	On the Waterfront
马戏团	The Circus
曼哈顿故事	Tales of Manhattan
美国金曲	American Pop
美国鼠谭	An American Tail
美人计	Notorious
美人鱼	Splash
梦千代日记	夢千代日記
靡菲斯特	Mephisto
妙妙探	The Great Mouse Detective

摩登时代	Modern Times
魔笛	Trollflöjten（瑞典语）
莫扎特传	Amadeus
幕府将军	Shogun
木偶奇遇记	Pinocchio

N

拿破仑	Napoléon（法语）
拿破仑传	Napoléon（法语）
南方之歌	Song of the South
纽约大逃亡	Escape From New York

P

炮弹飞车	The Cannonball Run
骗中骗	The Sting
平步青云	A Matter of Life and Death
蒲田进行曲	蒲田行進曲

Q

七对佳偶	Seven Brides for Seven Brothers
奇幻核子战	Fail-Safe
汽船威利	Steamboat Willie
前进，神军！	ゆきゆきて、神軍
潜行者	Сталкер（俄语）
擒凶记	The Man Who Knew Too Much
秋日奏鸣曲	Höstsonaten（瑞典语）

驱魔人	The Exorcist
群鸟	The Birds

R

仁慈天使	The Bishop's Wife
人类创世	La Guerre du feu（法语）
人猿星球	Planet of the Apes
日本沉没	日本沈没
日落黄沙	The Wild Bunch

S

三十六个字	三十六个字
参孙和达莉拉	Samson and Delilah
森林传说	森の伝説
上错天堂投错胎	Heaven Can Wait
上帝也疯狂	The Gods Must Be Crazy
少年福尔摩斯	Young Sherlock Holmes
少爷	坊っちゃん
深闺疑云	Suspicion
圣袍千秋	The Robe
十诫	The Ten Commandments
时空大挪移	The Time Machine
世界大战争	世界大戰爭
死吻	Kiss of Death
苏菲的选择	Sophie's Choice

T

泰迪猎野兽	Terrible Teddy, the Grizzly King
泰迪熊	The 'Teddy' Bears
泰山王子	Greystoke: The Legend of Tarzan, Lord of the Apes
太虚道人	Here Comes Mr. Jordan
淘金记	The Gold Rush
桃太郎的海鹫	桃太郎の海鷲
桃太郎：海之神兵	桃太郎 海の神兵
天国与地狱	天国と地獄
天平之甍	天平の甍
天堂的孩子	Les enfants du paradis（法语）
跳跃	ジャンピング
铁臂阿童木	鉄腕アトム
铁皮鼓	Die Blechtrommel（德语）
铁扇公主	铁扇公主
通烟囱工人与牧羊女	La bergère et le ramoneur（法语）
图画展览会	展覧会の絵

W

万世千秋	The Agony and the Ecstasy
未来世界	Futureworld
我爱红娘	Hello, Dolly!
我的舅舅	Mon Oncle
我来的那个国家	Le Pays d'où je viens（法语）
无尽的爱	Endless Love
无名街道	The Street with No Name

五番町夕雾楼	五番町夕霧楼
武林志	武林志
午夜钟声	Chimes at Midnight

X

西北偏北	North by Northwest
西部世界	Westworld
西区故事	West Side Story
细雨即将来临	Будет ласковый дождь（俄语）
仙履奇缘	Cinderella
现代启示录	Apocalypse Now
象人	The Elephant Man
小飞侠	Peter Pan
小飞象	Dumbo
小海华沙	Little Hiawatha
小姐与流浪汉	Lady and the Tramp
小鹿斑比	Bambi
小鹿斑比遇见哥斯拉	Bambi Meets Godzilla
小魔怪	Gremlins
辛巴达七航妖岛	The 7th Voyage of Sinbad
星际旅行 2	Star Trek II: The Wrath of Khan
星际旅行 4	Star Trek IV: The Voyage Home
星球大战	Star Wars
幸福的黄手帕	幸福の黄色いハンカチ
凶兆	The Omen

Y

妖怪天国	妖怪天国
野玫瑰	Der schönste Tag meines Lebens（德语）
野战排	Platoon
伊阿宋与阿尔戈英雄	Jason and the Argonauts
伊奥船长	Captain EO
一个美国人在巴黎	An American in Paris
一盘没有下完的棋	未完の対局
一千零一夜	千夜一夜物語
伊渥克族：恩多之战	Ewoks: The Battle for Endo
异形	Alien
阴阳魔界	Twilight Zone: The Movie
寅次郎的故事	男はつらいよ
银翼杀手	Blade Runner
印度之行	A Passage to India
影武者	影武者
影舞者	That's Dancing!
楢山节考	楢山節考
娱乐世界	That's Entertainment!
宇宙先锋	クラッシャージョウ
宇宙战舰大和号	宇宙戦艦ヤマト
原始怪兽	The Beast from 20,000 Fathoms
远大前程	Great Expectations
月球旅行记	Le voyage dans la lune（法语）

Z

再见，朱庇特	さよならジュピター
战场上的快乐圣诞	戦場のメリークリスマス / Merry Christmas, Mr. Lawrence
战士帮	The Warriors
战争风云	The Winds of War
战争与和平	War and Peace
真假公主	Anastasia
侦探故事	Detective Story
正午	High Noon
蜘蛛与郁金香	くもとちゅうりっぷ
指环王（动画）	The Lord of the Rings
壮士千秋	Barabbas
紫色	The Color Purple
罪恶的探戈	Criminal Tango

人名对照表

A

阿贝尔·冈斯	Abel Gance
阿达	阿达
阿尔弗雷德·希区柯克	Alfred Hitchcock
埃德温·S. 波特	Edwin S. Porter
埃里克·冯·斯特劳亨	Erich Von Stroheim
埃米尔·科尔	Émile Cohl
埃默里克·普雷斯伯格	Emeric Pressburger
安德烈·塔可夫斯基	Andrei Tarkovsky
安东尼·曼	Anthony Mann
奥利弗·斯通	Oliver Stone
奥逊·威尔斯	Orson Welles

B

保罗·格里莫	Paul Grimault
鲍威尔 & 普雷斯伯格	Powell & Pressburger
比利·怀尔德	Billy Wilder

C

查理·卓别林　　　　　　　　　Charles Chaplin

D

大岛渚　　　　　　　　　　　　大島渚
大林宣彦　　　　　　　　　　　大林宣彦
大卫·柯南伯格　　　　　　　　David Cronenberg
大卫·里恩　　　　　　　　　　David Lean

F

费德里科·费里尼　　　　　　　Federico Fellini
弗兰克·卡普拉　　　　　　　　Frank Capra
弗兰克·塔许林　　　　　　　　Frank Tashlin
弗朗西斯·福特·科波拉　　　　Francis Ford Coppola
弗里茨·朗　　　　　　　　　　Fritz Lang

G

宫崎骏　　　　　　　　　　　　宮崎駿
古川卓　　　　　　　　　　　　古川タク

H

哈拉斯 & 巴彻拉　　　　　　　Halas & Batchelor
黑泽明　　　　　　　　　　　　黒澤明
亨利·金　　　　　　　　　　　Henry King
亨利·科斯特　　　　　　　　　Henry Koster
华特·迪士尼　　　　　　　　　Walt Disney

（华特迪士尼公司） （The Walt Disney Company）

J
吉姆·亨森　　　　　　　　　Jim Henson
久里洋二　　　　　　　　　　久里洋二

K
卡罗尔·里德　　　　　　　　Carol Reed

L
拉尔夫·巴克希　　　　　　　Ralph Bakshi
莱妮·里芬斯塔尔　　　　　　Leni Riefenstahl
濑尾光世　　　　　　　　　　濑尾光世
勒内·克莱尔　　　　　　　　René Clair
勒内·克莱芒　　　　　　　　René Clément
雷·哈里豪森　　　　　　　　Ray Harryhausen
理查德·阿滕伯勒　　　　　　Richard Attenborough
路易·马勒　　　　　　　　　Louis Malle
罗伯特·奥尔特曼　　　　　　Robert Altman
罗伯特·泽米基斯　　　　　　Robert Zemeckis

M
马克斯·弗莱舍　　　　　　　Max Fleischer
马塞尔·卡尔内　　　　　　　Marcel Carné
迈弗·纽兰德　　　　　　　　Marv Newland
迈克尔·安德森　　　　　　　Michael Anderson

迈克尔·鲍威尔	Michael Powell
迈克尔·西米诺	Michael Cimino
梅尔文·勒罗伊	Mervyn LeRoy
米洛斯·福尔曼	Miloš Forman
木下莲三	木下蓮三

P

帕特·沙利文	Pat Sullivan
皮埃尔·保罗·帕索里尼	Pier Paolo Pasolini
浦山桐郎	浦山桐郎

Q

乔治·卢卡斯	George Lucas
乔治·梅里爱	Georges Méliès
乔治·帕尔	George Pal

R

| 让-雅克·阿诺 | Jean Jacques Annaud |

S

萨姆·佩金帕	Sam Peckinpah
萨沙·吉特里	Sacha Guitry
塞尔吉奥·莱昂内	Sergio Leone
史蒂文·利斯伯杰	Steven Lisberger
史蒂文·斯皮尔伯格	Steven Spielberg
手冢真	手塚眞

| 斯蒂芬·洛 | Stephen Low |
| 斯坦利·库布里克 | Stanley Kubrick |

T

| 唐·布卢特 | Don Bluth |

W

威廉·弗里德金	William Friedkin
威廉·惠勒	William Wyler
温瑟·麦凯	Winsor McCay
沃尔特·朗	Walter Lang
沃尔特·希尔	Walter Hill
伍迪·艾伦	Woody Allen

X

西席·B. 地密尔	Cecil B. DeMille
筱田正浩	篠田正浩
休·赫德森	Hugh Hudson

Y

雅克·塔蒂	Jacques Tati
英格玛·伯格曼	Ingmar Bergman
羽仁进	羽仁進
圆谷英二	円谷英二
原田真人	原田真人
约翰·福特	John Ford

Z

政冈宪三　　　　　　　政岡憲三

朱利安·迪维维耶　　　Julien Duvivier

图书在版编目（CIP）数据

一介平凡的影迷 / （日）手冢治虫著；雷丽媛译. -- 北京：北京联合出版公司，2022.12（2023.4 重印）

ISBN 978-7-5596-6364-1

Ⅰ.①一… Ⅱ.①手… ②雷… Ⅲ.①随笔—作品集—日本—现代 Ⅳ.① I313.65

中国版本图书馆 CIP 数据核字 (2022) 第 126268 号

手塚治虫映画エッセイ集成 by Osamu Tezuka
© 2022 by Tezuka Productions
All rights reserved.
手塚治虫映画エッセイ集成 was published by Rittorsha-Bunko in Japan in 2016.
Chinese translation rights arranged with Tezuka Productions
through The Tohan and Rittor Music.

本书简体中文版版权归属于银杏树下（北京）图书有限责任公司。

一介平凡的影迷

著　　者：[日] 手冢治虫	译　　者：雷丽媛
出品人：赵红仕	选题策划：后浪出版公司
出版统筹：吴兴元	特约编辑：刘　坤　谢　鹰　高野梓
编辑统筹：梁　媛	责任编辑：徐　樟
装帧制造：墨白空间·张家榕	营销推广：ONEBOOK

北京联合出版公司出版
（北京市西城区德外大街 83 号楼 9 层　100088）
北京天宇万达印刷有限公司印刷　新华书店经销
字数 261 千字　787 毫米 ×1092 毫米　1/32　14.25 印张
2022 年 12 月第 1 版　2023 年 4 月第 2 次印刷
ISBN 978-7-5596-6364-1
定价：59.80 元

后浪出版咨询(北京)有限责任公司　版权所有，侵权必究
投诉信箱：copyright@hinabook.com　　fawu@hinabook.com
未经许可，不得以任何方式复制或者抄袭本书部分或全部内容
本书若有印、装质量问题，请与本公司联系调换，电话 010-64072833

我是漫画家

ぼくはマンガ家

内容简介 | "漫画之神"自述充满荣光与挫折的前半生：少年痴迷动画，却曾因画不好底稿被前辈鄙视；战争时期饿到皮包骨、躲避着头顶的炸弹也要画漫画；成为国民漫画家，却在学医和画漫画之间濒临精神崩溃；与华特·迪士尼、斯坦利·库布里克、藤子不二雄交好，却对福井英一、白土三平的才能嫉妒不已……手冢治虫影响了后代无数漫画家，奠定了现代日本漫画的基础。而他终其一生始终将漫画与社会紧密连接，向读者传递生命的价值，并执着地探究——一个漫画家到底该做什么？这一切，我们都可以在这本《我是漫画家》里找到答案。

著者：[日] 手冢治虫
译者：晓瑶
书号：978-7-5596-4796-2
出版时间：2021.6
定价：74.00 元

一介平凡的影迷续篇

手塚治虫エッセイ集成：映画・アニメ観てある記

内容简介 | 忙里偷闲每年看 365 部电影的手冢治虫，留下了数量庞大的电影、动画评论。本随笔集精选其 30 多年间发表于各大报刊上的评论文章，是《一介平凡的影迷》的补遗之作。

从法国新浪潮、科幻电影、特效大片，到迪士尼动画、真人动画合成作品、中国动画……视野之广博、评述之精彩，想必会再次令人惊艳，给人启发。另外，本书还收录有手冢在日本电影、欧美电影等各领域的个人十佳片单，亦可作为极富趣味的观影指南。

著者：[日] 手冢治虫
译者：谢鹰
（即将出版）